暗夜鬼譚

空蟬《うつせみ》挽《ばん》歌《か》　〈中〉

瀬川貴次

集英社文庫

目次

CONTENTS

ANYAKITA

馬《め》頭《ず》鬼《き》あおえが語る

登場人物

夏樹【なつき】

帝のおそば近くに仕える蔵人《くろうど》っていう職務についていて、真面目で優しい善いひとです。実はあの日本三大怨霊のひとり、菅原道真公の血をひいています。顔もいいのに、当人は田舎育ちを引け目に感じて、いまひとつ積極的になれません。そこがまた、かわいいんですけどね。でも、こんな真面目なひとだからこそ、何かにハマるとまっしぐらになりすぎて怖いのかなぁ。

一条【いちじょう】

陰陽師《おんみょうじ》の修行をしている陰陽《おんみょう》生《しょう》で、夏樹さんのお隣に住んでいます。男装の美少女かと疑われるほど容姿端麗なんですけどぉ、中身はけっこうズボラで乱暴で、お友達も夏樹さんしかいないんですよ。

そんな、殺しても死なないようなひとだったんですが、左大臣の別荘で何者かに矢を射かけられ、お亡くなりになりました。南無南無……。

深雪【みゆき】

夏樹さんのいとこで、伊勢という名で弘徽殿《こきでん》の女御《にょうご》さまの女房をつとめています。一条さんに負けないくらいの猫かぶりで、宮中では才気あふれる若女房。夏樹さんには意地悪ばかり、でも本当は夏樹さんが大好きっていう、ややこしいことになっています。わたしは応援してますけどぉ、夏樹さんの鈍さも筋金入りですからね。いっそ、一条さんの師匠の賀茂の権博士《ごんのはかせ》に乗り換えちゃいます？

あおえ

青い瞳も愛くるしい馬の頭に、たくましい人間の身体。それはもう、毛並みの美しさと筋肉美の両方を兼ね備えた、贅沢ボディ。冥府では死者を懲罰する馬頭鬼、いまは追放の身で、一条さんのところでこき使われている毎日です。

でも、一条さんが死んだら、わたし、どうなるんでしょう？

夏樹さんのところに行けばいいのかしら？


【ふじわらのひさつぐ】

藤原久継

東の市で、暴れ牛から夏樹さんを颯爽と助けたかたです。身分はそう高くなさそうなんですけど、笛の扱いも巧みだし、やたらとカッコいいんですよね。夏樹さんはガッツリとハートをつかまれて、〈心のアニキ〉として慕っているみたいです。一条さんが彼のことを知ったら、ふふっ、妬《や》くだろうなあ……、うふふふふ。

セレブなかたがた

帝の寵妃《ちょうひ》の弘徽殿の女御さまは、左大臣の姫君。女御さまの兄上で、中納言の定信《さだのぶ》さん。異母姉の美都子《みつこ》さんは、夏樹さんの上司、頭の中将さんの奥方でもあります。

そんなセレブ一家のお邸《やしき》に、不思議な馬（わたしじゃないですよぉ）が夜な夜な現れるようになったんです。折しも女御さまが里帰り中なもんですから、夏樹さんたちまで駆り出されて警戒にあたっていたら、さらに大変なことに！

暗夜鬼譚
ANYAKITAN
空《うつ》蝉《せみ》挽《ばん》歌《か》〈中〉

本文デザイン／AFTERGLOW
イラストレーション／Minoru

空蟬挽歌　〈中〉

うつせみばんか

第一章　夜明けの闘い

昼間は多くの老若男女でにぎわう都大路《みやこおおじ》も、深夜ともなればほとんど、ひと通りがない。

ときおり、道端の草むらが風もないのに揺れたり、満天の星に野良犬が遠吠《とおぼ》えしたりもするが、すぐに収まる。筵《むしろ》にくるまって路上で寝ている少年は、ぴくりとも動かない。

忍び歩きの貴族も、もうすでに自邸へ戻っているか、恋人のもとに泊まっているかのどちらかだ。無理をして夜道を行かずとも、夜明けを待てばいい。夏の夜はすぐに明ける。その証拠に、月はだいぶ西よりに傾いている。

が――その静かな都大路に、がらがら、ぎしぎし、がらがら、みしみしと、けたたましい騒音が迫ってきた。

草むらにひそんでいた何かはおびえて走り去り、野良犬はぴんと耳を立てて、その場に固まる。路上で寝ていた少年はぎょっとしてはね起き、獣のように身構える。

やがて、音の正体が少年の視界に現れた。牛車《ぎっしゃ》だ。

小ぶりで上品な造りの網代車《あじろぐるま》には高位の女官でも乗っているのか、御簾《みす》の下から色あざやかな袿《うちき》の裾がはみ出していた。車も袿も最高級品とまではいかないが、趣味はいい。

が、それが全速力で走っているとなると話は別だ。

車を牽《ひ》く牛も、牛飼い童《わらわ》も、脇に付き従っているふたりの従者も、全身汗みずくで息がすっかりあがっていた。従者のひとりは、烏帽子《えぼし》が斜めに傾《かし》いでいるのに直すゆとりもない有様だ。

車輪は軽快に廻《まわ》っているが、車体そのものはぎしぎし、みしみしと悲鳴をあげている。揺れもすごい。これなら、乗っている者も相当きついだろう。

しかし、車の中から若い女の声が響いた途端、気遣いは無用なのだと傍観者の少年にもよくわかった。

「早く早く。時は一刻を争うのよ。とろとろしてる暇はないわ。血を吐こうとも、くじけず走り続けるのよ！」

その気合いの入りように圧倒され、野良犬はしっぽを両足の間に挟みこんで縮こまった。少年も、筵をぎゅっと身体《からだ》に巻きつけて顔を伏せる。

（なんだかわからないが関わり合いにならないほうがいい。何事も知らんふりがいちばんだって、死んだ親父《おやじ》もよく言っていたものだ……）

少年と、まったく同じことを考えている野良犬の前を、怪しい牛車は疾風のように駆け抜けていった。

ぎしぎし、がらがら、みしみしがようやく停《と》まったのは、正親町《おおぎまち》にある大江夏樹《おおえのなつき》の邸前《やしきまえ》だった。

疲れ果て、ふらふらになった従者が、力を振りしぼって門を叩《たた》く。しばらくして、邸の家人《けにん》が寝ぼけまなこをこすりつつ、門扉を細くあけた。

「こんな夜ふけに、いったい誰が……」

みなまで言わせず、牛車の中から険しい声が飛ぶ。

「ここの家主のいとこ、伊勢守《いせのかみ》の娘よ。すぐさま門をあけなさい！」

御簾を半分扇で持ちあげて、深雪《みゆき》は紅潮した顔をためらいもなくさらし、家人を睨《にら》みつけた。不運な家人は一気に眠気を飛ばし、息を呑《の》んだ。

「ひ、姫さま」

幸い、深雪の顔を見知っている者だったので、門扉をすぐに全開にしてくれた。牛車はまたもやぎしぎし、みしみし言いながら、門をくぐっていく。

「どこでもいいわ、そこらへんの階《きざはし》に適当に車を寄せてちょうだい」

勝手知ったる親戚の家。深雪は迷いもなく指示をとばし、従者たちはあたふたとそれに従った。

彼女とて貴族の娘、女房勤めはしていても、場所が変われば姫さまと呼ばれる立場。しかし、本人もそんなことは一切忘れ、牛車が階に接するや、扇で顔を隠しもせずに邸へあがりこんだ。

貴族の女性は家族以外の異性に直接、姿を見せてはいけない。そんなわずらわしい約束事に構ってはいられなかったし、日頃の猫かぶりを続けてもいられない。深雪はそれほどまでに追い詰められていた。

床板を踏み抜きそうなほど力強く――それでいて、長い裳裾《もすそ》を踏んでつんのめることもなく、駆けこんだのはいとこの寝所だ。

「夏樹！　夏樹！」

そこで寝ているはずの者の名を声高に呼びながら、返答も待たずに部屋へと入る。中は真っ暗だ。さすがに部屋の細部までは記憶しておらず、深雪は几帳《きちょう》に頭からぶつかってしまった。

「きゃっ」

悲鳴をあげ、几帳といっしょに前へ倒れこむ。硬い床板にぶつかるかと思いきや、それほどの衝撃はなかった。むこう側に横たわっていた人物の上に倒れこんだのだ。

「ぐえっ」と妙な声をあげたのは、突然、のしかかられたほう。

「な、な、何事です⁉」

寝込みをいきなり襲われたのだから、声がいつもと違うのは当然かもしれない。が、それにしても低音すぎる。

ここで寝ているのはまだ十六歳の少年のはず。夏樹は間違ってもこんな低音は出さない。にもかかわらず深雪は驚かず、ひそめた声で名乗りをあげた。

「わたしよ、深雪よ」

「あっ、深雪さん……じゃなかった。深雪、どうしたんだよ、こんな夜ふけに」

暗闇の中、相手は途中で声音を変えたが、無理をしているのが露骨だった。

「いいのよ、もうわかっているから。夏樹じゃなくて、あおえなんでしょ？」

深雪がそう告げるや、相手は声も口調もがらりと変化させた。

「あ、ご存じなんですか？　やあ、よかったよかった、ばれちゃったかと思ってひやひやしましたよぉ」

夏樹とは似ても似つかぬ重低音は、隣家の居候、馬頭鬼《めずき》のあおえのものだった。

「いえね、夏樹さんの身代わり役を一条《いちじょう》さんたちに押しつけられちゃったんですよ。わたしもかなり無理があると思ったんですけど、夜の間だけだし、風病《かぜ》ぎみだとかなんとか適当に理由つけて取り繕えって言われたものですから……」

言い訳するあおえの口を、深雪は手で押さえようとした。一寸先も見えぬ闇の中でも、狙いはあやまたず長い馬づらの先端に命中する。

「えっ、あっ、何を……！」

あおえは手足をばたつかせて抵抗したが、深雪が「しっ！」と鋭く言うと、すぐにおとなしくなった。

「話はあとよ。いい？　これから、ひと言だってしゃべったら駄目よ」

人身馬頭のごつい馬頭鬼が、十六歳の小娘に命令されて素直にうなずく。それだけ深雪は必死だったし、あおえも哀《かな》しいかな、命令されることにすっかり慣れてしまっていた。

そうこうしているうちに、遠くから乳母《めのと》の桂《かつら》の声が聞こえてきた。

「深雪さま？　そちらにいらっしゃっているのですか？」

桂が簀子縁《すのこえん》（外に張り出した廊）を渡ってくる。深雪の突然の訪問を知り、戸惑っているのがその口調からも感じられた。彼女に捕まれば、質問の嵐は避けられまい。いまはその時間が惜しい。

深雪は唇を舌先で湿らせ、あおえの腕をつかんで立ちあがらせた。

「いい？　行くわよ」

「行くってどこへ……」

深雪は着ていた唐衣《からぎぬ》を脱ぐと、不安そうに尋ねるあおえの頭に問答無用でそれをひっかぶせた。

「さあ、行くわよ、夏樹！」

わざとらしく大声で言うや、後ろからあおえの背を押す。とはいえ、屈強な馬頭鬼を動かせるほどの怪力を、深雪が有しているはずもない。状況がまだ呑みこめていないにもかかわらず、あおえ自身がとりあえず協力して歩いているのだ。

このまま牛車まで連れこめたら楽だったのだが、簀子縁に出るや、ふたりの前に桂が立ちはだかった。

「いったいどうされたのですか、深雪さま」

いつも身だしなみに気を使う桂だけにきちんと羽織り物をしていたが、さすがに髪は乱れていた。眠っていたところを、牛車の音で叩き起こされたに違いない。

「夏樹さまはお身体の具合が悪くて、夕方からずっと臥《ふ》せっていらしたのですよ。それを、こんな時刻に外へ連れ出そうとなさるなんて、いくら深雪さまでもあんまりですわ」

あおえを夏樹と信じこんで、桂は彼をかばおうとする。真剣な表情は、実の母親と同じくらい深い愛情を養い子に注いでいるがためだ。

しかし、深雪もここで退《ひ》くわけにはいかなかった。非常識なのは百も承知。それでも、ここからあおえを連れ出さなくてはならないのだ。桂に彼の正体がばれないうちに。

「ごめんなさい、桂。でも、いまは詳しく説明してる暇がないの。すぐにも夏樹を大堰《おおい》

（嵐山《あらしやま》）の別荘へ連れて行かなくちゃならないのよ」

大堰の別荘と聞いて、桂がハッとする。

「では、弘徽殿《こきでん》の女御《にょうご》さまのご用で？」

「そうなのよ。わたしもすぐに戻らなくては。ごめんなさいね、桂。あとで説明するから勘弁してね」

頭から衣をかぶった身代わりを連れて、深雪は強引に乳母の横を駆け抜ける。女御の名を出したのが効いたのか、桂はもう引き止めようとはしない。

（やった！）

関門を突破した嬉《うれ》しさで笑顔になりかける。が、ここで怪しまれては苦労が水の泡と、深雪は口を真一文字にきつく結び直した。事実、まだ笑える状況ではないのだ。手遅れになる前に、この馬頭鬼を大堰に運ばなくてはならない。

待機させていた牛車に戻ると、深雪はあおえを車中に押しこみ、自分もあとに続いた。

「さあ、出発して。大堰に戻るのよ」

ぐったりと地面にしゃがみこんでいた従者ふたりが、ひどく哀しそうな顔になった。

「もう……ご用はお済みなんですか？」

「女房どのも、あれほど車が揺れてお疲れになったのではありませんか？」

牛飼い童も彼らの加勢をする。

「それに、牛がくたびれ果てております。出発はもう少しお待ちくださるか、いっそ牛を替えたほうが……」

少しでも休憩時間をかせごうと、牛飼い童と従者たちは結託して深雪を説得にかかる。しかし、彼女がおとなしく耳を貸すはずがない。あせっているいまは、なおさらだ。階に足を打ちつけて、どんと鳴らし、

「わかってるでしょ、牛を替えてる暇なんてないのよ。さあ、早く発《た》ちなさい！」

雷が落ちたかのような大声におどされて、従者たちは仕方なく起きあがった。牛飼い童も牛をなだめ、なんとか言うことを聞かせる。

牛車は来た道を引き返し始めた。新たに馬頭鬼一頭分の重みが加わって、みしみし、ぎしぎしはさらにひどくなる。車を牽く牛も汗だくだ。それでも、可能な限りの速度を出してくれる。急がねばならない事情があることを、従者たちだけでなく、牛まで理解してくれているかのように。

疾走する牛車の中で、あおえはひっかぶせられた唐衣をようやく脱いで、息をついた。

「ったく、何がなんだか……」

唐衣を深雪に返しながら、よけいなひと言を添える。

「これ、汗くさいです」

ぴくん、と深雪の眉が吊《つ》りあがった。

「失礼ね、ちゃんと香を薫《た》きしめてあるわよ」

「ですから、その香と汗が混じってとんでもないことになっちゃってますよ。人間の男のひとにはこういう香りも魅力的かもしれませんけど、わたしの繊細な鼻にはちょっと……」

深雪は拳をぐっと握りしめたが、かろうじて暴力行為に出るのは控えた。すぐ外にいる従者たちにあおえの悲鳴を聞かれてはまずいと判断したからだ。

正親町で新たに乗りこんできた人物が元冥府《めいふ》の獄卒の馬頭鬼であることを、彼らは知らない。知らせないほうがいいに決まっている。

深雪は取り戻した自分の唐衣のにおいをおもむろに嗅いでみた。が、それほどとんでもないにおいとは思えない。

「失礼ね、全然におわないじゃない」

「そりゃあ、わたしの嗅覚は人間よりずうっと優れていますから」

「普通の人間にわからないのなら、気にしてもしょうがないわ。夏なんだし、汗をかくのは当たり前よ。そんなことより、どうして外へ連れ出されたのか訊《き》かないの？」

「あ、だいたい見当つきますから。だって、わたしが夏樹さんの身代わりしてるってこと知ってるのは、当の夏樹さんか一条さんだけですよ。しかも、おふたりは大堰の別荘に物《もの》の怪《け》退治に行き、深雪さんはその大堰から駆けつけてきた。ってことは、おふたりのうちのどちらかに頼まれたとしか考えられませんよ」

あおえは得意げに胸を張り、鼻をぴくぴくと動かした。

「簡単な推理ですね」

「そうね、いばるほどのことじゃないわね」

深雪に冷たく言われて、あおえは広い肩を哀しく落とした。

「ご推察の通り、わたしは夏樹に頼まれてきたのよ。桂に身代わりがばれないよう、うまいことあおえを連れ出してきてくれって。その理由は知りたくないの？」

深雪の苛立《いらだ》った口調に、逆らってはまずいと本能的に感じたのだろう。あおえは卑屈なくらい低姿勢になった。

「知りたいです、知りたいです。教えてください、深雪さん。大堰で何かまずいことがあったんですか？」

「まずいどころじゃないわ」

深雪は眉をひそめ、いらだたしげに親指の爪を噛《か》んだ。爪といっしょに自分自身の無力さも噛みしめる。

「一条どのが……賊の放った矢に背中を射られて、意識がないのよ」

「賊？　物の怪退治だったんじゃ……」

「だから、わからないのよ、何がなんだか。大堰の別荘に馬の化け物が現れて、髪の長いおかしな男も出てきて、一条どのと夏樹がそいつらを捕まえようとしたら、後ろから矢が二本まとめて飛んできて……」

思い出しただけで、深雪の胸の鼓動は騒がしくなってきた。

あのとき、誰もが逃げようとする馬と男にばかり気を取られていて、背後は完全に無防備となっていた。矢は、その油断をつくように、まっすぐ後ろから飛んできたのだ。それも二本同時に。

一度に二本の矢を放って違う的に当てるなど、並みの技ではない。普通の人間には無理だ。となると、ふたり以上の敵が背後にひそんでいて、弓を使う機会を狙っていたことになる。

正体不明の協力者が放った矢の一本は、寸前で夏樹がよけたために、彼の腕に刺さっただけで済んだ。しかし、もう一本は一条の背中を貫いて深い傷を負わせてしまった。

「意識はないし、血がいっぱい出て、脈なんかほとんどなくなって、まるで死んでるみたいなの。それで、夏樹がすごくとり乱しちゃって、大至急あおえを呼んでこいって言うから、こうやって牛車を走らせてきたのよ。いまごろ、賀茂《かも》の権博士《ごんのはかせ》のところにも同じ知らせが届いているはずだわ」

「一条さんがまさか……、あり得ませんよ」

あおえは驚くというよりも、話を信じていない顔になっていた。

「あのひとの命数《めいすう》はちょっとやそっとじゃ尽きませんとも。わたしもかつては死者を扱う専門職でしたからわかるんですけれど、一条さんはどう少なく見積もっても六十過ぎまで生き延びますって。美少年のまま死ねるほどの善人じゃありませんもの。それほど人生甘くはないです」

「わたしだって、あの二枚舌がそう簡単に死ぬとは思えないわよ」

ふたりとも、一条の本性を多少なりとも知っているために、遠慮のない物言いになる。

「でも、別荘にいた薬師《くすし》も相当に危ない状況だって見立てたのよ。本当に死にかけているのよ。素人が見たってわかるわ。だから、あなたが必要なんじゃない」

「わたしに何ができると——」

みなまで聞かぬうちに、牛車ががくんと傾いだ。車輪がくぼみにはまったようだ。

深雪とあおえは折り重なってともに車内の壁面に頭をぶつけ、ぎゃっと悲鳴をあげた。

悲鳴のけたたましさに驚いた従者たちが、走りながら声をかける。

「だ、大丈夫ですか？」

馬頭鬼の巨体の下敷きになったまま、深雪は外へ向かって声を張りあげた。

「大丈夫よ！　気にせず、どんどん走ってちょうだい！」

「は、はい!!」

あおえに向けては小声で、

「早くのいてよ、重いじゃないのよ」

「そんな、これは不可抗力で……」

ぶつぶつ言いつつ、あおえはどこうとする。しかし、そこでまた大きく車体が揺れ、ふたりは反対側の壁面に寄って、再度、頭をぶつけた。

「もう、いい加減にしなさいよ！」

ただでさえ気持ちの余裕がないところへ、二度も頭をぶつけ、怒り心頭に発した深雪は、檜扇《ひおうぎ》を振りあげた。

「ま、待ってくださいよ、深雪さん！」

狭い車中では身をかわす間もなく、美しい五色《ごしき》の糸で束ねられた檜扇は、あおえの顔面に激しく叩きつけられたのだった。

——真夜中の都大路では、筵にくるまって路上で寝ていた少年が、物音で目を醒《さ》ましたところだった。

彼のすぐ目の前を、先ほど目撃したのと同じ牛車が走っていく。従者たちはさっきより疲労の色が濃く、がらがら、ぎしぎしはいっそう激しくなっている。軋《きし》む車体は、いつ木っ端微塵《こばみじん》に砕け散ってもおかしくはなさそうだ。

しかも、車の中からは怒り心頭に発した若い女の罵声《ばせい》と低音の泣き声が洩《も》れている。御簾が下ろされていて中がどうなっているのか知りようもないが、きっと男女の間で目を覆うような惨劇がくりひろげられているに違いない。

してみると、浮気相手のもとに女が乱入し、夫を取り戻してきた道中か。はたまた、もっと深い事情でもあるのか。

（なんだかわからないけど、自分は気楽な独り身でよかったよ……）

悟ったようなことを胸の内でつぶやいて、少年は再び目を閉じ、眠りについた。

その頃、弘徽殿の女御の実家である、二条《にじょう》の左大臣《さだいじん》邸には、大勢の武士が待機していた。

こちらの邸でも怪馬が現れる可能性が考えられて、それに備えていたのだが、もはや夜明けも近い。ここではもう怪異は起こらないだろうと、安心する雰囲気が漂っている。世間話に時間をまぎらわせる者、こっそり酒をすする者、壁にもたれて眠る者も多い。

そんな男たちの中に、武器だけでは対抗できなかったときのため呼ばれた、陰陽師《おんみょうじ》の賀茂の権博士がまじっていた。

警固の武士たちとは違って、彼は誰かと話しこんだり眠ったりはしていなかった。西の対《たい》の簀子縁に出て、ずっと夜空を見上げていたのである。

邪魔する者はいなかった。星々の運行から定められた運命を読み取るのも、陰陽師の大事な仕事だ。当代一と評判の高い賀茂の権博士が真面目《まじめ》な顔で星を見上げていれば、難しい天文学について考えているのだろうと、誰もが思って遠慮する。

確かに、彼は星の配置で事の成り行きを占おうとしていた。

が、天空には無数の星があり、因果の糸は複雑にからみ合っている。同じ星を見ても、解釈の仕方が陰陽師によって異なるのはよくあること。権博士とて簡単に判断はできないし、はじき出した結果に絶対の自信があるわけでもない。

しかも、予想外のことが起こっている。知りたい事柄とは関係なさげなのに、どうしても無視できない星が見えるのだ。

（あれは……）

自分の身近にいる者の命数が尽きようとしている、と権博士は判じた。

それが誰かまではわからない。確かめに行こうにも、彼はここに夜明けまで待機しなくてはならない義務がある。

（いったい、誰が……）

悪い予感がふくれあがっていくその最中《さなか》に、裏門のあたりが急に騒がしくなった。何事かと警固の者たちもざわつき始める。寝ていた武士もはね起きて「なんだ、どうした」と騒ぎに加わる。

しばらくして、若い家人が知らせを持って駆けこんできた。

「いま、大堰から使いが来ました。あやしの馬と男が、あちらの別荘に姿を現したそうです」

大声で叫んでおきながら、発表した内容に自分でも驚いたかのように肩を震わせる。そんな彼のまわりに、武士たちがどっと殺到した。

「じゃあ、そのわけのわからんやつは女御さまが狙いだったというのか」

「いったい、それでどうなったんだ」

「わしらも大堰に行くべきなのかどうか、おぬし、聞いてはおらんのか」

いかつい武士たちに囲まれて、若い家人は再度、身震いした。

「わ、わたしは、他には何も聞いてはおりません。それより、賀茂の権博士さまは――」

助けを求めるように周囲を見廻した家人の前へ、権博士はすっと進み出た。

「わたしがそうだが、何か？」

この中で、唯一落ち着きはらっているのが彼だった。家人は露骨にホッと安堵《あんど》の息をついた。

「あの、左大臣さまがお呼びでございます。どうぞ、こちらへ」

案内するというより、殺気だった武士たちから逃げるように走っていく。権博士は大勢の視線を背中に感じながら、彼のあとを追っていった。

左大臣は邸の中心である寝殿《しんでん》の一室にて、権博士を待っていた。

普段は冷静沈着な政治家も、さすがにいまは娘の身を案じる父親の顔になって、落ち着かなげに部屋の中を行ったり来たりしていた。不安でたまらず夜通し起きていたところに、あの知らせが入ったのだから、無理もない。まわりに控えた家の女房たちも、みなおびえている。

そこへ権博士が姿を現した途端、全員がすがりつくような視線を向けてきた。

(陰陽師を万能と思ってくれるな)

と、権博士は心の中で苦笑したが、表には出さない。期待されている通りの、ものに動じない無表情を保っている。

「権博士どの、大堰でのことはもう聞かれたか?」

「はい、つい先ほどうかがったところです」

権博士が落ち着きはらって応えると、彼の冷静さに少しは影響されたのか、左大臣はやっとうろつくのをやめて腰を下ろした。しかし、脇息《きょうそく》にもたれかかった手は、所在なげに何度も紙扇《かみおうぎ》を開いては閉じる。

「女御が大堰に移った途端、あの馬はこの邸ではなくあちらへ現れた——やはり、狙いは女御なのだろうか」

「その可能性は高くなりましたが、まだそうと決まったわけではございません。申しあげるのもはばかられますが、たとえば真の狙いが中納言《ちゅうなごん》さまであったとして、かのおかたのお気持ちを追いつめる目的で、女御さまのもとに現れることもあり得ましょうかと……」

この見解を最初に述べたのは、権博士の直弟子《じきでし》の一条だった。「おまえならそういう手段をとりそうだな」とからかったら、胸を張って「よほど恨みが深ければ、やりますよ」と返してきたのを思い出し、危うく笑いそうになる。

左大臣にとっては笑いごとではない。眉間に深い皺《しわ》を刻んで心あたりを探す顔になっている。だが、ありすぎて、しぼりきれないようだ。

政治手腕に優れ、人格的にも申し分ないと評される彼だが、この地位にたどり着くまでに蹴落とした敵はひとりやふたりではあるまい。きれいごとだけではやっていけないのが政治の世界だ。

いくら身をきれいに保っていたとしても、逆恨みや嫉妬はつきまとってくる。味方づらをしてそばにいる人間でさえ、本当のところはわからない。疑い始めればきりがない。

「とにかく、わたくしはすぐにも大堰へ向かいましょう」

「ああ、そうしてくれまいか。女御の身に大事はなかったが、警固の者の中にひと死に《じ》が出たらしいのだ」

瞬間、権博士の脳裏に、今宵《こよい》の星空が驚くほど鮮明に再現される。あの星の配置は身近な者の死を予感させた。

身近な者——

大堰には一条が、自分の代わりに待機していたはず。

(まさか)

あれがそう簡単に死ぬはずがない。知り合いの死に直面すれば誰もが発するであろう台詞《せりふ》を、権博士も強く思い浮かべた。対象があの一条なら、なおさらだった。

まだ十代のくせに、師匠の彼が舌を巻くほど陰陽師としての才能に恵まれている。油断を誘いでもしないかぎり、倒すのは無理だ。だからこそ、信頼して大堰の警固を任せた。

それに憎まれっ子世にはばかるならば、あの性格の悪さだ、五十前で没することはまずあるまい。猫かぶりの一条の本性を知っていれば、誰しもそう思うに違いない。

——しかし、権博士の脳裏に、いまも遥《はる》か上空に、不吉な星は瞬き続けている。

「馬を貸していただけないでしょうか」

一刻を争うと判断した賀茂の権博士は、左大臣にそう願い出た。いつもの冷静沈着な仮面がほんの少し剝がれかけていることに、本人もまわりの者も誰ひとり気づいてはいなかった。

頭上にはまだ星が無数に輝いていたが、濃紺だった空は少しずつ色調を淡く変えつつあった。

夜が明けようとしている。永遠に世界は闇に閉ざされたままなのではないかと思ったのに。

大堰の別荘の庭に魂が抜けたように立ちつくす夏樹は、ずっとそうやって空を仰ぎ見ていた。

陰陽師でもない彼には、夜空をいくら眺めようと星占《ほしうら》は不可能だ。それでも、対屋《たいのや》の一室に寝かされている一条のそばにいるのがつらくて、何もできないのが情けなくて、自分の怪我《けが》の手当てが終わるやこうしてひとり外に出てしまった。

（あいつが、こんなに簡単に、死ぬはずがない……）

誰もが思う常套句《じょうとうく》を、頼みの綱の呪文のように何度も心の中でくり返す。他にどうすることができただろう。

この窮地をどうにか打開してくれそうなところへは、すでに使者を送った。知らせを受けた彼らがここに駆けつけてくれるまで、事態は変わりようがない。

時間が経《た》てば経つほど一条の死は確実になる。そうならないよう祈っているのに、時間がひどくのろく感じられて、もう何年もこうして夜の中に立ちつくしているようだった。

夜明け前の冷気が身体を冷やしていくにつれ、心も凍《い》てついていく……。

「そんなところにいると風病をひきますよ」

背後からの声に反応して振り返ると、すぐ近く、東の対の簀子縁に女性がひとり立っていた。弘徽殿の女御の異母姉、頭《とう》の中将の妻の美都子《みつこ》だ。

「お友達を心配する気持ちはわかりますが、あなたも怪我をしているのですから休んだほうが……」

あのとき背後から飛んできた矢は、夏樹の右腕を傷つけた。けれど、この程度の怪我がなんだというのか。

「ぼくなら……わたしなら、大丈夫です」

とても大丈夫なようには聞こえないなと、自分のことながら他人事《ひとごと》のように思う。心のいくばくかが麻痺《まひ》してしまったようだ。

美都子はそんな夏樹を心配そうにみつめている。いまの彼女には、庭に侵入してきた者どもに向けた激しさはかけらもなく、深い同情と母親のような優しさがそのまなざしにこめられていた。

だが、彼女の厚意に甘えて自分を安楽な場におくことなど夏樹にはできなかった。それに、ここで待ち続けたいものがあったのだ。

「御方《おかた》さまこそ、お疲れでしょう。わたしのことはお気になさらず、どうかお休みになってください」

「それが眠れないの」

そうつぶやいた彼女の微笑《ほほえ》みは、ひどく哀しそうに見えた。弘徽殿の女御とは十かそこら年が離れているはずだから、三十近くにはなっていようが、まるで途方に暮れた童女のようだ。

「女御さまもなかなかお気持ちが鎮まらないご様子でしたけれど、どうにかお休みになられて。それで、こっそりおそばを離れてきたら、庭にいるあなたの姿が見えたのよ」

夏樹は弘徽殿の女御がいる寝殿へ目を転じた。明かりが煌々《こうこう》とついたままなのは、怪しい出来事があった直後で女房たちが不安がっているからに違いない。

誰も何もできなかった。無力だった。危機は過ぎ去ったが、邸全体をいまだ重苦しい影が覆っていることは否定しようがない。

「女御さまも、矢を受けたあの少年のことをたいそう心配していらっしゃったわ」

「一条なら……きっと大丈夫です。あの程度でどうかなるほどやわじゃありません」

そうあってほしいと、夏樹は強く願った。一条の呼吸が止まったこと、身体がどんどん冷たくなっていったことは強いて頭から追い出して、まだ手はあるはずだと自分に言い聞かせる。

その思いが天に通じたのかもしれない。

夏樹はハッと顔を上げ、耳を研ぎ澄ませた。

「どうかしま……？」

美都子が質問しようとするのを、手を振って押しとどめる。

やがて、生気が失われていた夏樹の瞳に光が甦《よみがえ》ってきた。遠い彼方《かなた》から、待ち望んでいた音が聞こえてきたのだ。

がらがらと牛車の車輪が廻る音が――みしみし、ぎしぎしと不協和音をまじえて――次第に大きくなる。この別荘に近づいてくる。

夏樹はすぐさま東の門まで走り、眠りこけている門番を無視して扉をあけた。道のむこうの闇の中に、揺れる松明《たいまつ》の明かりが見えた。牛車の脇に付いた従者が掲げる火だ。

そして、網代車――間違いなく、この別荘から出立していった牛車だった。乗っているのは、夏樹の頼みをきいて正親町の邸まで行ってきた深雪に決まっている。

「深雪！」

むこうがたどりつくのを待てずに、夏樹は走り出た。

近づいてくる彼を見て、牛飼い童が牛車を停める。同時に、がらがらと響いていた音がやみ、みしみし、きしきしは少し遅れて次第におさまっていく。

　ふたりの従者はその場にしゃがみこみ、牛飼い童は汗だくの牛にすがって肩で息をしている。ほとんど走りづめだったのだろう、疲労困憊《こんぱい》といった様子だ。しかし、御簾をはねあげ牛車から顔を出した深雪だけは、元気いっぱいだった。

「お待たせ！　頼まれ物をとってきたわよ！」

　夏樹が嬉しさのあまり両手をさしのべると、深雪は大きく目を見開いて驚いたようにいとこをみつめた。

　次の瞬間、満面に笑みを浮かべて牛車から飛び降りてくる。夏樹は彼女を受け止めたものの、怪我のせいもあり、ふんばれずにどっと後ろに倒れこんだ。

「重い！」

　十二単《じゅうにひとえ》にのしかかられて、夏樹は悲鳴をあげる。深雪は下敷きになったいとこの額を平手で叩いた。

「失礼ね。夏の装束《しょうぞく》は薄いんだから、冬よりはましなはずでしょ」

「深雪、女御さまはお休みになられているんだから、もうちょっと静かに……」

「あら、やだわ。わたしとしたことが」

　従者たちはまだ夏樹たちに関心を向ける余裕もなく、ぐったりしている。深雪はそれを確認してから、牛車の中で待っている者に呼びかけた。

「ほら、着いたわよ。出てきなさいよ。あれをかぶるの忘れないでよ」

牛車の中から、遅れて出てきたのは妙に体格のいい人影だった。頭から唐衣をかぶって顔を隠し、目の部分だけを覗《のぞ》かせている。

深雪に頼んで正親町の自宅から運ばせたもの、馬頭鬼のあおえだ。

「は、吐きそうですぅぅぅ」

開口一番、あおえは泣きそうな声で訴えてくる。牛の疲労ぶりを見てもわかる通り、車はそうとう激しく揺れたのだろう。しかし、同乗していた深雪は冷たい。

「なによ、わたしなんて往復乗ってきたけれど、これっぽっちも酔わなかったわよ」

「繊細なわたしと深雪さんとをくらべないでくださいぃぃぃ」

「なんですって？」

「いいからいいから」

険悪な雰囲気になりそうなところで、夏樹が間に割ってはいる。また押しつぶされるようなことになっては困るので、充分な距離をとりつつ尋ねた。

「大丈夫か、あおえ？　降りられるか？　この牛車、すごい音がするから邸の中まで入れたくないんだけど」

出発したときは全然そんなこともなかった。どれほど酷使したかが偲《しの》ばれるというものだ。

「はあ、なんとか……」

あおえはふらつきながら牛車から降りてくる。その腕をつかんで支えてやると、深雪も同じように反対側の腕に手を添えてくれた。

「その顔、絶対さらしちゃ駄目よ。ここは夏樹の家でも、一条どのの邸でもないんだからね」

「ぼくからも頼む」

「わかってますよぉ」

脇をふたりにはさまれて、あおえは大堰の別荘の門をくぐった。目を醒ました門番は、唐衣を頭からかぶった妙な来客に驚いていたが、深雪に睨まれて口をつぐんでしまった。

このまま、こっそりあおえを一条のもとまで連れていけると夏樹は踏んでいた。ところが、美都子が門のすぐそばまで来ていたのだ。

牛車が誰を運んできたのか知りたかったのだろう。心配そうな面持ちが、顔を隠した人物が門をくぐってくるや、警戒心も露《あら》わなものに変わる。

「そのかたはどなたなのです？　なぜ、顔を隠しているのですか？」

当然の反応だろう。しかし、これも当然のことだが、何も知らない美都子にあおえの顔を見せるわけにはいかなかった。元冥府の獄卒の馬頭鬼と交友関係があるわけや、ごつい外見にかかわらず害は一切ないことなど、どう説明すればわかってもらえるというのか。

夏樹たちは瞬時に視線を交わし合った。確認しなくても意見が一致しているのはわかりきっている。まず深雪が、

「これはけして怪しい者ではございません。それはわたくしが保証いたします」

と早口で言い訳した。夏樹もこの場を切り抜けることを最優先として、美都子を言いくるめる言葉を探す。

「一条の——怪我をした友人の治療にぜひとも必要な者なのです。ここに出入りできるような身分ではありませんから、こうして顔を隠しているだけで、けして他意はございません」

説明を受けても、美都子はまだいぶかしげにあおえをじっとみつめている。怪しい侵入者たちに毅然《きぜん》とした態度で名を問うた、あの気丈な女人が戻ってきたかのようだった。

「あのぉ……」

黙っていればいいものを、なんとか場を繕おうとしたのか、あおえが唐衣の下から発言する。

「自己紹介いたしましょうか。わたし、一条さんのところにお世話になっておりまして、名はあおえと申します。もとは冥……」

危ういところで夏樹が美都子にわからぬよう脚を蹴とばし、深雪も腕に思いきり爪をたてた。あおえがひるんだその隙に、ふたりは嘘《うそ》八百を並べたてる。

「もとは、とある名僧の下で修行を積んだ者でございます」

「ええ、それで蘇生《そせい》の術に長《た》けておりますの。一条どのを救うのはこの者しかいないと、いとこが強く申しましたので、わたくしが連れてまいりました」

「……そうですか」

美都子はあおえから目を離さぬまま、わずかに首を傾げた。

「わかりました。けれど、そのようななりで邸に入られては、他の者が何事かと思います。その唐衣をとってからになさい」

「しかし……」

どう切り抜けていいかわからず、夏樹は絶句して深雪を見やった。頼もしいいとこは（まかせて）と目で応え、突如、勢いよくしゃべり始める。

「実はこの者、気立てはたいへんよろしいのですが、あまりに容貌が特殊で。顔は尋常でなく長く、耳は位置が高すぎ、目の間は広く、鼻の穴は大きくて、あたかも人でなく馬のごとき面相。覆いもせずに歩かせれば、かえって騒ぎのもととなりましょう。本人も気に病んで普段は邸の奥に籠もっているのですが、この非常時ですからなんとか外に連れ出そうとしましたところ、けして顔をさらさないと約束するならば罷《まか》りこすと申しましたので、このような恰好《かっこう》をさせた次第でございます」

後半以外はほとんど真実だ。あおえもそれは認めるだろうが、どうも釈然としないら

しく、

「なぁんかひどいこと言われてるような気がします……」

と、ごちゃごちゃつぶやいている。

彼を黙らせるためにもう一度蹴ろうとして、夏樹は寸前でやめた。風に乗って、馬の蹄《ひづめ》の音が聞こえてきたのである。

（もしやまた――！）

敵が再び襲撃しに来たのであれば、防ぎようがない。ぞっとして後ろを振り返ったが、あけ放したままの門扉のむこうに現れたのは、白地に赤まだらの怪馬ではなかった。普通の栗毛《くりげ》の馬だ。しかも、鞍《くら》をつけ、ひとを乗せている。

賀茂の権博士だった。

左大臣邸に待機していたはずが、使いの知らせを受けて駆けつけてくれたらしい。馬頭鬼のあおえと噂《うわさ》に高い陰陽師の権博士がいれば、きっと一条ももちなおすだろう。そう期待して、夏樹は安堵の息をついた。

「権博士どの！」

大声で呼びかけると、権博士は馬の速度を落とし、並足《なみあし》で門をくぐらせた。彼も馬も息が荒い。相当とばしてきたに違いなかった。

「新蔵人《しんくろうど》どの、伊勢の君」

馬から下りた権博士は、いつになく緊迫した声で夏樹と深雪の通り名を呼んだ。それから、唐衣をかぶった大男に視線を移したが、あまり驚きもせず名前を言い当てた。

「あおえどのか」

いくら顔を隠しても、これほど立派で特徴的な体格をしていれば、すぐばれるだろう。

新たに乱入してきた青年を、美都子は大きく目を見開いて凝視する。

「あなたが賀茂の権博士どの……？」

幸い、名前だけは聞いたことがあったらしい。それなら話は早い。

「権博士どの、こちらは弘徽殿の女御さまの姉君で、頭の中将さまの奥方でもいらっしゃるのですが」

と、夏樹は頼まれもしないのに美都子の紹介をした。

「あおえを一条のもとへ連れて行こうとしたところ、御方さまに止められてしまって難渋していました。どうも、この恰好が不審の念を招いたらしく……」

「無理もない」

権博士は苦笑したが、夏樹の意図を察して美都子に向きなおった。

「これはけして怪しい者ではございません。わたくしでよろしければいくらでも保証いたしましょう。役に立ちこそすれ、害になるようなことはけしてございませんから」

夏樹と深雪も真剣そのものの顔で同意を示し、あおえも唐衣をかぶったまま、こくこくうなずいた。

「賀茂の権博士どのがそうおっしゃるのでしたら確かなのでしょうね」

まだ完全に納得したようには見えなかったが、美都子はとりあえずそう言ってくれた。

夏樹たちが「では失礼」と目の前を駆け抜けていっても止めようとはしない。

それもこれも賀茂の権博士のおかげだった。いっしょについてくる彼を振り返って、夏樹は心から礼を述べた。

「助かりました。危うく大騒ぎになるところでしたよ」

「あら。わたしはあのまま切り抜ける自信があったけど」

深雪がすねたように言うと、権博士はふっと表情をやわらげた。

「さしでがましい真似《まね》をしてしまったようですね、伊勢の君」

「いいえ、そんなことございませんわ。わたくしも感謝しておりますのよ」

あおえの太い腕をしっかりつかんで小走りになりながら、深雪は猫かぶりの笑顔をつくる。この状況でいまさらそれは効かないんじゃないかと夏樹は危ぶんだが、権博士は穏やかに微笑み返している。

つかの間、生じたなごやかな空気も、東の対の一室に入るとたちまち霧散してしまった。遣戸《やりど》で仕切った何もない部屋の中央には、背中に矢傷を受けた一条が横たわっていたのだ。

褥《しとね》に寝かされている彼の枕もとには、新米女房がひとりですわっていた。彼女はうっとりと一条の顔を眺めていたが、妙な恰好の大男を含む四人が入ってくると仰天してあとずさった。

深雪はおびえる彼女をなだめようと優しく声をかけた。

「ご苦労さま。わたしが代わるから、ここはもういいわ」

あおえに向ける目はまだ驚きに見開かれたままだったが、女房は何度もうなずいて部屋を出ていった。彼女が行ったあと遣戸はぴったり閉めたし、これでもう他人の目を気にする必要はない。

夏樹が馬づらを覆っていた唐衣を取ってやると、あおえは水からあがった犬のように頭をぶるっと振った。

「はあ、しんどかった」

「疲れているところ、悪いけれど」

夏樹はあおえの肩をつかんで一条のそばにすわらせた。

「どう思う。一条は——助かるか?」

一条の端整な顔に血の気はなかった。もとから白かった肌がいまは透けるようだ。自然な薄紅色に染まっていた唇は青く、長いまつげはそよぎすらしない。

動かない分、美貌はいや増したようだった。名人が丹精こめて創った等身大の人形と言っても通じたかもしれない。あの新米女房も、それできっと飽かず見とれていたのだろう。

だが、夏樹にしてみれば、こんな一条は好きになれなかった。他の者はどう言うか知らないが、皮肉っぽい笑みを浮かべたり、罵声をあげてあおえに殴りかかったりしている一条のほうが、絶対によかった。

「手当てした薬師は、『もう息はないし、心の臓も動いていない。もはや目を醒ますことはあるまい』と言うんだが、本当にそうなのか？」

夏樹と深雪、そして賀茂の権博士に見守られながら、あおえは難しい顔でうなった。

「うーん。そうですねえ……」

眠る一条の上にかがみこんで、ふんふんと鼻を鳴らす。彼が元気なときにこんなことをしようものなら、たちまち紙扇で頬を張りとばされていただろう。

（やっちゃえよ、一条）

夏樹は声に出さずに友へ呼びかけた。

（いつものようにはね起きて、紙扇を一発がつんとくらわせろよ）

一条なら絶対そうするはずなのに、期待に反して何も起こらない。あおえの濡《ぬ》れた鼻が顎《あご》の先をかすめても、まったくの無反応だ。

「死んでますね」

あおえはあっけらかんと言ってのけた。その言いかたが癇《かん》に障って、夏樹は思わず声を荒らげた。

「あおえ！」

と同時に、ぐっと袖を引かれる。振り向くと、深雪が唇の前にひと差し指を立てている。

「駄目よ、大きな声出しちゃ」

あまり騒ぐと、何事かと誰かが様子を見に来るかもしれない。賀茂の権博士はともかく、馬頭鬼がここにいるのを知られてはまずい。

夏樹はうなずいたが、胸のむかつきは消えなかった。抑えようにも、その不快な気持ちがひそめた声に表れてしまう。

「あおえ、もう息がないのはわかってるんだ。そんなことを聞くためにおまえを呼んだんじゃない。蘇生させる方法を、おまえなら知ってるんじゃないかと思って……」

「方法ならありますよ」

一条の死体を前にしているというのに、あおえはいつもの調子で言ってくれた。

「だって、一条さんの魂はまだこの身体にとどまっていますもの」

夏樹が確証を求めて権博士のほうを見ると、若き陰陽師は弟子の冷たい額に手を押し当てているところだった。

「権博士どの」

「ああ。これは仮死に近いな。蘇生の可能性は充分ある」

すぐには言葉も出ず、夏樹は大きくため息をついた。

一条が倒れてからずっと、誰かにそういう台詞を言ってもらいたいと願っていた。大丈夫、一条は死んでいないと。その願いはやっと叶《かな》ったのだ。

夏樹に代わって、深雪が声をはずませた。

「よかったじゃない、夏樹。これでわたしも牛車をとばした甲斐《かい》があったというものよ」

普段なら深雪にこう言われると、あとでどれだけの代償を支払わされるのだろうと憂鬱になるのだが、いまはほとんど気にならない。それどころか喜んで請求に応じたいくらいだ。

「ああ、本当にありがとう。この恩は……」

「ま、恩返しはあとでいいとして、とりあえず蘇生の方法を聞かなくっては。ねえ、あおえどの？」

深雪が水を向けると、あおえは途端に表情を曇らせた。

「でも、これを教えるとあとでわたしの立場が……。死者の蘇生に手を貸したなんて冥府に知られたら、追放期間が延びちゃいますよ」

この期におよんでそんなことを言い出す。いつもの夏樹ならともかく、切羽詰まっているこの状況で言い訳など聞き入れるはずがない。

「いいから、もったいぶるな」

と、精いっぱい低い声で脅《おど》す。あおえは小ぶりな耳を哀しげに伏せた。

「夏樹さんまで一条さんみたいに怒らないでくださいよぉぉ」

「怒ってるんじゃない。蘇生の方法を早く聞かせてもらいたいんだ」

「そうそう。早く吐いたほうが身のためよ」

夏樹と深雪、ふたりがかりで責められて、あおえはだらだらと脂汗を流した。そこへおもむろに、賀茂の権博士が声をかける。

「言いにくいなら代わりにわたしが言ってやろうか」

振り返った三人に、権博士はあっさりと答えた。

「死者を甦らせる方法はいろいろあるが、この場合は冥府から来る迎えを追い返してしまえばいい」

あおえは大きな手で自分の額をぴしゃりと叩いた。

「ああ、言っちゃいましたね……。それ絶対、わたしの入れ知恵だと思われちゃいますよ」

確かに、冥府の迎えを追い返すよう人間をそそのかしたと閻羅王《えんらおう》に知れれば、本来の職場に復帰できる日はさらに遠くなるだろう。冥府に帰りたいとつねづね言っているあおえの気持ちはわからなくもないが、同情する余裕などいまの夏樹にはまるでなかった。

「ありがとうございます、権博士どの」

一礼し、太刀《たち》をつかんで立ちあがる。

「冥府の迎えなんて追い返してやりますとも。来い、あおえ！」

「え？　わたしも？」

自称、つぶらで美しい青い瞳をぱちくりさせているあおえを、夏樹は問答無用で引きずっていく。

「ちょっと、夏樹」

深雪が止めようとするのも耳に入れず、勝手に部屋を飛び出していく。

「まったくもう」

残された深雪は荒っぽく舌打ちした。が、権博士の視線に気づいてあわてて顔を檜扇で隠す。

「本当にいとこには困ったものですわ」

いまさら猫をかぶりなおしても遅いだろうに、場を取り繕おうと口調もおしとやかに変える。権博士にはすでに本性がばれており、無駄なことなのだが、これはもう癖のようなものだった。

「いとこは真剣みたいですけれど、冥府からの迎えを追い返すなどできるのでしょうか」

　権博士は深雪の疑問にすらすらと答えてくれた。

「昔話にはうまく成功した女性の話がありますよ。ご馳走《ちそう》を用意して歓待したんです。それで、冥府の鬼たちは食事の礼がしたいから同姓同名の女を知らないかと言い出し、彼女の代わりにその女性を冥府に連れていったそうです」

「まあ、うまいことやって……いえ、鬼をあざむくとはなんておそろしいことでしょう」

「でも結局は、閻羅王に『これは違う』と指摘され、死ぬべきさだめの女が冥府へ連れていかれましたが。運命を書き換えるのは、なかなかできることではありません」

　夏樹と正反対の静かな口調。その落ち着きぶりが気になって、深雪は訊かずにはいられなくなった。

「では、権博士どのはいとこの努力を無駄だと思われますか？　秘蔵の愛弟子《まなでし》が死ぬかもしれないというのに哀しくはないのですか？」

　率直な問いに、権博士は困ったように眉間に皺を寄せた。口を開きかけてまた閉じたのは、あたり障りのない言葉でごまかそうとして思いとどまったのか。

　その仕草があったがために、しばらくして語った答えは、彼の正直な考えのように聞こえた。

「無駄だとはけして思っていません。哀しむのもまだ早いでしょう。新蔵人どのとあえどのならうまく事を運べるやもしれませんからね。ただ、たとえ失敗したとしても、それは仕方のないことだと思っています。いつか必ず、ひとは死ぬものですから。一条も例外ではないはず」

「それはその通りですけれど……、早すぎますわ」

「ええ、早すぎますね」

達観しているように見えた権博士も、その点だけは深雪に同意してくれた。


冥府の迎えを追い返すと宣言した夏樹は、別荘の鬼門の方角——北東側に広がる野に出て行き、そこで冥府からの使者を待ち受けることにした。

暗かった空はだいぶ白んでいたが、代わりに朝もやがたちこめていた。別荘のほうは静かで、ひとが起き出した気配はまだない。

昨夜、あれだけの騒ぎがあったのだ。みな疲れ果てていても無理はない。いまごろやっと寝つけた者も、きっと何人かいるだろう。夏樹にとっては、邪魔の入る可能性が低くなる分、助かる。

「なんで、わたしまで駆り出されるんでしょう……」

　後ろであおえがぶつくさと文句を言っている。夏樹は振り返って、きついまなざしを馬頭鬼に向けてやった。

「仕方がないだろう。ぼくだけだったら冥府から迎えが来ても見落としてしまうかもしれないじゃないか」

　出やすい環境にいるためか、夏樹はこの世ならざるものと遭遇する機会は多い。けれども、陰陽師でもない彼自身には、本来、そちら方面に対抗する能力はないのだ。それで、万一のことを考え、いやがるあおえをいっしょに連れてきた。

　賀茂の権博士でもよかったのだが、叶うことなら冥府の使いに穏便にお帰りいただきたく、その説得役として馬頭鬼を選んだ。かつての同僚のよしみというものが使えるのなら、使ったほうがいい。

　しかし、そううまくいかないだろうことは夏樹にも容易に想像できた。説得したぐらいで冥府の使いがあきらめてくれるなら、最初から誰も死にはしないだろう。

　夏樹は自分の懐に手を入れ、そこにしまいこんでいたものを握りしめた。薬玉《くすだま》をほどいて作った守り袋だ。

　これは、もともと一条の狩衣《かりぎぬ》だった布で作った品。中身も、一条の髪の毛だ。何かあった際にはこれを握りしめて強く念じろ、こっちの手がふさがってないかぎりは駆けつけていってやる——と、一条は約束してくれた。

いくら念じたところで、いまさら助けに来てくれるはずがない。それでも、夏樹は守り袋をぎゅっと握りしめた。勇気を分けてもらうために。

「でも、夏樹さん、本当に冥府からの使者を追い返せると思ってるんですか？」

そんなことは不可能だとあおえは思いこんでいるらしい。夏樹にしても、光る太刀があるとはいえ絶対の自信など持ち合わせていない。しかし、何もせず手をこまねいているつもりもない。

「あおえは一条が死んでもいいのか？　ずいぶん達観してるように見えるけど」

「ええ、これ言ったら深雪さんに怒られちゃったんですけど……」

怒られても全然懲りていないあおえは、えへっと小さく笑った。

「一条さんが死んじゃっても、冥府でまた逢《あ》えますから。あ、もちろん、わたしが冥府に帰ってからの話ですけどね」

反感をいだかなかったと言えば嘘になる。だが、夏樹はいとこと違って青すじたてて怒る気にはなれなかった。あおえにはその手があるから羨ましいとさえ思った。

「でも、ぼくはいやだな。一条にいま死なれるのは」

「わたしも正直、早すぎるとは思いますよ」

「やっぱりそうだよな」

夏樹はしみじみとつぶやいた。

「こんなに早く、しかもあの程度のことで死ぬようなやつじゃないんだ……」

だから、一条の死など認められない。これが現実だというのなら、力ずくでも変えてやるまでだ。

「あ、あの、夏樹さん……」

あおえが急に口調を変え、朝もやの彼方をおそるおそる指差した。夏樹がハッとしてそちらを向くと、朝もやの中をゆっくりと歩いてくる人影が視認できた。

露で濡れた草を踏み分けて、その人影はこちらに近づいてくる。ひどく長い棒状の何かを持って。しかも、あおえにも匹敵する大柄な相手だ。

夏樹は太刀のつかに手をかけ、じっと息をひそめていた。あおえも黙って胸の前で手を合わせている。

が、沈黙はあおえのかすれた声で中断された。

「しろき……！」

ふたりの前で立ち止まったのは、唐風《からふう》の装束と鎧《よろい》を身につけた牛頭鬼《ごずき》だった。しろきという名がそこに由来するのか、頭部は白い牛だ。あおえと違って目つきは厳しく、一筋縄ではいかなそうな不穏な空気を漂わせている。

それはしろきが手にしている得物《えもの》のせいもあったかもしれない。

長さは十尺（約三メートル）あまり。木製の柄《え》の穂先には槍《やり》のような尖《とが》った刃《やいば》に加え、三日月状の月牙《げつが》と呼ばれる刃がふたつ、左右対称についている。方天戟《ほうてんげき》だ。

夏樹は無意識に顔をしかめていた。

（長物か）

槍や戟のような武器は、柄が長い分、相手を近づかせずに攻撃することができる。さらにしろきとの身長差もそこに加わる。至極厄介な相手だ。

（できれば戦わずに済ませたいが……）

期待をこめてあおえをちらりと見る。その視線に気づいて、あおえは再び牛頭鬼の名を呼んだ。

「しろき……」

牛頭鬼のしろきはかつての同僚をぎろりと睨みつけた。

「すっかり現世ぼけしたようだな、あおえ」

目つきにも声にも、友好的な雰囲気はかけらもありはしない。

「──もしかして、冥府ではそれほど親しくなかったとか」

と夏樹がつぶやくと、あおえは力いっぱい首を横に振った。

「そんなことありませんよ。馬頭鬼と牛頭鬼の違いはあれど、しろきとわたしは心の友と呼びかわした仲……」

「誰が心の友だ」

しろきはいかにも厭《いや》そうに渋い表情をつくった。

「獄卒にあるまじき失態をやらかし、現世に追放されて反省しているならともかく、人間どもとぬるま湯のような暮らしをしているというではないか。閻羅王さまは何もかもお見通しでいらっしゃるのだぞ」

「そんな、ぬるま湯だなんてとんでもない！」

よほど理不尽に感じたのか、あおえは耳をぱたぱたとせわしなく動かして力説する。

「しろきは一条さんと暮らすのがどんなに大変なことか知らないからそう言うんですっ。毎日毎日、下男のようにこき使われ、紙扇で殴られ、足蹴にされ、いつ冥府に帰れるのかもわからず、わたしがどれほど苦しんだか……。しろきにはわからなくても、閻羅王さまはきっとわかってくださっているやい！」

しゃべっているうちに感情が高ぶってきたのか、大げさな身振り手振りをつけ、うっすら涙まで浮かべる。それがしろきの癇に障ったのだろう。鼻息も荒く、

「以前から煮えきらない、ぐしゃぐしゃしたやつだったが、さらに磨きがかかったようだな」

と罵《ののし》る。仲がいいのか悪いのか、にわかには判断しづらいふたりだ。

だが、そんなことはどうでもいい。完全にしろきから無視されている夏樹は、我慢で

きなくなって大声をあげた。

「仲間割れはやめてくれ！　いまはおまえたちの問題に関わっていられないんだ！」

叫んだ甲斐あって、しろきがやっと目を合わせてくれた。うさんくさそうに横目で睨む形だったが、夏樹は気にせず本題にとりかかった。

「単刀直入に言う。死者の魂を迎えに来たんだろうが、このまま何もせず冥府に帰っていってほしい」

はいそうですかといった返事は、最初から期待していなかった。案の定、しろきは小馬鹿にしたように鼻で笑う。

「そんなことができるはずないだろう？　ふぬけの馬頭鬼がなんと言ったか知らないが……」

「わたしが入れ知恵したんじゃないですよ！」

あおえの抗議には耳を貸さず、しろきは方天戟を頭上で大きく一回転させた。ぶんっと空気が鳴る。見た目通りに腕力もそうとうありそうだ。

「悪いが、おれには情に訴えても無駄だし、買収も通じない。てっとりばやく職務を済ませたいだけだからな。わかったら、さっさとそこをどけ」

「やっぱり、話し合いはできないか」

夏樹は腰を落として、鞘《さや》から太刀を抜き放った。母の形見の霊剣はまだあの不思議な輝きを帯びてはいなかったが、それでも物の怪を軽く両断できそうなくらい美しく研ぎ澄まされている。

光らずともいい、と夏樹は秘《ひそ》かに思った。あおえの心の友とやらを倒したくはないし、そこまでする必要もなかった。要はこいつを追い返せればいいのだ、と。

「できれば手荒なことはしたくなかったんだが、どうも最近、牛とは相性が悪いみたいでね」

「はっ、人間風情《ふぜい》に何ができる。べつにおれは構わないぞ、冥府へ連れていくやつがひとりぐらい増えても」

両者ともそれぞれの武器をかまえて睨み合う。あおえは最初から戦闘に加わる気はないらしく、無責任に声援をとばした。

「夏樹さん、しろきの馬鹿力をなめちゃいけませんよっ。しろきもその太刀には気をつけてっ」

そんな馬頭鬼を牛頭鬼が振り向き、腹立たしげに怒鳴りつけた。

「どっちの味方なんだ、おまえは！」

その隙をついて、夏樹は前に走り出た。脚を狙って太刀を下段からくりだす。が、反転した戟の柄が、夏樹の太刀をやすやすとはじき返した。

さらにしろきは勢いを利用し、柄の先にかぶせている金属の石突きで夏樹の顎を打った。頭が砕けそうな衝撃を受けて、夏樹は後ろに倒れこむ。

「だから言わんこっちゃない！　しろきは獄卒仲間でも特別凶暴なやつなんですよ！」

なんの足しにもならない忠告だが、まともに攻撃を受けると身がもたないことだけははっきりした。夏樹はずれた烏帽子をむしりとって立ちあがり、すぐさま太刀をかまえ直した。

「手加減なんかしてられないってわけか……」

顎の痛みをこらえながらつぶやくと、しろきは歯を剝《む》き出して凶暴な笑顔をつくった。

「おやおや、こっちはかなり手加減してやったんだがな」

力の差を見せつけるような台詞を浴びせてくる。それでも、夏樹はめげずに再び攻撃を仕掛けた。今度は太刀を大きく振りかぶって上段から攻める。またもや柄で止められたが、返して襲ってくる石突きは、軽く身体をひねって受け流すことができた。

（やった！）

戟はその長さゆえ、一撃目をかわされると二撃目を出すのに時間がかかる。長所が短所に早変わりするのだ。

その機を逃さず、夏樹は横から太刀をふるった。が、牛頭鬼はごつい外見に似合わぬ敏捷《びんしょう》さで身を沈める。今度はしろきの下段攻撃が来る。夏樹はあわてて戟の届かぬ範囲まで大きく跳びずさった。

開いた距離をしろきは跳躍して簡単に埋め、振りかぶった戟の先端を敵の上に打ち落とそうとする。鋭い月牙に斬られる寸前で、夏樹はまた後ろへさがる。

戟は指貫《さしぬき》を少し裂いただけで、勢いよく地面に突き刺さった。

槍の場合は障害物に深く刺さりすぎて抜けなくなることがあるが、戟の横についた月牙はその危険を予防する役割を果たしている。おかげで、しろきが動きを止めたのはほんのわずかの間だった。それでも、夏樹はその好機をのがさず太刀を叩きこんだ。

鋭い刃は腰のあたりの装束を裂いたものの、その下に着こんである硬い鎧にあたっただけだった。しかもその振動が、右腕に受けた矢傷にびりびり響く。

思わずうめき声をあげたために、たいした深手を負わせられなかったばかりか、利き腕をうまく使えないことを見抜かれてしまった。

「なんだ。おまえ、怪我をしているのか」

ひと太刀浴びた痛手などまったく感じさせず、しろきは余裕ありげにせせら笑う。

「それで挑んでくるとはたいした根性だな。そんなにおれを手ぶらで追い返したいか」

はあはあと息を荒らげつつ、夏樹は強く言い切った。

「当たり前だ。おまえが連れて行こうとしているやつはぼくの友人なんだ。しつこい牛頭鬼を追い落とせるなら、この腕の一本や二本くれてやったっていいくらいだ！」

「では、その腕いただこうか！」

いきなり、戟を突き出してくる。鋭い月牙が夏樹の装束にひっかかって身体がふわりと持ちあげられ、次の瞬間、地面に強く叩き落とされた。

傷ついた右腕を打ちつけてしまい、夏樹は苦痛の声を洩らした。脂汗がどっと噴き出し、怒りと焦燥感で目もくらみそうになる。

そのとき——遅ればせながら、太刀がほの白く輝き始めた。持ち主の危機に反応するように。妖《あや》しく。美しく。目に見えて輝きを増していく。

観戦に徹していたあおえが悲鳴じみた声をあげた。

「しろき！　その太刀を受けたら、いくらわたしたちだって……」

「うるさい！」

牛頭鬼は大声で吼《ほ》えると、臆せずに戟をふるった。夏樹は光る太刀でそれを受け止める。太刀の刃は月牙と真ん中の刃の間にぶつかり、頭の芯に響くような高い音と細かな火花を散らした。

太刀の輝きはまだ充分ではない。最後のところで夏樹がためらいを捨て切れぬせいか。一方、しろきはまぶしさに目を細めつつ、とんでもない力で戟を押してくる。夏樹が負けずに歯を食いしばって踏みとどまると、今度は戟をねじって太刀を巻き落とそうとする。

（刃が砕ける！）

そう思った夏樹は反射的に力をゆるめてしまった。結果、太刀は後方にはじきとばされ、夏樹はまた草の上に倒れこんだ。

はね起きようとして顔を上げると、目の前に戟を突きつけられた。真ん中の鋭利な刃が夏樹の喉をまっすぐ狙っている。

「さあ、あきらめる気になったか」

「誰が！」

語気も鋭く言い返しながら、夏樹は目で太刀を探した。地面に転がっている太刀をすぐにみつけたが、とても手が届かない。それにもう、刀身は光っていない。

では、このまま戟のえじきになって、一条もろとも冥府に連れて行かれるのか――

不思議と怖くはなかった。くやしさと無力感はあったが、このまま殺されても構わないとも思った。

一条と逝けるなら。

（結局、役には立てなかったけれど、これであいつも許してくれるかも――）

そう思った途端、後ろからそっと肩に手を置かれたような気がした。あるかないかの感触とともにいい香りが鼻孔をくすぐり、苦笑まじりの声が聞こえる。

（馬鹿夏樹）

驚いて振り返ったが、背後には誰もいなかった。何もできずにはらはらしているあおえとは位置が離れているし、あれは断じて馬頭鬼の声ではない。

（あれは……あの声は……）

一条の声だった。夏樹は愕然《がくぜん》とするあまり、動こうにも動けない。襲うなら絶好のこの機会に、しろきはなぜか戟をおさめた。

「命拾いしたな」

どうして、そんなことを言うのか。とどめをさす気はないのか。

夏樹のその疑問を表情から読み取ったらしく、牛頭鬼はにやりと笑う。

「死びとのもとへは別の牛頭鬼が行った。おれはただの囮《おとり》だよ」

「えっ……」

それで夏樹も、しろきが攻撃をやめたわけを理解した。さっき、一条の声が聞こえたわけも――

しかし、夏樹はどうしても認めたくなかった。

「一条のそばには賀茂の権博士がいる。直弟子の魂がさらわれるのを、あのひとが簡単に許すはずがない」

「さあ、それはどうかな。すべての人間が、おまえのように未練がましいというわけでもあるまい」

あおえまでもがしろきに同調して、

「夏樹さん、仕方ないですよ。あきらめましょうよ」

などと口をはさむ。夏樹は即座に却下した。

「いやだ！」

あきらめるくらいなら、戟に刺しつらぬかれたほうがまだましだと思った。それか、いっそのこと——

「代わりにぼくを連れていけ」

勢いにまかせて怒鳴ったが後悔はなかった。が、しろきはとりつくしまもない。

「できるわけがないだろうが」

牛頭鬼はおのれの腰布のほころびに手をあてた。夏樹の太刀が斬り裂いた箇所だった。

「おまえはよくやったよ。鎧を着ていなかったら、太刀がもっと早く光っていたら……ひょっとして、おれでも危うかったかもな」

「そんなふうに言われても嬉しくなんかない！」

くやしくて情けなくて、夏樹は血がにじむほどきつく唇を噛みしめた。

結局、何もできないのか。このまま、一条は永遠に失われてしまうのか——

（駄目だ、そんなこと！）

未練がましいと言われようと、夏樹はどうしてもあきらめられなかった。それができるなら、最初からこんなところで冥府の者を待ちぶせたりしていない。

（この牛頭鬼を人質にとって冥府と直接交渉したっていい）

そうまで考えたのが伝わったのだろうか。顔を上げると、もうそこにしろきはいなかった。驚いて周囲を見廻すが、馬頭鬼はいても牛頭鬼の姿はどこにもない。

太陽そのものはまだ東の山陰から出てはいないが、朝もやはだいぶ晴れかけ、周囲は明るくなっていた。しかもあたりに茂っているのは背の低い草ばかりで、隠れるところなどありはしない。

「あいつはどこへ行ったんだ？」

「しろきなら帰りましたよ」

あおえがおそるおそる近寄ってきて、そう告げる。

「ここでの用が済んだから……」

「言うな！」

夏樹は落ちていた太刀をつかみ、あおえをその場に残して別荘へと駆け出した。

あの牛頭鬼の言ったことを否定したい気持ちと、すでに容認している気持ちとがまじりあって、頭の中でぐるぐると渦を巻いている。

（一条のそばには賀茂の権博士がいる。あのひとが弟子をみすみす死なせたりするはずがない）

そう思おうとするがうまくいかない。別の考えがすぐに湧いて出てくる。

(でも、いかに権博士でも、ひとの生き死にには手を出せないのかも……。いや、あのひとなら……。でも、そんな……)

頭が混乱しているなら、身体も混乱していた。はやる気持ちと前に出る足とが嚙み合わずに何度も転びそうになるし、太刀を取り落としそうにもなる。この動揺を鎮めるには、一刻も早く、事実を確認し、自分を安心させてやるしか方法はない。

(早く——早く——)

不安に激しくさいなまれつつ、夏樹は別荘の東の対の一室へ駆けこんだ。遣戸を勢いよくあけ、他の部屋に聞こえるかもしれないなどとは一切考えず、怒鳴る。

「一条は!?」

深雪が振り返る。賀茂の権博士は顔を伏せたまま、弟子を見下ろしている。

一条は変わらない。肌は白く、唇は青く、まぶたは堅く閉ざされている。

深雪が何か言おうとしてやめた。まるで彼女の代役を買って出るように、権博士が顔を上げる。静かな表情をして。

「少し前に若い牛頭鬼が来て連れていきましたよ」

声にもまったく乱れがない。弟子の死をなんとも思っていないのか、あるいはその逆で感情を表せないほど動揺しているのか。夏樹には判断がつかない。

「これでもう彼はこの世の者ではなくなりました。文字通り、鬼籍に入ったんです」

「どうして……どうして逝かせたんですか⁉」

夏樹は権博士につかみかかろうとして寸前でこらえ、代わりに床板を右の拳で殴りつけた。指だけでなく腕の矢傷にも痛みが走ったが、ほとんど気にならないくらい頭に血がのぼっていた。

「あなただったら、一条をむこうに引き渡さない方法ぐらい知ってたでしょうに。せめて、ぼくをすぐ呼んでくれればよかったんだ。そうしたら、あんな囮の牛頭鬼じゃなくて本物の迎えを追いはらえたかもしれないのに」

彼を責めたところで一条が生き返るわけでもない。詮ないこととわかっていても言わずにはいられなかった。

「どうして、直弟子を見捨てるようなことを……」

「夏樹、もうやめなさいよ」

見かねた深雪がたしなめようとしたが、権博士は彼女にむかって首を横に振ってみせた。

「いいんです。新蔵人どのも理解されていらっしゃるはずですから。いくら陰陽師でも、命数の尽きた者を甦らせることは禁忌なのだと」

夏樹は嚙みつかんばかりの勢いで言い切った。

「いいえ、わかりません」

そんなこと、絶対わかってなどやりたくなかった。権博士の言い分こそ正論だと、どうしようもないのだと、頭では理解していても、感情が頑として拒み続けていた。

「一条、帰ってこい」

唐突に、夏樹は横たわった一条の肩をつかんだ。

「一条！」

しかし、いくら呼んでも応《いら》えはなく、つかんだ肩からは温《ぬく》もりがまったく感じられなかった。

第二章　異界の入り口

午前中にひと雨降ったせいだろうか、真夏にしては涼しい日になった。

こんなときは、それまで夏バテぎみだった身体《からだ》もいくらか持ち直し食欲も増してくるのだろうが、夏樹は朝から何も口にしていなかった。

食べもせず、横にもならず、ただじっと、友人の死に顔をみつめている。それは、正親町《おおぎまち》にある一条の自宅へ遺体を移したあとも変わらなかった。

通い慣れた隣家の、見慣れた部屋。そこに運ばれた遺体のそばで、夏樹はぼんやりと過去のさまざまな出来事を思い浮かべていた。

たとえば、御所の暗闇の中で初めて一条の姿を目撃したときのこと。男装の少女のごとき妖《あや》しい美しさに心底驚いたものだった。

馬鹿呼ばわりされたうえに殴られ、彼の性格の悪さを知ったときのこと。いまではすっかり慣れて、逆に一条はああでなくてはと思うまでになった。

いっしょに東国へ旅したときのことも。あれは本当につらい旅だった。一条と途中から加わったあおえのおかげで、どれだけ救われたか。

その後もいろいろなことがあった。何度も助けられた。こんちくしょうと思ったときもあった。去年の春に彼と出会ってから、まだ一年と少ししか経《た》っていないとは信じられないくらいだ。

思い出にするにはあまりにも早すぎる。

（どうにかすれば、もう一度目を醒《さ》ましてくれるんじゃ……）

おそるおそる手をのばして一条にふれようとすると、外の簀子縁《すのこえん》を踏みしめる足音が聞こえてきた。ハッとして手をひっこめると同時に、遣戸《やりど》が開いてあおえが入ってくる。

「はいはい、ちょっと失礼しますよ」

いつもの水干《すいかん》に着替えた馬頭鬼《めずき》は夏樹のそばへすり足で寄ってきて、ぺたんとすわった。愛敬《あいきょう》のある馬づらも、さすがにいまは神妙な表情を浮かべている。

「別室で深雪《みゆき》さんや権博士《ごんのはかせ》さんと話してたんですけど、野辺送りは明日の夕刻にしようってことになりました。今夜はこの邸《やしき》にとどめておいて、式神《しきがみ》さんたちにもゆっくりお別れをさせてやろうって」

「そうか……」

そういえば、ぼうっとすわっているとどこからか女のすすり泣きが聞こえてきたことが一度だけあった。意識して耳をすますと聞こえなくなったので、空耳かとも思ったが、あれはもしかして式神の泣き声だったのだろうか。

「それから、何か召しあがりませんか？　たいしたものはありませんけど、瓜《うり》だったらすぐに出せますよ」

「いいよ、悪いから」

「遠慮なんかしないでくださいよ。深雪さんなんて、冷えてないとか甘くないとか文句たれながら食べちゃってますよ」

「遠慮なんかしてないよ。本当に食べたくないんだ」

あおえは小さな耳を垂らし、困り果てたようにため息をついた。

「実は、夏樹さんの乳母《めのと》さんがとっても心配されてるみたいで、早くこちらにお帰りくださいって、お隣から家人《けにん》が何度も言いに来てるんですよ。この顔で応対するわけにはいきませんから、代わりに深雪さんが追い返してくれてますけどね。そのうち、乳母さん御自らがお出まししたらどうしようかと思って……」

「桂《かつら》なら来ないよ。陰陽師《おんみようじ》のこと、外法《げほう》使い呼ばわりして本気で嫌ってるから」

いっそ、賀茂《かも》の権博士が本当の外法使いで、禁を犯すことにためらいをまったく持たない人物だったらよかったのに。そうしたら、禁忌がどうのとおためごかしを言わずに、弟子に蘇生《そせい》の術を施してくれたかもしれないのに……。

そんなことを考えていた夏樹は、自分で口にした『外法使い』という言葉にふとひっかかるものを感じた。

（この言葉を桂が使ったのは、惟重《これしげ》が明日をも知れぬ状態になったときだったっけ……）

あのとき自分は、もし大事な人が身罷《みまか》るようなことがあれば外法でもなんでも構わずに使うだろうと思った。

いまがまさにその状況ではないか。

ならば、ありとあらゆる手段を試してみればいい。それこそ、外法も含めて。

そんな危険な考えが、夏樹の頭をよぎる。外法に関わった代償として自身の命を失うようなことになったとしても、それはそのときだ、と。

そういえば、賀茂の権博士は『死者を甦《よみがえ》らせる方法はいろいろある』と言っていた。冥府《めいふ》からの迎えを追い返しそびれたからといって、打つ手がなくなったわけではないはず。

だが、やりかたを知っていても、権博士はきっと教えてくれないだろう。どういうふうにもっていけば、うまく聞き出すことができるだろうか。

「夏樹さん？　どうしました？」

気がつくと、あおえが至近距離から心配そうに覗《のぞ》きこんでいた。

「いや、べつに……」

そのとき突然、ひとつの方法が閃《ひらめ》いた。間近であおえの馬づらを見たせいかもしれない。

夏樹が我慢できずに笑い出すと、あおえはぎょっとしたように後ろにさがった。

「ど、どうしたんです、夏樹さん？」

「心配ないよ。全然、心配ないから」

笑いを抑えきれずにいる夏樹を怪しんで、あおえは探るように目を細めた。

「あんまり妙なこと考えないでくださいよ」

「妙なことなんて考えてないよ」

妙は妙でも妙案のほうだと、夏樹は胸の内で付け加えた。

「そうですか？　元気が出たのならいいんですけど……。じゃあ、深雪さんたちのところへ行きましょうよ。お食事、用意していますから」

「うん。ありがとう」

正直言ってまだ食欲はない。だが、力をつけるためには無理にでも食べなくてはと、あおえのあとについて別室に移った。

部屋の入り口にかかった御簾《みす》をくぐり、入室した途端、深雪が呼びかけてきた。

「夏樹、ほら、こっちにすわりなさいよ」

こちらに背を向けてすわっていた権博士が振り返る。

深雪は片手で檜扇《ひおうぎ》を揺らし、もう片方の手で床に敷いた円座《わろうだ》をばんばん叩《たた》いている。

地がかなり出ているが、あまり権博士の目を気にしていない。もうその必要なしと判断したのか、構っていられる気持ちの余裕がないのか。たぶん、両方だろう。

勧められるままに夏樹が円座に座すと、深雪は瓜を載せた高坏《たかつき》を彼の前へ押し出した。

「いちばん甘そうなところ、残しておいたのよ。さ、食べなさいってば」

「うん……」

食い意地の張ったいとこがいちばんおいしいところを譲るなんて、珍しいこともあるものだなと、夏樹は思った。

「何が珍しいですって？」

「え？」

見れば、深雪の眉がぴんと大きくはねあがっている。心のつぶやきのはずが無意識に外に洩《も》れていたらしい。

「あ、いや、この瓜がちょっと珍しいなあと思って……」

「こんなもののどこが珍しいのよ」

深雪が軽く夏樹の腕をはたく。いつもの彼女にしては優しめの打撃だったが、そこはちょうど矢傷の上だった。夏樹がぎゃっと声をあげると、深雪は意識せずにやっていたらしく、驚いた顔になった。

「ごめんなさい、ごめんなさい」

「あの、深雪、頼むからそこはさわらないでくれ」

「だから、ごめんなさいってば」

騒ぐふたりを、賀茂の権博士はくすくすと笑いながら見ている。小さな子供たちがじゃれあっているのを眺める父親のようだ。

恥ずかしくなり、夏樹はあわてて深雪から距離をとった。居住まいを正して賀茂の権博士に向き直り、深々と頭を下げる。

「先ほどは見苦しいところをお目にかけて申し訳ありませんでした」

「見苦しい？」

「大堰《おおい》の別荘でひどく取り乱してしまって」

「それは無理もないことかと。むしろ、あの一条にこんなに親身になってくれる友がいたことのほうに驚きました」

「一条は……」

その先をどう続けていいものか迷い、言葉に詰まった夏樹はさらに深く顔を伏せた。そうしたのは、権博士の視線をさけるためでもあった。考えていることを悟られたくなかったのだ。

その意図に相手が気づいたかどうかはわからない。賀茂の権博士は首を横に振っただけで、一条のことに関してはもう何も言わなかった。

　夕方、賀茂の権博士は左大臣からの要請を受けて大堰の別荘に赴くことになった。深雪はその少し前に、

「女御《にょうご》さまが不安がっていらっしゃるから、おそばにいなくちゃね」

と別荘へ戻っている。ふたりとも、夏樹が平静を取り戻したと判断し安心したからこそ、それぞれの役割を果たしに行ったのだろう。

　心配をかけて悪かったと夏樹は心から思った。その一方で、だからこそ本当のことは明かせないんだとも思う。

　夏樹のことを心配してくれている者は他にもいた。乳母の桂だ。

　夏樹が隣家から自宅へ戻ると、待ちわびていた桂はすぐさま奥から走り出てきた。

「夏樹さま、大堰でお怪我《けが》をなされたというのは本当ですか⁉」

　開口一番そう叫んで、養い子の傷ついた腕をつかもうとする。夏樹はとっさに後ろへ手をやってそれを回避した。

「ちょっと待った。痛むからさわらないでほしいんだ」

「ああ、やっぱりお怪我をなさったのですね。いくら弘徽殿《こきでん》の女御さまのご用とはいえ、深雪さまもなんて無体なことを……」

「桂、桂、ぼくなら大丈夫だから落ち着いて」

涙ぐむ乳母を夏樹は必死になだめる。

「いったい、桂は今回のことをどういうふうに聞いているんだい？」

「どうって……夜ふけに深雪さまが乱入してこられ、お休み中の夏樹さまを無理やりさらっていかれたではないですか」

「うんうん」

さらわれたのは実は身代わり役のあおえだが、夏樹は訂正せずにうなずく。

「弘徽殿の女御さまのご用だとうかがったからこそ、わたくしが口をはさんではならないと耐えておりましたが、夏樹さまは大堰からいっこうにお帰りにならず、やっと牛車《ぎっしゃ》が戻ったかと思えば隣の邸へ入ってしまわれるではありませんか。いったい、どうされたのかと案じて使いを出せば、深雪さまにすげなく追い返される始末。桂はもう心配で心配で……」

これでよくわかった。

桂は大堰の別荘で何があったかを知らない。だからこそ、ああだろうかこうだろうかと、よけいに心配する羽目になったのだ。

「すまない、桂。詳しいことは……」

まだ話すわけにはいかないけど。そう続けようとした言葉を、老いた乳母は押しとどめた。

「いえ、よろしいのです。お役目に関することはそう容易には外へ洩らせないのでございましょう？　とり乱してしまったわたくしが悪いのです。どうか、お許しくださいませ」

そう言って盛大に鼻をすすりあげる。いつもながら口うるさい乳母だが、職務のことにまで踏みこもうとはしない点はありがたかった。

「それで、あの、舌の根も乾かぬうちにこう言うのはなんですけれど……」

好奇心を完全には制御できないらしく、桂は様子をうかがいつつ質問する。

「隣の陰陽生《おんみようしよう》もごいっしょだったのでございましょう？　あの者も怪我を？」

「ああ」

怪我などと生易《なまやさ》しいものではない。それでも、夏樹は笑みすら浮かべることができた。

「ぼくなんかよりずっとひどい怪我なんだ。でも、安静にしておけば大事ないって。そうは言われてもやっぱり心配だから、いままでそばに付き添っていたんだよ」

すらすらと嘘《うそ》が口をついて出る。が、胸は痛まない。それを真実にしてしまえばいいと思っているからだ。

「まあ、あの者がそんな怪我を……」

陰陽師嫌いの桂もさすがにいい気味だとは言わない。

「あんなに若くて、身分のわりに見目うるわしい若者なのですから、これに懲りて怪しげな道へ進むのを思いとどまればよいものを」

その発言からもわかるように、彼女の嫌悪は一条本人にではなく陰陽師という職種に向けられているのだ。もしも一条が陰陽生でなかったら、桂は彼を夏樹の友人として素直に認めていたかもしれない。

（そうじゃない一条も想像できないよな……）

とはいえ、仮に一条に不思議な力がなくても、出逢《であ》えさえすればいまと同じように親しくなれただろう。

彼とはそんな強い繫《つな》がりを感じる。だからこそ、死なせたくない。

「実は、またすぐに出かけなくてはならないんだ」

「まあ、そんな。お顔の色もすぐれなくてお疲れのご様子ですのに」

「これもお務めだから」

「それはそうですけど……。こうしてみると上《うえ》つかたのおぼえがめでたいのも考えものですわね」

桂は心底困ったように大きなため息をつく。が、その上つかたとの付き合いが出世に大いに関わると知っているだけに、反対はしない。

「ついでに貸してもらいたいものがあるんだけど」

それが何かを告げると、桂はたちまち不審そうな顔になった。

「本当にそのような物が必要なのですか？　いったいどういうご用で……」

言いかけてやめる。訊《き》かないと約束したのを思い出したのだろう。

「わかりました。お部屋で少々お待ちくださいませ。新しいお召し物も取ってまいりますから」

言われた通りに自分の部屋で待っていると、桂はすぐに洗いたての狩衣《かりぎぬ》と頼んだ品物を持ってきてくれた。着替えも甲斐甲斐《かいがい》しく手伝ってくれる。

血や土で汚れていない狩衣は疲れた肌に心地よかった。乳母のありがたさをしみじみ感じながら、それでも夏樹はさらに嘘の上塗りを続ける。

「内密にしなくてはならない用だからね、馬も供もいらないよ。見送りもしなくていいから」

「大変でございますねえ……」

「うん。仕方ないよ。深雪も知らないことだから、もしもあいつが来たら寝てるとでもなんとでも言って追い返してほしいんだ。むこうもいそがしいはずだから、来はしないと思うけどね」

今夜もあの怪しい馬はむこうに――大堰の別荘に現れるだろうか。

気にならないわけではなかったが、目の前の問題を片づけるのが先だと思い、夏樹はずかとあがりこむ。

そちらへ関心を向けるのをやめた。

（弔い合戦はあとまわしだ。弔う意味もなくなるかもしれないんだから）

着替え終わった夏樹はさっそく出かけることにした。陽《ひ》もだいぶ傾いているから、いまから出れば最終的な目的地に着く頃には夜になっているはず。そのほうが好都合だ。

「もう行かれるのですか？」

桂は不満げだったが、言いつけをちゃんと守って見送りには出なかった。おかげで、目立たず外へ出ることができたし、はばかることなく隣へも行ける。

隣家の門前にまわった夏樹は、扉を叩こうとしてしばしためらった。大きな音をたてると桂が気づくのではないかと懸念したのだ。

いつもは庭づたいに通えたから、こういう場合についてはまるで考えていなかった。かといって、いまさら自邸に戻って出直すこともできない。

（いざとなったら築地塀《ついじべい》をよじ登るか。でも、荷物があるからな……）

が、悩む必要はなかった。なんの気なしに門扉を軽く押すと、かんぬきが下りていないことが判明したのだ。

あおえの不用心さに感謝しつつ、夏樹は門をあけて隣家に忍びこんだ。邸内にもずかずかとあがりこむ。

しかし、警固がすべておろそかになっているわけでもなかった。夏樹が簀子縁を歩いていると、前栽《せんざい》の陰から何かが突然現れたのだ。

行く手をさえぎるように宙を漂ってきたそれは、赤黒い火の玉だった。

普通の者なら仰天して腰を抜かしただろうが、夏樹は笑みを浮かべ、あまつさえ火の玉に優しく声をかける。

「ああ、水無月《みなづき》か。本当に無事だったんだね」

これは一条の式神。大堰の別荘で怪馬にたちむかっていき、あえなく嚙《か》み砕かれたように見えたが、一条の言った通り逃げおおせていたらしい。

「ぼくを通してくれるかい？」

夏樹を誰だか認識したのだろう。火の玉はまたふわふわと庭へ漂っていき、ふっと消える。見えなくなったからといって気配がなくなったわけではない。誰もいないはずの黄昏《たそがれ》の庭から視線を感じる。それも水無月だけでなく、複数の。

かなり不気味な状況だったが、夏樹は気にせず一条の遺体が寝かせられている奥の部屋へ向かった。案の定、あおえはそこにいた。

一条の枕もとにすわって、こっくりこっくり舟を漕《こ》いでいる。そばへ行っても起きそうにない。

夏樹は荷物を床に降ろすと、懐からおもむろに紙扇《かみおうぎ》を取り出した。あおえの後頭部に狙いを定め、それを思いきり叩きつけてやる。

「おごっ！」

あおえは妙な声をあげ、大きく前に傾いた。

「い、一条さん⁉」

一条に殴られたと思ったらしい。頭を押さえて振り返ったあおえは、夏樹の顔を見て露骨に驚いていた。

「な、夏樹さん！　夏樹さんがわたしを殴ったんですか⁉」

「ああ。起こそうとしたんだ」

「だったら、『やあ、がんばり屋さんのあおえ、もう朝だよ』とかなんとか甘くささやきつつ優しく揺り起こしてくださいよぉ。ったく、一条さんかと思ったじゃないですかぁ」

後頭部をなでながら、あおえはぶつくさ文句をたれている。自分の痛みにかまけていて、どうして夏樹が戻ってきたのか訊こうともしない。

「まだ朝にはなってない。そんなことより、門があいてたぞ。不用心だな。これからは前にも増して用心しなくちゃならないっていうのに」

「前にも増して？」

ようやく、何かがひっかかると感じてくれたようだった。

「どうしたんです、夏樹さん？　ちょっと顔が怖いですよ。なんで戻ってきたんです？

あれ、この荷物は？」

「おまえに話があって」

夏樹は馬頭鬼の前にすわると、訊かれた順でなく自分が言いたい順に話を進めた。

「この部屋に来る途中で水無月にとおせんぼされたよ。あんな火の玉がふらふらしているようじゃ、この邸の噂《うわさ》も高くなるよな」

「ああ、物《もの》の怪《け》邸の噂ですか。そんなもの、一条さんが引っ越してくる前からあったんでしょ？　いまさら……」

「本当にいまさらだと思うか？」

自分でも驚くくらい冷たい声が出る。あおえもそれに気づいて、

「なんか、いつもの夏樹さんじゃないみたいですねえ」

と、びくびくしだした。不機嫌な一条といるときの反応に近い。

夏樹はなだめるためでなく効果を高めるために、薄く笑った。普段なら失敗したかもしれないが、一条が乗り移ったかのようにうまくいってしまう。

自分が自分でなくなっていくような感覚が少しした。あるいは、新しい自分をひとつ獲得したような感覚、と称すべきか。どちらにしろ、悪い気分ではなかった。これも必要なことなのだと、自分に言い聞かせることができたからだ。

「いままでは一条がいたから、馬づらの鬼を目撃されても『ああ、陰陽師が使役すると

いう式神か』で済んだんだ。だが、これからはそうもいかなくなるだろうな……。どうなると思う？」

「ど、どうなるんです？」

あおえは不安そうに瞬きをくり返している。脅《おど》しているようでかわいそうな気はしたが、夏樹がこれから言おうとしているのは本当に起こりうることでもあったのだ。

「ここは御所にも近いし、生活するにはなかなか便利な場所なんだよ。主人がいなくなったのなら住みたいっていう誰かは当然出てくるさ。もちろん、物の怪邸と噂されているから、希望者はそう多くはないだろうけれど、まったくないわけでもあるまい。式神がまだ居すわってると知れば、どうにかしてそれを追い出そうとしてあらゆる手をつくすだろうね」

「あの、水無月さんたちはともかく、わたしは式神じゃないんですけど」

あおえの言葉を無視して夏樹は続けた。

「坊さんを呼んだり、陰陽師を呼んだり……。一条が引っ越してくる前がそうだったもの」

「でも、結局、効果はなかったんでしょう？」

その通り。この邸に引っ越して何事もなく暮らし続けたのは一条だけだった。

しかし、夏樹はそのことにはふれず、別の面を強調する。

「そういえば、武力行使とばかりにごつい武士たちが乗りこんだこともあったよ。連日連夜そういった連中が押しかけてくれば、ゆっくり舟なんか漕いでいられないぞ。『この物の怪め！』のひと言でばっさり斬られるからな」

「な、何が言いたいんですかぁぁ。わたしを脅してどうするんですぅぅぅ」

　あおえのつぶらな瞳がうるみ始め、語尾もより長くのびる。ようやく危機感を持ってくれたようだった。

「ぼくはただ、一条がいなくなると、あおえにとっても困ったことになるって言いたかったんだよ。冥府に戻れないうえにこの邸にいられなくなったらどうなるか、これっぽっちも考えなかったのか？」

「いえ、あの、考えなくはなかったんですけど、そうなったら夏樹さんのところにお世話……」

「却下」

　夏樹はすかさず拒絶する。

「前にも言っただろ。うちには年とった乳母がいるから、絶対駄目だって」

「わたしのことをちゃんと説明してもらえれば……」

「どう説明するんだよ。うちの乳母は陰陽師が嫌いなんだぞ。その類いは一切合切駄目に決まってるだろうが。それに家人たちが怖がってやめていくよ。いまでさえ、隣の邸が怖いって理由で新しい家人が居着かないのに」

畳みこむように言われ、あおえは床に片手をついて横ずわりになり、なよなよしげな姿勢をとった。『わたし、傷ついているんです』と言いたいらしい。

「夏樹さん、なんだか怖いっ。いつもの優しい夏樹さんじゃないっっ」

「……こんなときに、のんびりしていられるほうがおかしいと思うぞ」

あおえは聞きたくないというふうに両手で耳を押さえ、ぶんぶんと激しく首を振った。つぶったまぶたの下からは滂沱《ぼうだ》の涙があふれ出ている。

ここらでいいだろう。夏樹はそう判断して、あおえの両肩に手を置いた。

「あおえ。ほら、こっち見ろよ」

一転した優しい声に、あおえは首を振るのをやめて、ためらいがちに目をあけた。馬ゆえの長いまつげに涙の粒が散って、きらりきらりと輝いている。

「おまえを苦しめたくて言ってるんじゃないんだ。一条がこの邸にいないとどれだけ困ったことになるか、わかってもらいたかっただけなんだよ」

「夏樹さん……」

あおえは耳から離した手を顎《あご》の下で組み合わせ、かわいらしく小首を傾《かし》げてみせた。かわいらしくといっても、肩幅がっしりの馬頭鬼のやることだ、そうは感じられない者もいるだろうが、とにかくあおえはそうした。

「わたしも夏樹さんの気持ちを考えなさすぎました。人間の夏樹さんはこれで当分、親友の一条さんに逢えなくなるのに……」

「ぼくの気持ちを察してくれるのかい？」

鼻をすすり、勢いよくあおえは答える。

「ええ、もちろんですとも！」

「それなら頼みがある」

間髪いれずに夏樹は言い、邸から持ってきた荷物をどんとあおえの前に置いた。

「いますぐにこれに着替えてくれ」

「こ、これは⁉」

取りいだしたる荷物の中身を見て、あおえは頓狂な声をあげた。驚きの中に喜んでいるような響きがこめられている。夏樹は得たりと内心ほくそえむ反面、頭を抱えてうめきたくなる衝動にも駆られた。が、その両方を抑えて、彼は淡々と告げた。

「桂から借りてきた衣装と市女笠《いちめがさ》だ。同行してもらいたい場所があるんだが、その馬づらは悶着《もんちゃく》の種だからな、これで隠してもらいたい」

「はいはいはい。全然かまいませんよ。ちょっと色が地味ですし、元冥府の獄卒が女装するなんて抵抗ありますけど、ひと目を忍ぶためですから仕方ありませんよねっ」

嬉《うれ》しさがにじみ出ている。夏樹は思わず、握り拳に力をこめた。

この大嘘つきめと殴ってやりたくなったが、せっかく前向きになっているところを抑止してはならないと、自分に言い聞かせて耐える。夏樹のそんな気も知らず、あおえはさっそく水干を脱ぎ、いそいそと紅《くれない》の袴《はかま》を穿《は》き始めた。

馬頭鬼の着替えなど見て楽しいものではない。夏樹は顔をそむけ、傍らに寝かされている一条に視線を移した。夕暮れの黄色味がかった光が部屋に射《さ》しこんでいるせいか、一条の白い頰にほんのり血色が戻ったかのようだった。

死せる一条がぱっちり目をあけたところを想像してみる――目を醒ますや、一条はこちらに寝返りをうって腕を枕にし、厭《いや》そうに顔をしかめてあおえの着替えを見上げるだろう。

(なんだ、またこいつに女装させるのか？　癖になるから少しは控えろよ)

(外に連れ出すには、市女笠かぶらせて顔を隠さなきゃまずいだろ？)

(そうまでして連れ出さなくちゃならないのか？)

(ああ、そうだよ)

(何をする気だ、夏樹？)

(わかっているくせに)

一条は少女のようにきれいな唇を歪《ゆが》めて、にやりと笑った。

(まあ、せいぜいがんばってくれ)

死んだ友人との想像上の会話は、あおえの着替えが終わるとともに打ち切られた。

「できましたよぉ」

振り向くと、あおえは青鈍《あおにび》（グレーがかった青）の袿《うちき》を着て市女笠をかぶっている。身の丈七尺以上という不自然さに目をつぶれば、外出姿の大女に見えなくも……たぶん、見えなくもない。

それに、市女笠のまわりには、虫の垂衣《たれぎぬ》という薄い布が張りめぐらせてある。これでなんとか馬づらも隠せるというもの。

これで準備は整った。夏樹は立ちあがって大きくのびをする。

「じゃあ、行くか」

「はい、どこに行くんですか？」

「鳥辺野《とりべの》の六道珍皇寺《ろくどうちんこうじ》」

「ああ、あそこですか。前はよく行っていましたよ。あそこの庭の井戸は、実は冥府に通じてますからねえ」

その昔、小野篁《おののたかむら》なる人物が六道珍皇寺の井戸を通じて、この世とあの世を行き来していたという伝説が伝わっていた。

「で、またどうして夏樹さんが珍皇寺へ？」

寺の伝説もちゃんと知っているくせに、あえて尋ねる鈍さがあおえらしいというか。

夏樹はあおえの大きな手をぎゅっと握った。あおえもわけがわからないまま、反射的に握り返してくる。

「実は」

「はあ」

「冥府へ案内してもらいたいんだ」

沈黙が流れた。ひと呼吸おいて、あおえはこの場から逃げ出そうとしたが、もちろん夏樹がそれを許すはずもなかった。


「ねえ、やめましょうよ、やめましょうよお」

陽の落ちた宵の道を歩きながら、あおえは何度も同じことを言って夏樹の袖を引く。そのたびに夏樹も、

「いまさら何を言ってるんだ」

と同じ台詞《せりふ》を返してやる。

ふたりは鳥辺野の珍皇寺まで徒歩《かち》で向かっていた。

夜とはいえまだ時刻も早い。そのため、途中で何回か、ひととすれ違ったが、まず例外なく相手はぎょっとしたように立ち止まった。

なにしろ、連れの少年よりも遥《はる》かに背が高くてたくましい女が市女笠をかぶり、しゃなりしゃなりと歩いているのだ。

虫の垂衣のせいで顔は見えないが、明かりをかざせば顎が異様に長いことに気づくだろう。とてもヒトとは思えぬ、馬のようなご面相だ。しかし、あえて呼び止める勇気もなく、連れの少年が睨《にら》むので、みんなそそくさと歩調を速めていってしまう。

「なんか、さっきからすれ違うひとたち、やけにおびえているみたいですけど、わたし、そんなに変ですかねえ」

嘘をつき慣れた夏樹は平然と答える。

「いや、全然」

「そうですよね。自分で言うのもなんですけど、けっこう似合ってますしねえ」

これには、嘘をつき慣れた夏樹もさすがに沈黙してしまった。

「それにしても、本当に冥府に行くおつもりですか？」

「くどいぞ」

「普段おとなしいひとほど切れると怖いって本当なんですねえ……。でも、わたしを連れていく必要はないでしょうに」

「じゃあ訊くが、珍皇寺の井戸に落ちればそのまま冥府にまっ逆さまか？」

あおえは低くうなって太い腕を組んだ。そういう恰好《かっこう》ではしてもらいたくない、男くさい仕草だ。

「それに、冥府がどれくらい広いのか知らないが、案内役もなしに歩けるような場所でもないんだろう？」

「うーん。そう言われると否定できませんね。八大地獄ってよくいいますけど、細かく分けるともっと数が多くって、へたをしたら万単位にもなるって聞いたことがありますよ」

「そうなんだ」

「でも、珍皇寺の井戸は部外者お断りの関係者専用出入り口ですよ。たいていの亡者は賽《さい》の河原《かわら》経由ですから、道すじが違うんです」

「むしろ好都合だよ」

「もしもし、夏樹さん、ひとの話聞いてました？　部外者はお断りなんですよぉ」

あおえが顔をくっつけてくるので、夏樹は市女笠のふちで額をこつんと打ってしまった。

「こらっ」

「あ、すみません」

おとなしく身をひかれると、夏樹もそれ以上怒れない。

「一条みたいに蹴り飛ばしながら脅していたら、効率もよかったんだろうけど……」

「やだなあ。夏樹さんは夏樹さんのままでいてくださいよん」

あんな目に遭っておいて、いまさら、以前の自分には戻れない。そう言いたくなったが、夏樹は力なく笑って有耶無耶《うやむや》にする。

宵の道は、次第にその闇を濃くしていった。

平安京《へいあんきょう》は外《と》つ国《くに》の都とは違って、内と外とを隔てる城壁がない。いちおう、東の端は京極大路《きょうごくおおじ》ということになっているが、それを越えてもいきなり人家が消えるわけではなかった。

だが、葬送地の鳥辺野が近づいてくるとさすがに家は見えなくなり、ひと通りもぱったり途絶える。

出逢うのは闇を漂ってくる蛍だけ。聞こえるのは自分たちの足音と、どこか近くに水辺があるのか蛙《かえる》の鳴き声だけになる。

そのはずが――

突然、あおえが足を止めた。

「どうした？」

この期におよんで怖《お》じ気《け》づいたのかと心配し、夏樹が振り返る。

あおえは虫の垂衣を半分上げて、きょろきょろとあたりを見廻《みまわ》している。本当に怖じ気づいているようだ。

「怖いのか？　亡者は守備範囲内だから平気だとかなんとか、以前言ってたくせに」

「はあ、それはそうなんですけど、わたし、それ以外の物の怪関係になるとちょっと……」

亡者と物の怪とどう違うのか、ゆっくり聞いてみたい気はする。だが、それはまた今度でいい。いまは少しでも早く珍皇寺へ、冥府へ行きたい。

「とにかく、急ごう。物の怪が出たら、珍皇寺に走ればいいじゃないか。あそこも寺なんだし、御仏《みほとけ》が守ってくださるさ」

あおえの腕をつかんでひっぱろうとすると、強い力でひきとめられた。

「あの、夏樹さんには聞こえませんか？」

「えっ？」

耳をすますが、夏樹には何も聞こえない。蛙の鳴き声の他は、草木が夜風でそよぐ音ぐらいのものだ。それとも馬の聴覚にはとても及ばないせいだろうか。

しかし、嘘や冗談とは思えない。あおえは本気でびくびくしている。

「何が聞こえるんだ？」

「な、何がって、どこからともなく、誰が吹くのか不思議な笛が……」

「笛の音《ね》だと!?」

もう一度、耳に全神経を集中させてみる。呼吸すらも忘れて聴覚を研ぎ澄ませていると、今度は確かに聞こえた。

　哀調を帯びた微《かす》かな笛の音が、夜の彼方《かなた》から流れてくる。

　次第に近づいてくる曲は、奏者の並外れた技量を感じさせる。心に染みいる音色の優美さ。まるで、この世の者の技ではないかのようだ。

「こんなところで笛の音が聞こえるなんて、物の怪です物の怪です！　逃げましょう、夏樹さん!!」

　あおえはすっかりおびえて、夏樹の腕にがっしとしがみついてくる。夏樹は口をあけて立ちつくしていたが、それは恐怖ではなく驚きが大きすぎたためだった。

「あの笛……」

　鳥辺野の方向から、笛を吹きつつ男がひとり歩いてきた。雲の絶え間から洩れる月の光が、その姿をおぼろに照らす。だが、月の光がなくとも、その者が誰だか夏樹にはもうわかっていた。

「やっぱり、あなたでしたか」

　あおえの手を振りはらい、夏樹は笛の奏者へ呼びかけた。自分でも、ずいぶん嬉しそうな声だなと思いながら。

　足を止めた相手は笛から唇を離し、初めてこちらの存在に気づいたようにいぶかしげな目を向ける。

木賊色《とくさ》（暗い緑色）の水干に、烏帽子《えぼし》もかぶらない短い髪。そのがっしりした体格に精悍《せいかん》な顔立ちは、あおえほどでなくとも充分に特徴的だ。

よほど縁があるのか、彼とはこれで三度目の出逢いとなる。

「久継《ひさつぐ》どの、ぼくですよ」

「ああ……」

顔はおぼえていても、名前までは思い出せないようだ。短い逡《しゅん》巡《じゅん》のあと、久継はにやりとわらって夏樹の顔を指差した。

「蔵人《くろうど》の坊主」

「ひどいなあ。大江夏樹ですよ」

久継の陽気な笑い声が響き渡った。夜の暗さも不気味さも、彼にかかればすべてが幻のごとく吹き飛んでいく。

「また鳥辺野で笛を吹いていらっしゃったんですか？」

「まあな。そっちこそ、また鳥辺野へ？」

久継の瞳がいたずらっぽく輝いて、あおえのほうへ向けられる。

「魅力的な女人とごいっしょのようだが」

「あ、わたしはあおえと申しまして……」

見え見えのお世辞に気をよくしたのか、あおえは前にしゃしゃり出て野太い声で自己紹介しようとする。

この素晴らしい身体つきを袿に包んでいるだけでも不自然なのに、重低音の声を披露されては非常にまずい。とっさにそう思った夏樹は、馬頭鬼の背中をつかんで後ろへさがらせようとした。

が、かえってそのせいで、あおえは前につんのめり、市女笠がずるりと落ちる。

「あっ⁉」

夏樹とあおえが同時に声をあげた。久継は無言で目を大きく見開いている。腰の太刀《たち》に手をやる気配はない。それでも、夏樹は前に出て背中であおえをかばい、あおえも両手で顔を覆って小さく縮こまった。

いくら手で顔を覆っても、長い馬づら全部が隠せるはずもない。夏樹の背中では、馬頭鬼のでかい図体《ずうたい》すべてを隠せないのと同様だ。

身体は人間、頭は馬。あおえがただ者ではない事実は、しっかり久継に知られてしまっただろう。

「けして怪しい者ではありません！　これには深いわけが……！」

うまい言い訳を探そうと四苦八苦する夏樹に、驚きからさめた久継は満面の笑みを見せた。虚勢でも恐怖に混乱したのでもない、本物の笑みだ。

「冥府の獄卒、馬頭鬼と鳥辺野へ道行きか？　あまり勧められたことではないな」

「久継どの……？」

今度は夏樹が驚いて目を丸くする番だった。

「こいつを見ても驚かれないのですか？」

久継は軽く肩をすくめた。

「驚いているよ。馬頭鬼なんてそうそう会えるものではないから。だけど、その馬頭鬼が凶悪なものかどうかぐらいわかるつもりだよ」

確かに、背後で小さくなっている女装の馬頭鬼には、凶悪な印象などかけらもない。だが、普通の者なら落ち着いて観察する間もなく逃げ出すのではなかろうか。

夏樹は改めて彼の肝の太さに感心した。このひとならすべてを明かしても協力してくれるのではと、淡い期待が生まれてくる。その一方で、甘えすぎてはいけないと自分を戒めもする。

「それに、坊主には大女とのひと目を忍んだ逢い引きよりも、馬頭鬼と何か企《たくら》んでいるほうが似合っているように思えるな」

「……それはいったい、どういう意味でしょうか」

「いやいや。で、教えてもらえるかな？　いったいどうして冥府の獄卒と鳥辺野なんぞへ？」

夏樹が言うのをためらっていると、顔を隠す必要がないと判断したあおえがまたしゃしゃり出てきた。

「あの、わたし、あおえっていうんですけれど」

「それは聞いたよ」

久継は苦笑している。この成り行きを本気で面白がっているのだ。鳥辺野でたったひとり笛を吹いていていただけのことはある。

「元獄卒であって、いまは冥府の者じゃないんですよ。わけあって追放されちゃいましてね。こちらの世界では夏樹さんのお友達のところにご厄介になっていたんです。まあ、聞いてくださいよ。聞くも涙、語るも涙の生活を強いられ……」

あおえはここぞとばかりに、こちらでの暮らしがいかにきついか訴えようとする。が、そんな猶予はない。

「あおえ、久継どのの迷惑も考えろ。それに、ぼくらはこれから行くところがあるんだぞ。立ち話している暇があるか」

「はぁい……」

叱られてあおえはしゅんとなったが、久継はなおさら好奇心を刺激されたらしい。

「差しつかえなくば聞かせてもらいたいな。いや、あおえどのの苦労話ではなく、急がねばならない事情をね」

「しかし……」

「いいじゃないですか。ついでに加勢をお願いしちゃいましょうよ」

「あおえ！」

「だって、わたしが馬頭鬼と知って全然あわてないんですよ。頼もしいかぎりじゃないですか」

それは夏樹も考えたが、実際に頼むのはやはり抵抗がある。一条を甦らせたいと願うのは自分のわがままであって、他人を巻きこんでよいものではない。

（冥府をよく知っているあおえならともかく、まだ三度しか逢ったことのない久継どのを、こんな危険な道中に付き合わせるなんて……）

しかし、久継はあの自信たっぷりの笑みを浮かべて夏樹のためらいを突き崩す。

「急がねばならないなら、歩きながら聞こう。さあ、この道をまっすぐ鳥辺野めざして行けばいいのかな？」

「はいはい、そういうことですね。わたしたちは六道珍皇寺をめざしてますから」

「なるほど。あそこの井戸は冥府へ通じているという伝説があるらしいな。こんな時分にあの寺へ向かうとは、どんな事情が？」

あおえが訊かれてもいないことをべらべらしゃべるおかげで、久継に詳しい説明をせざるを得なくなってくる。怒るべきなのか、ありがたがるべきなのか。

どちらともつかぬ気持ちではあったが夏樹も腹をくくり、歩きながら一連の出来事を語り始めた。

「あえて名前は伏せさせていただきますが、とある高貴なかたのお邸に──」

夜な夜な、巨大な怪馬が現れること。捕まえようと多くの者たちが待機していたが、怪馬はどの縄にもかからず、万一のときのために呼ばれていた陰陽師の術も効かず、あげくの果てに奇妙な男まで現れてもろとも天空を翔《か》けて去っていったこと。

「そのとき現場にいた陰陽師の弟子がぼくの友人で、どうしても雪辱を晴らしたいって言うから協力しようとついていったんですよ」

「あ、その友人ってのが、わたしが居候させてもらってる家の持ち主で。それはもう、きれいな顔に似ず乱暴で性格悪くて」

脱線させようとするあおえの脇腹を肘で突き、夏樹は本すじへと話を戻した。

「そうしたら、またもや怪馬と長髪の男が現れて──」

初めて目のあたりにした怪馬のおそろしさ、美しさ。ほとんど手出しができなかったこと。さんざん人を虚仮《こけ》にして去ろうとする彼らに追いすがった際、背後から飛んできた二本の矢のこと。

夏樹は袖をめくって右腕の傷を見せた。

「ぼくはこの程度で済みましたけど、友人のほうは背中に矢を受けて……」

「なるほどね」

夏樹に歩調を合わせて横を歩きながら、久継は短めの髪の中に指を沈めて頭を掻《か》いている。深刻な話を聞いたばかりだというのに、全然深刻そうな顔をしない。それがかえってありがたかった。

「で、死んだ友人に逢いに珍皇寺の井戸から冥府へ行こうと決めたわけだ」

「わたしは止めたんですよ」

と、後ろを歩いているあおえが口をはさむ。

「でも、夏樹さんったら聞いてくれないんですよ。どうあっても一条さんを甦らせるつもりらしくて」

「甦らせる？」さすがに久継は眉をひそめた。

「それはまたずいぶんと無謀だな」

「でしょでしょ。もっと言ってやってくださいよぉ」

久継が聞いてくれるのをいいことに、あおえは彼に対して馴《な》れ馴《な》れしい口を叩く。それだけでも夏樹は妙にいらいらしてきた。さらに腹が立ったのは、久継が否定的な意見を述べ出したせいだった。

「死んだ者を甦らせるのは自然に反していると思うな。それに首尾よく甦らせたとしても、きみの友達は生前のままでいられるのかな？　いっときとはいえ、この世ではない冥府で過ごしたんだ。再びこちら側で平穏に暮らせるかどうか、怪しいものだ。もしかして、それとわからぬ何かが変わってしまっているかもしれない。そうじゃないか、馬頭鬼？」

「えっと、その件に関しては前例がほとんどありませんから、わたしにもわかりかねます」

「ならなおさらだな。成算もなく、代償が何かもわからない、そんな危険な賭けに出るのはどうしたものか」

夏樹は前方の暗闇をみつめて唇を嚙んだ。心配して言ってくれているのは重々承知していたが、

（ふたりして好き勝手なことを言ってくれる）

と、すねたくもなる。自分でも厭になるくらい子供っぽい感情だった。

「どうせ、他人にはわかってもらえないでしょうけどね」

口に出して言えば、なおさらその気持ちは強まり孤独が募った。

これほど一条に執着するのは、幼い頃に母親に死なれているからかもしれない。一度大事なひとを失うと、二度目はなおさら臆病になるようだ。しかし、そんな感傷は久継にもあおえにも伝わらない。夏樹自身、うまく言い表せずにいた。

「きみの友達も、そこまでしてもらうことを望んでいないんじゃないかな。きみだって矢傷を負って危なかったんだろうに、せっかく助かった命を危険にさらすことはない」

久継の声は耳に心地よいが、胸にはこたえた。

（頼むから黙っていてもらいたい……）

そう思っていると、前方に明かりが見えてきた。前にも来たことがあるからわかる。六道珍皇寺の明かりだ。

夏樹はホッと大きく息をついた。

「長らく付き合ってくださってありがとうございました。珍皇寺が見えてきましたから、もうここまででけっこうです」

丁寧に言うと、久継は探るような目で夏樹の顔をうかがった。

「ひとの話を全然聞いていなかったな。どうあっても冥府へ行く気なのか」

「はい」

「門は閉まっているようだが、どうするんだ？」

「以前、来たときは塀の一角が崩れていました。今度もそこから忍びこみますよ」

ところが裏へまわってみると、崩れていたはずの箇所はすでに修復されてあった。

「で、どうするんだ？」

振り返ると久継はにやにや笑っている。負けてなるものかと夏樹は動揺を隠して胸を張った。

「塀をよじ登ればいいでしょう。では、縁があったらまた」

背を向け、あおえに塀を登るのを手伝うよう指示する。

「ええ？　わたしが踏み台になるんですかぁ？」

「頼むよ、あおえ」

不満たらたらの馬頭鬼をなだめていると、何を思ったか、久継が腰を少し屈《かが》めて築地塀に両手をついた。

「久継どの？」

「これも何かの縁だ。冥府まで付き合うほどおめでたくはできていないが、寺に入る手伝いぐらいはやってやるよ。ついでに井戸まで見送ろう。さ、この肩を踏んで登るんだ」

驚きとともに、なんとも言えぬ温かい感情が夏樹の胸に満ちていた。期待してはいけないと自分に言い聞かせていただけに、彼の申し出が本当にありがたかったのだ。

「ありがとうございます」

「礼を言われるほどのことじゃない。その決意が本物かどうか見届けたいしな」

彼の肩を踏むのは少なからぬ抵抗があったが、状況が状況だ。なるべく負担にならぬよう、ほんのいっときだけ足を置き、夏樹はすぐに塀の上へとあがった。

木々の茂る庭は静かで真っ暗だが、下ろされた蔀戸《しとみど》の隙間からは光が洩れている。時刻も早いし、寺の者はほとんどがまだ起きているようだ。

なるべく音がしませんようにと祈りつつ、地面に飛び降りる。幸い、草が密に生えていたため、それほど音をたてずに着地できた。

続いて、あおえが築地塀を乗り越え、飛び降りてくる。ちゃっかり久継の肩を借りたらしい。こんな筋骨隆々の馬頭鬼に踏まれて無事だったろうかと心配していたら、当の久継は何食わぬ顔で塀を飛び越えてきた。

「大丈夫ですか？」

久継は唇にひと差し指をあてて「静かに」とささやく。夏樹はともかく、あおえに踏まれたはずなのに、こたえている感じはしない。そんなことよりも、寺の者に気づかれることのほうを警戒している。

この寺で暮らす者なら、庭の井戸が冥府に通じている——という伝説がある——と当然知っているだろう。だが、すんなり「はいどうぞ」と招き入れてくれるかどうかは疑問だ。面倒をさけるためにも、侵入に気づかれないようにしなくては。

草を踏む音、庭木の枝をかき分ける音にも神経を配り、三人は井戸に近寄った。石で囲った古い井戸は、木製の格子で蓋がしてあった。その蓋を取りはずして中を覗くと、一片の光も射さぬ完全な闇が、ぽっかりと口をあけていた。小石を落とすが水音はしない。涸《か》れ井戸のようだ。

「これが冥府への入り口かい？」

夏樹の肩越しに井戸を覗きこんだ久継は、

「何も見えないな」と、つまらなそうにつぶやく。

しかし、夏樹はまるで自分の心の闇を覗いているような心地がしていた。暗くて深くて、何がひそんでいるのか皆目わからない。しかも闇がこちらをみつめ返しているような錯覚すらおぼえる。

怖いことは怖い。だが、いよいよだという意気ごみが、本能的なためらいをも消していく。でなければ、なんのためにここまで来たかわからない。

「行くぞ、あおえ」

「ほんとに行くんですかぁぁぁ」

土壇場になってまた怖じ気づいたのか、あおえは身をよじって妙な声をあげた。あわてて黙らせようとしたが間に合わず、寺のほうから声がかかる。

「誰かそこにいるのかい？」

手洗いにでも出てきたのだろうか。いつの間にか簀子縁に、ひょろひょろした若い僧侶が立っていた。

（まずい！）

夏樹がそう思ったときには、久継が疾風のごとくに動いていた。

そばにいた夏樹にも、彼の動きを的確にとらえることはできなかった。闇の一部がひとの形をとって簀子縁まで駆けあがったかと思うと、不運な僧侶は前のめりに倒れこんだ——そういうふうにしか見えなかったのだ。

久継はぐったりとなった僧侶を片手で抱えて戻ってきた。まさか、と夏樹は蒼白《そうはく》になったが、殺してはいないらしい。

「みぞおちを打って気絶させただけだ。しかし、念のため……」

彼は庭木にからまっていた葛《くず》の蔓《つる》をひきはがし、それで僧侶の手足をぐるぐる巻きにし始めた。僧衣の袖を裂き、さるぐつわまで噛ませる。

その手ぎわのよさに夏樹はひたすら感心したが、あおえは違う感想をいだいたらしい。身体を寄せて、こっそり夏樹に耳打ちする。

「このひと、どういうひとなんですか？　もしかして、盗賊なんかじゃないでしょうね」

「馬鹿、失礼なこと言うんじゃないよ」

夏樹もそう考えないでもなかったが、本人に聞こえていそうだったので否定しておく。それで正解だったのだ。案の定、聞こえていたらしい。

「しがない地方官吏だよ。さ、他の連中に悟られないうちに、行った行った。この僧はわたしが見張っておくから」

久継にせかされ、あおえも不承不承、蔓をひきちぎってより合わせ、綱がわりにして井戸に垂らした。この頼りない蔓が、深遠の闇へ降りていくための唯一の手段だった。

「わたしのほうが夜目が利きますから、先に行きますよ」

あおえも腹をくくったのか、自分からそう言ってくれた。心から望んだふうには聞こえなかったが、彼にしてみれば精いっぱい譲歩してくれたのだろう。

あおえは市女笠を庭木の根もとに置くと、「よっこらしょ」とつぶやきながら井戸のふちに上がった。そしてためらいもなく、蔓につかまり穴の中へ飛びこむ。

馬頭鬼の体重がかかって蔓はいまにもちぎれそうなほど長くのびたが、悲惨なことになる前に底へ到達したようだった。

夏樹もあおえを真似《まね》て井戸のふちへ上がった。見下ろせば、いくら目を凝らしてもうかがい知りようのない暗黒が、大きく口をあけて待ちかまえている。ぞわぞわと、いまさらながら鳥肌が立ってくる。

「やめるなら、いまのうちだぞ」

久継が最初からかうように、一転、急に真面目《まじめ》な口調になって言った。

「誰しもが自分の身がいちばんかわいい。友人だからといって、そこまですることはない」

「いいえ……、いいえ」

夏樹は暗い井戸の底を見据えて、首を横に振った。

「この現状を変えるために、やるだけやりたいんです。でないと納得できない。一生、後悔します」

久継の口調が微苦笑を帯びる。

「わがままだな」

「はい、これはぼくのわがままです」

「加勢はしないぞ」

「ここまでで、もう充分すぎるくらいですよ」

東の市《いち》でも助けてくれた。鳥辺野でも、厳しい言葉で逆に叱咤《しった》してくれた。さすがにこれ以上は甘えられない。せめて一度くらいは毅然《きぜん》としたところを久継に見せておきたくもあった。

夜気を深く吸いこみ、夏樹はしっかりと蔓につかまって井戸の中へと身を沈めた。

「せいぜいがんばれよ、坊主」

遥か頭上でまた久継の声がしたが、顔を上げても暗闇以外もう何も見えなかった。

第三章　冥　府　行

葛《くず》の蔓《つる》につかまって、井戸の壁面を蹴りつつ、少しずつ下へ移動する。目をあけていても閉じていても何も変わらない漆黒の闇。視覚が役に立たないせいか、湿った土のにおいと苔《こけ》のにおいがやけに強く鼻をくすぐる。クモやムカデが絶対にひそんでいそうだ。

そんなことよりもさらに不安を誘うのは、先にあおえが降りていったはずなのに、彼の気配がまったく感じられないことだった。

「あおえ？」

下方の闇に声をかけるが反応はない。声が小さすぎて聞こえなかったかもしれないが、反響して井戸の外に洩《も》れるかもと考えると、大声は出せない。

強まっていく圧迫感に気づかないふりをして、夏樹はひたすら下っていく。そうする以外に道はない。いまさら戻れないし、戻っても仕方ない。

腕もいいかげん疲れてきた。まだだろうか、このまま延々と下降を続けねばならないのだろうかと気弱になりかけていると、それは突然終わった。足が底についたのだ。

硬い岩の上らしき場所に立ち、蔓から手を離す。

「あおえ」

声が予想外に反響する。再度呼びかけると、思いのほか近くから返事があった。

「はあい。ここですよ」

間の抜けた響きに怒るよりもホッとする。手探りで進むと、馬頭鬼《めずき》のがっしりした腕にさわることができた。

「ここがあの井戸の底なのか?」

「ええ、そうですよ」

「なんにも見えないな。だけど、ずいぶん広いような気がする……」

空気に澱《よど》みがないし、声の響き具合からもそう思う。あの小さな井戸の底には、想像以上の大空間が広がっていたようだ。

「明かり、持ってくればよかったな」

「必要ありませんよ。もうすぐ明るくなりますから」

どうしてそう思うんだと訊《き》く前に、あおえの言う通りになってきた。少しずつ少しずつ、淡い光が周囲に生じ始めたのだ。

訪問者の気配に反応したのだろうか。まわりの岩がほの白く光っている。いや、岩に付着している苔がぼんやりした光を放っているため、そう見えたのだ。

「苔が光ってる……」

「もともとそういう種類の苔なんですけど、冥府《めいふ》に近い影響か、ちょっと変わったふうに光るんですよ。わたしらは重宝してますけどね」

苔の光を頼りにあたりを見廻《みまわ》せば、そこは岩肌が剝《む》き出しになった洞窟だった。上にも横にもかなり広く、果ては完全に闇に溶けこんでしまっている。

自分たちが降りてきた井戸はどのあたりだろうと上ばかり見ていると、あおえがつんつんと肩をつついてきた。

「珍皇寺《ちんこうじ》の井戸ならこっちですよ」

指差すほうを見れば、狭い横穴から蔓の先がちらりとはみ出ている。

「嘘《うそ》だろ？　これ、横穴じゃないか」

「人間の尺度で考えちゃ駄目ですって。この苔といっしょで、どこかちょっと違うものになっちゃうんですよね。たぶん」

信用しないわけではなかったが、夏樹は念のため横穴の中を覗《のぞ》いてみた。こちらの岩肌には苔が生えていないため、真っ暗だ。やや上向きに傾斜しており、奥のほうから外気が微《かす》かに流れてきている。

「これが珍皇寺の井戸なら帰りが楽でいいけど……なんだか納得いかないな」

「まあまあ。ここはもう冥府の内なんですから、常識で考えてると足もとすくわれますよ。心してくださいねえええ」

あおえは低い声で脅《おど》しをかけてくる。淡い照明のせいで、普段は愛敬《あいきょう》のある馬づらもどこかおそろしげだ。

冥府の領域に降りてきたせいで、馬頭鬼としての本能に目醒《めざ》めたのだろうか。ひょっとしたら、その本能が命ずるまま、侵入者に襲いかかってくるかもしれない。

夏樹が秘《ひそ》かに警戒していると、あおえはくるりと背を向け、歩き出した。いささか気が抜けたものの、夏樹はそれでも完全には警戒を解かずにあおえのあとに続く。

なんの目印もない、広大な空間。苔が放つ薄明かりがあるとはいえ、分岐も多く、ひとりではきっと道に迷っていただろう。やはり、先導者は必要だったなと思いながら、しばらく進んでいくと、あおえは唐突に立ち止まった。

今度こそ襲ってくるのかも――と思いきや、あおえは行く手を指差して道順の解説を始めた。

「じゃあ、いいですか？　こっちの道をまっすぐ行くと、二手に分かれたところに行き当たります。左じゃなく右へ行ってくださいね。右は抜け道なんで、めだたずに済むんですよ。だんだん狭くなるし、苔も少ないから暗くもなりますけど、一本道ですから気にせず進めば、いずれ黄泉比良坂《よもつひらさか》に出ますんで……」

「おい、ちょっと待てよ。まさか、ここからひとりで行けって言う気か？」

「だってえ」

　あおえは妙に甘えた声を出した。

「ここまで付き合っただけでも、そうとう危ないんですよぉ。この先はいよいよ黄泉比良坂ですもの、そんなところを生者といっしょに歩いてるところを冥府の誰かに見られでもしたら、わたし、永久追放になっちゃうじゃないですかぁぁ」

　語尾をのばす妙なしゃべりかたは健在だ。つぶらな瞳をうるうるさせる泣き虫ぶりも変わらない。冥府の領域内に入ったからといって、凶暴な鬼に変ずるはずもなく、あおえはあおえだった。

　一気に緊張が解け、夏樹は安堵《あんど》の息をついた。それに、これ以上、追放期間が延びては困るという言い分も充分理解できる。

「わかった、わかった。おまえはこのあたりで待っていてくれればいいから」

「す、すみませんんん」

「いや、途中まででもいてくれて感謝しているよ。おまえにも、久継どのにも」

　彼らが寄り添ってくれたから、ここまで来られた。道は示してもらえたのだから、ここからなら、ひとりでも進める。きっと。むしろ、自分のわがままに、これ以上、他者を引きこめない。

「確認するぞ。ここをまっすぐ行って右へ折れればいいんだな？　黄泉比良坂に出て、それからどうすればいいんだ？」

「はい、坂をずっと下っていけば唐風《からふう》の建物が見えてくるはずです。新しい亡者は閻羅《えんら》王《おう》さまの裁決が出る前はそこで待機しますんで、たぶん一条さんはその建物の中にいると思います。裁決次第で行き先が変わるから、もう結果が出てるとなると居場所はわかりかねますけど……」

「そうなってないことを祈るよ」

「それから、黄泉比良坂の周辺にはいろんなものが漂っていますけど、気をとられて崖から落っこちたりしませんようにね。落ちたら一巻の終わりですよ」

「わかったよ」

自分の命と引き換えにして一条が甦《よみがえ》るのならともかく、そうでないなら無駄死にはしたくない。

「それからそれから」

「そんなに言うことがあるんなら、いっしょについてくるか？」

「いえ、これが最後の忠告ですから。いいですか、夏樹さん」

最後の忠告とだけあって、急に真剣な顔になる。かえってそれがおかしくて、夏樹は噴き出さないよう努力しなければならなかった。

「最後の忠告ってなんだよ」

笑いをこらえた震え声で問い返すと、あおえはそれを恐怖によるものと誤解したのか「簡単なことなんですけどね」と前置きしてから言った。

「一条さんの顔、絶対見ちゃ駄目ですからね」

本当に簡単なことだった。いささか拍子抜けしてしまったくらいだ。

口には出さなかったが、その気持ちが顔に出ていたらしい。あおえはひと差し指を立てて左右に振って、したり顔でちっちと舌を鳴らす。

「大事なことなんですよぉ。その昔、偉い神さまが自分の死んじゃった奥さんを取り戻そうと冥府まで行ったんですけど、『地上に出るまでこちらの顔を見ないでね』『うん、わかったよ』っていう約束を破り、振り返って奥さんの姿を見たとかで、えらい騒ぎになったんですってば」

その話なら夏樹も知っていた。伊邪那岐命《いざなぎのみこと》は死んで醜く変わり果てた妻の姿を見てしまい、彼女に追われて、命からがら黄泉《よみ》の国から逃げ帰った。遠い神話の時代の出来事だ。

せっかく黄泉の国まで行ったのに、約束を破って何もかもをふいにしてしまうなんて、と夏樹もその話を聞いたときは残念に思った。自分だったら、そんなことは絶対にしないのに、とも思った。

「わかったよ。何が起ころうと惑わされず、獄卒たちにみつからないようにこっそり一条を連れ出して、その顔を見ずにここへ戻ってくればいいんだろう?」

「そうですね。合流してから、わたしが夏樹さんと一条さんの間に入りさえすれば、振り返っても顔は見えませんし」

「そこまで言うのなら、やっぱりいっしょに——」

「いえいえいえ」

「冗談だよ。じゃあ、行ってくる」

今度こそあおえと別れ、夏樹はひとりで先へ進み出した。

足もとはかなりでこぼこして歩きづらい。それに、分岐点を右に折れると通路はどんどん狭く暗くなっていく。前もってこうなると予告されてはいたが、不安が募るのは止めようがない。

正直、何度も引き返したくなった。が、そのつど、首を横に振って自分を押しとどめた。何度も腰の太刀《たち》にふれ、その存在を再確認しては気を奮い立たせた。

やがて、通路は立って歩けないほど狭まってきた。闇がまた戻ってきて周囲を黒く塗りつぶす。夏樹は両手で壁を確かめつつ、膝で這《は》い進まねばならなくなった。

閉塞感はいや増し、それにつれて息があがっていく。自分の呼吸音がうるさい。汗が流れ、疲労も蓄積していく。まだか、と独り言が口をついて出る。もう少しだ、と自分をはげます言葉も意識して口に出した。

悪戦苦闘は長く続いた気がしたが、厄介な閉塞感も前方に光をみつけた途端になくなった。落ちていた速度はがぜん増していく。

夏樹はやっと、黄泉比良坂に出られた。

それはごつごつした岩の道だった。片側はほとんど直角に切りたった斜面、もう片側は崖になっている。夏樹が這い出てきたのは斜面に穿《うが》たれた横穴だった。

「これで窮屈な思いはしないで済むな……」

つぶやいて、頭上を見上げる。暗雲が重く垂れこめて、月もなければ星もない。崖の底を覗いても、真っ暗で何もうかがえない。落ちれば一巻の終わりに違いないと思うばかりだ。

夏樹は崖の底から目をそらし、ふうっと口から大きく息を吹いた。

「あおえは道を下れって言っていたよな……」

夏樹は斜面に手をついて、岩だらけの道を用心深く下っていった。

黄泉比良坂。死んだら誰もがここを通っていくのだろうか。数日前に疫没した家人《けにん》の惟重《これしげ》もそうだったのか。

(こんな寂しい道を、たったひとりで——)

人間の世界では真夏なのに、ここは妙に肌寒い。ときおり、行く手から吹く風が、ひゃあひゃあと壊れた笛のような音をたてて駆け抜けていく。聞きようによっては女の悲鳴のようにも響く。場所が場所だけに、不気味さはこのうえない。

気にしないようにしていたが、すぐ耳もとで幼い少女の声がしたときは、さすがに背すじがぞっと冷たくなった。

(あのね、あのね)

夏樹はその場に立ちつくし、すばやく振り返ったが背後には誰もいなかった。隠れるようなところも、もちろんない。

それでも、歩き出すとまた声が聞こえてきた。

(あのね、比良坂っていうのはね)

今度は夏樹も立ち止まらなかった。これがあおえの言っていた『漂っているいろんなもの』なのだと見当がついたからだ。

声のほうは無視されても構わずにしゃべり続けている。無邪気な口調に生意気さを加味させて、

(比良っていうのはね、崖のことなんだよ)

(坂は境の意味なんだよ)

(ねえ、知ってた? 知ってた?)

それから甲高い笑い声がはじけ、風といっしょに遠くなっていった。

あれとおしゃべりをしていたら楽しかったろうか。それとも気を取られ、いつしか谷底に誘いこまれていただろうか。どちらにしろ、遊んでいる余裕など夏樹にはなかった。

唐風の建物が見えてこないか目をこらし、頭の中ではこれからの作戦を練る。

一条をうまくみつけられたとして、その後どう動くべきか。亡者を生者に奪われたとなっては、冥府の鬼たちも黙っていまい。

牛頭鬼《ごずき》のしろきひとりにあれだけ苦戦したのだ、真正面からの戦闘は絶対に避けたい。難しいことだろうが――

「案ずるより産むがやすしってね」

ただの強がりとわかっていても、そう口に出さずにはいられなかった。でなければ歩くことさえできなくなる。

それに希望は捨てていない。一条が協力してくれるなら、ふたりして逃げることは充分可能だと思っていた。黄泉の軍勢を一条とともにバッタバッタと薙《な》ぎ倒していく光景は、想像するだに爽快だった。

「一条が術を使える状態かどうかはわからないけど」

楽観的なことも悲観的なことも、半分無意識につぶやいて険しい道を下る。やがて、予想していたよりも早く、道のむこうに建物が見えてきた。

それは崖に張りつくように建った、高層の建造物だった。大寺院か、宮殿にしか見えない。そっくり返った屋根といい、太くて丸い柱といい、確かに唐風だ。

だが、あの独特な朱色はどこにも使われていなかった。それどころかまわりの闇に染められたかのように、屋根も柱も壁も黒く沈みこんだ色を帯びている。

こんな陰気なところに一条がいるというのか。

夏樹は岩陰に身をひそめながら距離を詰め、できるかぎり近くから建物を観察した。どこか侵入できそうなところはないかと探すが、門はおろかすべての窓が堅く閉ざされている。

見張りの姿はない。だからといって油断は禁物だ。外にはいなくても中は屈強な牛頭鬼、馬頭鬼がうじゃうじゃしているだろう。一条がどのあたりにいるのか知っていなくては動きようもない。

だが、その対応策はもう考えていた。夏樹は懐に手を入れて、そこにしまっておいた守り袋を取り出した。

これは一条の狩衣《かりぎぬ》を裂いてつくったもの。中に納めているのも一条の髪の毛だ。

何かあったらこれを握りしめて心で強く呼びかけろと言われ、本人からもらった。その効果を試すのはいまをおいて他になかった。

夏樹が守り袋を握りしめたと同時に、建物の奥の一室で身じろぎをした者がいた。

「誰か来た」

窓すらない暗い部屋で、その人物はゆっくりと身体《からだ》を起こした。衣《きぬ》ずれの音にまじって長い髪がさらさらと鳴る。だが、暗すぎて、その姿ははっきりとは見えない。天井はひどく高いのに、なぜか独房めいた雰囲気が漂うのはこの暗さのせいだろう。

「夏樹だ。近くにいる」

確信を持って彼がつぶやくと、部屋の扉が軋《きし》みながら開いた。外の明かりを背に受けて、冥府の鬼が入り口のそばに姿を現す。白い牛の頭をした牛頭鬼、しろきだ。

大堰《おおい》の別荘近くに出現したときの鎧《よろい》姿とは違い、着衣は腰布だけで、あとは仏像にかけられるような華やかな腕輪と首飾りをしている。いかつい鎧はなくとも、その手に握られた方天戟《ほうてんげき》が彼の凶悪な面相をさらにおそろしげに見せていた。

「あいつが来たぞ。これで賭けはおれの勝ちだな」

しろきがそう言うと、光の届かない暗闇の中で、相手は気配だけで笑った。それは苦笑に近いものだった。

「前から馬鹿だと知っていたけれど、ここまで救いようのない馬鹿だったとは」

「嬉《うれ》しくはないのか？　友人が危険も顧みず、こんなところにまでやって来たんだぞ」

「むしろ、腹がたつ」

しろきはふんと鼻を鳴らした。

「素直ではないな」

相手は応えない。

「なんだったら出迎えたらどうだ？　部屋に鍵はかかっていないし、判決前のおまえはまだ囚人じゃない」

それでも、応じる声はない。部屋の暗闇に同化してしまったかのようだ。しろきは肩をすくめて彼に背を向けた。

「では、代わりにおれが出迎えてやるか」

そのまま振り返らず、後ろ手で扉を閉める。鍵をかける音は響かない。囚人ではないと言ったのは嘘ではなかったのだ。

しかし、部屋の中の者は立ちあがろうとさえしない。

「いまさら……」

小さく洩れたつぶやきにも、なんの感情もこめられていなかった。

夏樹は守り袋を握りしめたまま、ずっと岩陰に身をひそめていた。

何度も友のことを念じたが、建物の中から反応は一切ない。風が不気味なうめきをあげて通りすぎるだけで、少女のささやきすら聞こえてこない。

もしかしたら、この建物の中にはもういないのだろうか。すでに判決が出てしまって、いまごろは針の山か業火の中を、牛頭馬頭《ごずめず》の鬼どもに追われていたりして――

最悪の想像をしめ出そうと、夏樹は頭を左右に振った。すると突然、扉の軋む音が響いてきた。

驚いて顔を上げると、唐風の建物の門扉が内側から開いていくところだった。

守り袋の効き目がさっそく出たのかと喜んだが、そうではなかった。出てきたのは一条ではなく、白い牛の頭をした牛頭鬼、しろきだ。あのいまわしい方天戟もひっさげている。

「そこにいるのはわかっている」

しろきは吼《ほ》えるように岩陰へむかって呼びかけた。脅しではなく、こちらの位置が本当にわかっているようだ。

行動を読まれていたのか、死者とは決定的に違う生者のにおいでもあるのか。これでは隠れていても意味がない。

夏樹は立ちあがって岩陰から姿を現した。守り袋は懐にしまい、腰に佩《は》いていた太刀に手をかける。いつでも抜けるように。いつでも闘えるように。

しろきは何を思ったか方天戟を門扉に立てかけ、素手になってみせた。今日は鎧も身につけていない。腰布と装身具だけの半裸の状態だ。もっとも、その体躯は充分武器として成り立ちそうだったが。

「死んだ友人を取り戻しに来たんだろう？」

　夏樹の無謀ぶりをせせら笑うように、しろきは言う。だが、こちらも負けてはいない。

「それがわかっているくせに武装解除とはどういうつもりだ？　こっちの要求を呑《の》んでくれるとでも言う気か？」

「ただでは無理だがな。その件でおまえと取引がしたい」

「なんだって？」

　予想外の展開に、夏樹は疑わしげに眉をひそめた。太刀のつかを握る手にも力が入る。

「取引？　おまえとか？」

「おれとじゃない。閻羅王さまからの提案だ。もしも大江夏樹がここまで追ってくるようだったら、この話を出してみよと仰《おお》せられた」

　きっと罠《わな》だ、と夏樹は思った。

　ぐだぐだ話を聞いていると、その分相手に時間を与えることになる。気がついたら、牛頭馬頭にぐるりと囲まれていたなどという事態になりかねない。

　むこうが進んで協力してくれるのなら願ったり叶《かな》ったりだが、そんなにうまい話があるだろうか？　冥府の鬼なら物《もの》の怪《け》よりましだろうが、だからといって約束を守ってくれるかどうかわからないではないか。

そう疑う一方で、夏樹はしろきの話をもっと聞きたがってもいた。

(変な動きがあったらすぐに対処しないと……)

ちらちらと周辺をうかがいつつ、夏樹はとりあえず脈のありそうなそぶりを見せた。

「話だけでも聞こうか」

「そうこなくっちゃな」

しろきは機嫌よさそうに笑った。笑顔になっても、あおえのような愛敬など彼にはない。むしろ、アレのほうが例外なのだろう。

「本来なら許されることではないが、いまはいささか厄介な問題が持ちあがっているのさ。それで、おまえがのこのこ来るようだったら、ちょうどいい押しつけてしまえと……」

「冥府の鬼でも持て余すような問題をただの人間に押しつけると?」

「そのただの人間がときおり怖いことをする。ここまで単身乗りこんでくるなど、なかなかできることではないぞ。その行動力と馬鹿さとはた迷惑ぶりに、閻羅王も期待されたというわけだ」

褒めていない。絶対、からかっている。では、この取引そのものも、希望をいだかせてから絶望の淵《ふち》に突き落とそうという遊びなのだろうか。

疑念を捨てきれない夏樹は、気短に頭を振った。

「能書きはいいから、さっさと本題に入ってくれないか」

「罠を警戒しているのか？　これはおまえたち生きている人間にとっても、害になりかねない問題だぞ」

「だったら早く話してくれ」

自分はけして短気なほうではないと思っていたが、夏樹はしろきのもったいぶった言いかたにいらいらしていた。そんな彼をしろきはまたせせら笑う。

「こうして真正面から乗りこんで来るやつはまだいい。こてんぱんに打ちのめしてあきらめさせれば済むからな。始末に負えないのは術者だ。あの手この手を使って死者を甦らせようとする」

「術者……」

賀茂の権博士は確かに『甦らせる方法はいろいろある』と言った。それを試す気はなかったようだが。

「もしかして、死者を甦らせた術者がほかにいると？」

「ああ。術といっても、大かたは影のようなモノを呼び出して、親族と話させるといったかわいいものだ。その程度ならいままでも、度々見逃してきた。だが、こたびのやつは、かりそめの肉体をつくり、そこに死者の魂を宿らせ、現世にとどめおこうとしている。そんな不自然なことをすれば、当然ひずみが生じる。小さなひずみもほっておけば、世界を壊す大きな亀裂になりかねない」

「世界を壊す……」

「とはいえ、術者の居場所もまるでつかめていないのに、牛頭鬼や馬頭鬼がぞろぞろと現世に出ていって捜索するわけにもいかない」

ようやく話が見えてきた。

「要は、その術者を代わりに捕まえろと？」

「話が早いな。もし、術者をみつけられたら、おまえの友人の魂は現世に返してやってもいい」

「死者を甦らせるのは規律違反じゃなかったのか？」

皮肉っぽく尋ねると、しろきは大仰に肩をすくめた。

「現世での肉体はまだ腐ってもいなければ、焼かれてもいないのだろう？　ましてや、あおえの面倒をみてくれた相手だ。多少のお目こぼしはしてもよいと、閻羅王はお考えになったのさ」

情けは他人《ひと》のためならずとはよく言ったものだ。あれを『面倒をみる』と形容していいかどうかはともかく。

「どうせなら、あおえの面倒をみてくれた礼にこのまま彼を甦らせましょうと言ってもらいたかったけどね」

「そこまで甘くはないし、これはそんなにひどい取引でもないぞ。さあ、選んでくれ。自然の理《ことわり》を曲げる術者を捕らえるなり滅ぼすなりして反魂《はんごん》の術をやめさせるか、取引も友を甦らせるのもあきらめて立ち去るか」

「面倒な取引などせず、力ずくで一条を奪い返す手もある」

脅しのつもりで太刀に載せた手に力をこめる。しかし、しろきは顔色ひとつ変えない。

「やめておけ。よしんばおれを倒せたとしても、黄泉比良坂で他のやつらに追いつかれて、すべてが無駄になるぞ」

しばらく睨《にら》み合ったが、結局、夏樹は太刀から手を離した。それと同時に心も決める。

「わかった。一条を先に返してくれるなら、その取引に応じてもいい」

「よし。成立だな」

しろきが短く指笛を鳴らすと、それが合図だったらしく、いったん閉められた門扉が再び開いて若い牛頭鬼が顔を出した。毛なみは赤く、目はくりっとして、しろきとは違いかわいらしい顔をしている。

「あいつを連れてこい」

しろきが背を向けたまま命じると、若い牛頭鬼はすぐさま奥へひっこんでいく。怖い先輩に命令された後輩といった感じだ。

もしかして、あの牛頭鬼が一条を連れていった本当のお迎えだったのかもなと夏樹は思った。だとしても、あんなに愛らしいと憎めない。

「牛頭鬼にもいろいろいるんだな」

「馬頭鬼にいろいろいるようにな」

あおえのことを言っているのだろう。急に笑いの発作に見舞われ、夏樹は肩を震わせて笑ってしまった。

「まだ安心してはいられないぞ」

と、しろきが釘《くぎ》を刺す。

「いつまでと期限はきらないでやるが、できるだけ早く術者をみつけ出せ。おまえたちの行動はちゃんと見ているからな。怠けたり、無駄な時間稼ぎに走るようなら、即座に取引は解消。死者にはあるべき場所へと戻ってもらう」

「わかっているよ」

ようやく笑いやんでそう応える。難しい取引だとは思わなかった。一条が戻ってきて、力を合わせてくれるなら、なんだってできるだろうと信じていたのだ。

「それから、ひとつ忠告しておく。現世に出るまであいつの顔は見るな。黄泉比良坂では先を歩いて、けして振り返らないことだ」

「あおえも神話の例を引いて、そんなことを言っていたな。なぜ駄目なんだ？」

「それも決まりのひとつなんだよ」

いぶかしむ気持ちは、みたび門扉が開いた途端に霧散した。あの若い牛頭鬼の後ろに、狩衣姿の若者が立っていたからだ。

袖で顔を覆ってはいるが、あの狩衣は友人が死んだとき着ていたものと同じだ。黒髪も結わず長く垂らしている。

「一条！」

呼びかけると、その人物は小さくつぶやいた。

「馬鹿夏樹」

覇気はないし、くぐもっていたけれど、それは間違いなく一条の声だった。思わず駆け寄ろうとすると、しろきが鋭く制止する。

「忠告を忘れたか。不用意に顔を見るんじゃない」

その激しい語調に、夏樹の動きがぴたりと止まる。若い牛頭鬼はびくびくしている。

「後ろを向いて、もと来た道を歩き出せ。そうすれば、こいつもあとをついていく」

「背中を向けた途端に、戟でばっさりじゃないのか？」

「心配ならおれたちは門の中にひっこむさ。じゃあな。黄泉比良坂は難所だから気を抜くなよ。取引のことも、くれぐれも忘れるな」

そう言って、しろきは本当に門の中にひっこんでしまった。あの若い牛頭鬼もいっしよだ。

門扉が閉まって一条とふたりきりになる。それでもむこうは袖で顔を隠したままだ。

空は暗く、ひょおひょおと吹く風はうそ寒い。建物まわりの荒涼とした景色の中には、獣一匹見当たらない。

「一条……？」

「近寄るな」

きっぱりと拒絶され、夏樹はひどく戸惑ってしまった。

「怒っているのか？　もしそうなら……」

謝るよ、と言いかけて言葉を詰まらせる。間違ったことはしていないと信じているから、形だけであっても謝れない――そんな気がして。

「ぼくは……ぼくはどうしてもあきらめられなくて。だから、珍皇寺の井戸から降りてきたんだ」

「よけいなことを」

身も蓋もない言いように、さすがに夏樹もむっとなった。

「じゃあ、生き返りたくなかったっていうのか？　冗談だろ、おまえはまだあの馬に受けた屈辱を返しちゃいないんだぞ。三度目の正直を試す気はないのか？」

返す口調もつい、きつくなる。

「おいおい。性格悪くて傲慢で、猫かぶりの二枚舌の、屈辱は三倍返しの最悪最強の陰《おん》陽《みょう》生《しょう》は、いったいどこに行ったんだよ！」

いつもの一条なら、ここまで言われれば、手が出る足が出る紙《かみ》扇《おうぎ》が飛ぶ。しかし、目の前の彼は、袖のむこうで静かにつぶやいただけだった。

「現世に戻って雪辱戦をやれって？　本気か？」

「本気だとも。それから、あの牛頭鬼の言っていた術者捜しも手伝ってくれ。ぼくひとりじゃどうにもならない。おまえが絶対必要なんだ‼」

返事はない。あきれられてしまったのかもしれない。それでも、夏樹は彼が応えてくれるのをじっと待っていた。

ふたりの間を、乾いた風が吹きすさぶ。唐風の建物の中からはことりとも物音がせず、聞こえるのは外を吹く風の寒々しい調べだけだ。

かなり時間がかかったように感じられたが、実際はどうだったのだろう。長い沈黙の果てに、一条はため息とともにつぶやいた。

「わかった。戻ろう」

いかにも不承不承といった感じだったが、夏樹は飛びあがらんばかりに喜んだ。

「本当か⁉」

「ああ。馬鹿には勝てない」

なんと言われようと、冥府に来た目的が果たせるなら気にならなかった。悲壮な覚悟をしてきた分、こんなに簡単でいいのかとさえ思う。

「先に立って歩けばいいんだな？　そしたら、ちゃんとついてきてくれるんだな？」

「ああ」

「本当だな？　いまさら逃げるなよ、ちゃんと来いよ。いいな？」

何度も念を押すのは喜びの裏返しだった。夏樹は子供のようにはしゃいでいたのだ。取引うんぬんのことも意図的に忘れ、険しい道もなんのその、友人を取り戻せたことをひたすら天に感謝する。

これでまた、友と新しい思い出を共有していける。自分だけ軽傷ですんだ負い目を感じなくてもいい。一条は生き返るのだから、何もかも元どおりになるのだから――

行きは下りの黄泉比良坂も、帰りは当然上りになる。ごつごつした岩場は歩きにくくて、すぐに息があがってきた。

（しろきの言う通り、もし追っ手がかかったら、この坂で追いつかれていたな……）

いまのところ、追っ手は来ない。約束どおり、お目こぼしをしてくれるようだ。

冥府の鬼たちと事を構えずにすんだこと、特にしろきとの再戦がなかったことを、夏樹は心から安堵していた。一条を取り戻すためならそれもやむを得ないと覚悟していたが、進んで闘いたいわけではなかったのだ。

大堰での闘いで負けたとはいえ、屈辱の三倍返しをしたいとは思わない。あの怖い牛頭鬼もあおえの仲間なのだから、できれば仲よくなりたかったぐらいだ。

「そういえば、あおえのやつな」

あおえのことを思い出したついでに、後ろの一条にしゃべりかける。

「おまえが死んでもあの邸にのうのうと住みつくつもりでいたみたいだぞ。そんなにうまくいくもんかってさんざん脅して珍皇寺までついてこさせたんだけど、井戸を降りたとこで動かなくなっちゃったんだよ。もし冥府の者に見られたら永久追放になりかねないって泣くから置いてきたけど、あとで思いきりしめてやってくれよ」

「ああ」

もっと反応があるかと思いきや、一条は短く答えたきりだった。あおえのこととなると遠慮なく本性を表すくせに、なぜだか覇気がなさすぎる。

「大丈夫か？　疲れているんじゃないのか？」

「いや」

否定はされたが、とても鵜呑《うの》みにはできない。違和感が打ち消せない。

夏樹はふいに立ち止まった。続けて背後の足音も止まる。しかし、なぜ止まったのかと問う声はない。

「あのな、一条」

「振り返ってもいいか？」

「ああ」

もしかして、あの暗い建物の中に囚《とら》われている際に、拷問めいたことがあったのかもしれない。

（顔を隠すのは傷を見られたくないからで、元気がないのは体力を消耗しているせいか……？）

判決前にそんな手荒な仕儀はないと信じたかったが、一度、疑惑をいだくと容易に消せるものではない。夏樹は振り返って傷の有無を確かめたくなった。が、一条は彼の申し出をすぐさま退ける。

「駄目だ」

そう言われるとよけいに気になる。

「どうして駄目なんだ？」

「約束を忘れたか。現世に戻るまで顔を見ては駄目だ」

「うん、そうだったけれど……」

夏樹が再び歩き出すと、後ろから一条もついてくる。しかし、夏樹の頭の片隅に芽生えた疑念は依然、消えない。むしろ、次第に大きくなっていく。

（なぜ、顔を見てはいけないんだ？）

答えに心当たりがなくはない。思い浮かぶのは神話の例だ。伊邪那岐《いざなぎ》が愛する伊邪那美《いざなみ》を迎えに黄泉まで行き、目的を果たせず終わったのは、見てはいけないと言われたにもかかわらず、彼女の姿を見てしまったからだ。美しかった伊邪那美の身体には蛆《うじ》がわき、おそろしい雷光を八種もまとわりつかせていた。これには百年の恋も醒め、伊邪那岐は逃げる。伊邪那美は「わたくしに恥をかかせましたね!」と叫んで追っていく。

結局、伊邪那岐は逃げきるが、伊邪那美は「あなたがこんなことをするならば、わたくしはあなたの住む現し世《うつしよ》の者どもを一日に千人くびり殺しましょう」と宣言する。伊邪那岐が約束を破ったがために、彼女は生き返ることもかなわず暗黒の女神に変貌したのだ。

だから、一条を取り戻したいのなら、振り返ってはならない。いまの彼を見るべきではない。

だが——神話をそのまま受けとってもよいものだろうか?

考えれば考えるほど疑心が募る。

(後ろをついてくるのは本当に一条なのか?)

背恰好《せかっこう》はそのものだが、顔をずっと隠したままというのはいかにも怪しい。それに、返ってくる反応が一条らしくない。

（もしかしたら、牛頭鬼どもにたばかられたのかも……）

その疑念が呼びこんだのか、谷底から吹いてくる風に乗って、くすくす笑いが聞こえてきた。行きのときに聞いたのと同じ、小さな女の子のささやきだ。

（気になるのなら）

（振り返って）

（顔を見てみたら？）

ぎょっとしたが、このささやきは一条には聞こえないらしい。なぜか、夏樹の耳だけをしつこくくすぐるのだ。

（気になるのなら）

（なるのなら）

もちろん、気になる。

気持ちが揺らぎかけていると、別の声が夏樹の耳朶《じだ》を打った。

（夏樹さま）

それは死んだ惟重の声だった。

（惑わされてはなりません）

「惟重……？」

問えばもう一度、年老いた家人の声がした。

（惑わされてはなりません）

だが、その後はまったく聞こえなくなる。少女のささやきも消える。風がまとめて彼方《かなた》へと連れ去ったかのごとくに。

夏樹は強く頭を振った。

惟重の言う通り、惑わされてはいけない。ここまで来てすべてを台なしにするなんて本物の愚か者だ。

だが、自分を惑わそうとしているのは少女のささやきなのか、しろきなのか、背後からついてくる彼か。ちらりとも顔を見せようとしないこの人物は、はたして本物の一条か。

考えすぎて頭が痛くなる。考えたくないのにやめられない。

あの取引を信じてもいいのだろうか。いささか話ができすぎてはいまいか。冥府まできた厄介者を体《てい》よく追い返すための作り話では……。

際限なく生まれてくる疑惑が、夏樹の足をまた止めさせた。同時に背後の足音も止まる。夏樹が歩き出すか話しかけるかするのを、じっと待っている。

本物の一条なら、こんなにおとなしくしているだろうか。「もうへたばったのか」とかなんとか言いそうなものだ。

（こんなの、一条らしくない）

その思いが、ついに夏樹を振り向かせた。

次の瞬間、彼は驚愕《きょうがく》に凍りつく。

一条は袖で顔を隠してはいなかった。長い髪も風に吹きあげられて覆いの役目を果たさない。隠されていたもの、見てはいけないと忠告されたものが、すぐそこにさらけ出されている。

顔の造形は確かに一条だった。男装の美姫《びき》のごとき美貌も、不思議な琥珀《こはく》色の瞳もそのままだ。だが、白磁の肌は変容していた。

腐っていたのだ。

顎《あご》から頬にかけての皮膚は青黒く変わり、ところどころはじけて赤い肉が覗いている。顔を隠そうとあげた手の甲も同様だった。爪は剝がれ、指先には乾いた血が、よごれとともにこびりついている。

いままで感じなかった甘ったるい腐臭が、急に鼻孔を刺激する。その強烈さは本能的な嫌悪を誘った。

「一条……！」

衝撃に震えながら名前を呼ぶと、一条は怒りも露《あら》わに悲鳴のような声をあげた。

「見るな！」

強い力で胸を突かれ、夏樹は岩だらけの大地へ仰向《あおむ》けに倒れこんだ。そこへ一条が馬乗りになり、両手で首を絞めつけてくる。

「なぜ見た！」

華奢《きやしや》なようでいて、一条の力は強い。手首をつかんでゆるめさせようとするも効果はなく、もちろん、彼を押しのけることもできない。

「こんな姿を――どうして見たんだ!!」

一条は本気で首を絞めている。それだけ彼の憤りは激しい。悲しみも深い。

苦しい
殺されるかも　しれない

と、夏樹は思った。同時に、それでもいい気がした。

伊邪那岐が約束を破ったから、悲憤のあまり伊邪那美は暗黒の女神に変じた。非は夫の側に――追ってきた側にある。つまり、自分に。

一条は悪くない。彼が怒るのは当然のことなのだ。

なのに、一条は夏樹の首を絞めながら泣いていた。琥珀色の瞳からあふれ腐敗した頬をつたう雫《しずく》は、まぎれもなく涙だ。

初めて見た、一条の涙だった。

夏樹はあがくのをやめた。一条の手首を離して、代わりに彼の頬に指をのばし、ふれる。

変色した皮膚の下で、何かがもぞもぞと蠢《うごめ》く感触があった。たぶん、蛆だろう。それでも、夏樹は手をひっこめたりはしなかった。嫌悪ももう消えていた。

怖くない　から　驚いただけ

気持ちをちゃんと伝えたいのに、首を絞められているせいでろくに声が出せない。それでも、相手に通じることを祈って、懐にしまっている守り袋の髪が媒介になってくれないだろうかと期待して、強く念じた。

どんな姿　に　なったって

一条でありさえすれば　かまわな　い　から

声にしていない想《おも》いが通じたのだろうか、一条が言った。

「嘘だ」

疑うのは当然だと思いつつ、夏樹は念じた。

嘘じゃないよ

突然、夏樹は解放された。

滞っていた空気が一気に肺に流れこみ、夏樹は激しく咳《せ》きこんだ。そんな友人に向かって、一条は荒々しく怒鳴る。生前の彼に戻ったかのように。

「底ぬけ大馬鹿野郎！　この考えなし！」

喉が痛くてまだ満足に声が出なかったが、夏樹も負けじと怒鳴り返した。

「うるさい」

そしてまた激しく咳きこむ。

ようやく咳《せき》がおさまって半身を起こすと、一条は顔をそむけて立ちつくしていた。見せたくないのは醜く変わった顔か、それとも涙か。

「おまえがどんなふうになっていようと、ぼくは構わないからな」

喉をさすりながら、夏樹はしわがれた声で一条に語りかけた。

「さっきは驚いただけだ。それは仕方がないだろう？　予想もしてなかったんだから。でも、もう平気だからな。腐ってたってかまうもんか。とにかく、それでも連れ帰るんだから」

心の中で呼びかけていたことがちゃんと通じていたかどうか心配で、改めて言葉にする。こうして聞くと、自分でもとんでもない台詞《せりふ》だなと思う。猛烈に照れくさい。だが、掛け値なしの真実だ。

黙って聞いていた一条は、ほんの少しだけ顔をこちらに向けた。甘い腐臭がまたもやふわりとたちのぼるが夏樹は気にしなかった。ただひたすら、友が何か言ってくれるのを待った。

いつまでも待つつもりだった。

が、言葉はない。代わりに、こちらをみつめていた琥珀色の瞳がすっと動き、視線の向きが変わった。夏樹の後ろ、黄泉比良坂の上方へと。

と同時に、そちら側から小石を踏む足音が聞こえてくる。

「熱い友情か。美しい限りだが、にしても、勝手な理屈で死者をあちら側に持ち帰られては迷惑だな」

この声は——

夏樹は飛び起きて振り返った。次の瞬間、一条の顔を見たときと同じくらいの衝撃が襲う。坂の上から降りてくるのは、大堰の別荘に怪馬とともに現れたあの男だ。

黄泉比良坂に吹く風が、男の薄汚れた水干《すいかん》の袖や長い髪をはためかせる。髪が顔にかかって口もとしか見えない。まるで彼も顔を隠したがっているようだ。

「なぜ、おまえがここにいる」

夏樹が怒鳴ると、男はにやりと笑った。

「それはこっちの台詞だ。本気でその腐肉を現世に戻すつもりか？」

腐肉と呼ばれて、一条は恥じるように顔を伏せた。そんな彼に代わって、夏樹はすばやく返答する。

「本気だとも」

男は顔をのけぞらせて哄笑《こうしょう》した。冥府の暗い空に、男の笑いは虚《うつ》ろに木霊《こだま》した。

「本気で死者を甦らせるだと？」

「黙れ」

夏樹は常にない低い声で命じた。腰を落とし、手は形見の太刀へとかける。

「ぼくらの邪魔をするためにわざわざ冥府へ降りてきたのか？　だったら、ちょうどいい。ここでおまえを捕まえて、何を企《たくら》んでいるのか吐かせてやる」

訊きたいことは山ほどある。なぜ左大臣の周辺をおびやかすのか。あのとき大堰の別荘で、後方から矢を放った仲間たちはいまどこにひそんでいるのか。そして、どうやって黄泉比良坂にまで来られたのか。

どれも簡単には明かしてもらえまい。ならば、力ずくで聞き出すまで。

そう即断して夏樹は太刀を抜いた。母の形見でもある、曾祖父ゆかりの太刀を。

鞘《さや》から放った途端にその刃《やいば》が輝いた。雷光にも似た白い燐光《りんこう》、雷神と化した曾祖父・菅原道真公《すがわらのみちざね》の霊力の発動だ。その唐突さに、夏樹は少し驚いていた。

冥府にあって力がいや増したのか、刃の光は怖いほどに美しく強烈だった。黄泉比良坂にたちこめていた暗雲をぐいぐい押し返していくかのようだ。

これならやれる、と夏樹は確信した。この輝く太刀をもってすれば神をも斬れるだろうし、冥府の鬼すべてを敵にまわしても善戦できたかもしれない。

（しろきが闘いをさけたのは、太刀がこうなることを警戒していたからとか……？）

それを証明するかのように、一条が小さく声をあげ両手で顔を覆った。死びととなった彼にはこの光がつらかったのだろう。それを察した夏樹は、一条を苦しめぬためにも、一気に決着をつけようと前へ躍り出た。

「くらえ！」

気迫をこめて、光る太刀を上段から振りおろす。右腕の矢傷の存在や足場の悪さも忘れて、ただ相手を倒すことだけに集中していた。

男はよけず、代わりに予想外の動きに出た。何を思ったか、上から襲いくる太刀を片手で、素手で受け止めたのだ。

すじばった手の中で刃が止まったと見えたのはほんの一瞬だった。その鋭さに親指とひと差し指が斬れ、ぼとぼとと落ちる。刃は手のひらに深く食いこみ、肉を裂いて手首まで到達する。

太刀を通して伝わるなんともいえぬ感触に、夏樹は驚きと嫌悪の悲鳴をあげた。

「馬鹿な！」

斬ったほうが叫んでいるのに、斬られたほうは笑っている。痛覚がないのか、相手の反応がおかしくてたまらないというふうに、にやにやしている。

男の手首に深く食いこんだまま、太刀は白く輝いていた。その光が一段と強くなり、めきっと不気味な音が響いた。

乾いた板にくさびを打ちこんだかのように、裂傷が手首から肘へと広がっていく。血はほとんど出ない。めきめきと響く音も、生身らしくない。

しかも、男はまだ笑っていた。腕がぼろぼろに砕け散っても。腕のみならず、肩から全身に傷が広がっていっても。

「また逢《あ》おうか」

男が余裕ありげにそう言った途端、風にあおられて髪が激しく乱れた。隠されていた顔が初めて露わになる。

夏樹の目に映ったそれは、異相だった。

男の顔に、皮と肉がついていたのは下半分だけ。途中からこそげ落としたようにそれがなくなって、目もとと額は完全に骨が露出している。

しかも眼球はない。

ぽっかりとあいた眼窩《がんか》はただの虚《うろ》だ。血も膿《うみ》もなく乾ききっている。男の笑い声はその奥底から流れてくるよう。

凶々《まがまが》しい笑い声はすぐに途絶えた。全身に裂傷が広がって、男はその場にくずれ落ちたのだ。

同時に太刀の輝きが収縮し消滅する。闘いが終わったことを示すように。

それでも夏樹は信じがたい気持ちで男を見下ろしていた。

「嘘だろう……？」

足もとにあるのは倒れたばかりの死体ではなかった。四散する人骨――血肉は一片もない。繋《つな》がってすらいないただの部品だ。

背後から一条がゆっくり近寄ってきた。

「これがあいつの正体だったんだ」

と無感動につぶやく。

「これが？」

「ああ。だから、冥府への道すじを知っていた。自然の理に反して空を駆けることもできた。……反魂《はんごん》だな」

「反魂？　じゃあ、しろきが言っていた術者がこいつを操っていたと？」

「たぶん」

夏樹は太刀の切っ先でおそるおそる骨をつついた。それほど古いものではなさそうだが、表面は完全に乾き、わずかに変色している。　間近で目撃しなければ、これがあの男だったとは信じられなかったろう。

「話に聞いたことはある」

一条があくまでも淡々と言う。

「その昔、ある僧侶がひとりで修行を続ける寂しさに耐えかねて、野に落ちている人骨を集め、砒霜《ひそう》という霊薬を用いて反魂の術を行った。ところが、そうしてできあがったモノは、形こそヒトであっても、ヒトとしての心を持っていなかった――」

「形だけ、ヒトで……」

「無理をすると、結局そうなるという教訓だな」

一条の口調にこめられた皮肉を、夏樹は聞かなかったふりをした。

「つまり、しろきが言っていた術者っていうのが、反魂の術で死者を甦らせたうえに、龍馬《りゅうば》まで使って左大臣家に揺さぶりをかけていたんだな」

「そうらしいな。どんな恨みを買ったんだか」

「わからないけど、でも、これでしろきとの取引を果たすことと、矢傷のお返しをすることは同義になったわけだ」

う。

俄然《がぜん》やる気が出てきた。是が非でもこれはやりおおせねばなるまいと、改めて心に誓

夏樹は太刀を鞘におさめると、振り返って一条に手をさしのべた。

「急いで戻ろう。ぼくらにはやらなきゃならないことがある」

一条は驚いたように目を大きく見開き、夏樹の手をみつめた。

「腐っているんだぞ」

「いいから」

「さわったりしたら皮膚がずるりと剝けるぞ。指ににおいがこびりついてとれなくなるし、傷口から蛆虫が這い出てくるかもしれないぞ」

「うるさいな。あおえみたいにぶつくさ言ってるんじゃないよ」

「あおえみたいに？」

「ほら、早く」

あおえに譬《たと》えたことで機嫌を損ねたのだろうか。一条はためらったすえ、握ると見せかけ夏樹の手をぴしゃりと叩《たた》いた。

さほど強くはない。むしろ、一条の傷んだ身体のほうに支障が出た。小指の爪が半分めくれあがったのだ。けれども、痛みは感じていないらしく、傷口から蛆が這い出ることもない。一条はふんと鼻を鳴らし、めくれた爪を平たくなるよう押し戻した。

「爺《じじい》じゃないんだから、助けはいらないよ」

ふてぶてしく言い放つ彼は、どんな姿をしていようとも一条に違いなかった。

そこから先は、幸いにして邪魔は入らなかった。死者のささやきももう聞こえない。

ふたりは黄泉比良坂を越えて、抜け道へと入り、井戸の底の大きな洞窟で待つあおえのもとへと急いでいった。


夜の六道珍皇寺の庭――その片隅の井戸のふちにもたれかかって、久継は何度目かのため息をついた。

「待つ身はつらいな」

がむしゃらな少年とおかしな馬頭鬼が冥府へ降りてから、もう一刻《いっとき》（約二時間）近くすぎている。その間、井戸の底からはなんの気配もない。

縛りあげて庭木の陰に転がした僧侶もぴくりともしない。途中で一度目を醒まし暴れようとしたので殴りつけたら、また気を失ってしまったのだ。おとなしくしていたなら暇つぶしの話し相手になってもらったものをと、いまさらながら久継は苦笑した。

「珍皇寺の連中はおまえがいなくなったことに気づかないみたいだな。それとも、こんなことはしょっちゅうと思われているくらい、夜遊びの常習犯なのか？　生臭《なまぐさ》め」

気絶した相手に話しかけても、独り言同然。退屈で大あくびをすると、それに重なって小さな物音が聞こえた。

井戸の中からだ。

久継は井戸のふちに両手をつき、暗い底を覗きこんだ。

「坊主か？」

返事はないが、垂らしたままの葛の蔓がぴんと張っていた。石の壁をこするような音が、次第にこちらへ近づいてもきている。

地の底からやっと戻ってきたのだ。

待ち構える久継の目の前に、ぬっと突き出されたのは馬の首だった。

「あ、どうもどうも。長らくお待たせいたしました」

さすがの久継も言葉を失っていた。その間に、あおえは「よいしょ、よいしょ」と言いつつ、井戸から這いあがってきた。せっかくの装束《しょうぞく》が泥まみれになり、裾は乱れてたくましい脚が露わになっている。全然色っぽくない、胸焼けのしそうな光景だ。

「どうだった、冥府は？　あの坊主は？」

久継が尋ねると、あおえはきれいに並んだ歯を剝き出して笑顔になった。

「はい。意外にうまくいきましたよ。夏樹さんもすぐ来ますから」

その言葉通り、すぐさま井戸の中から夏樹が顔を出した。外の空気をむさぼるように口をぱくぱくあけてあえいでいる。久継が手を貸してやると、やっとといった感じで出てきて地面にすわりこんだ。

疲労の色は濃くても表情は明るい。うっすらと瞳が濡《ぬ》れているのも、くやし涙ではなさそうだ。

「どうだった、坊主?」

「はい」

呼吸を整えてから答える声は、喜びにはずんでいた。

「途中、邪魔が入ったりもしましたが、なんとかうまくいきました。一条は甦るんです。もうすぐ井戸から出てきますけど、どうか驚かないでやってください」

「驚く? いまさら?」

「少し面変《おもが》わりしてるんですよ。あ、でも、中身はそんなに変わっていませんから安心してください。早く紹介したいな。先にのぼれって言ったのに、最後でいいってどうしてもきかなくて」

「わかった、わかった。わかったから、もう少し声を小さく」

「あ、すみません」

夏樹が黙ると、井戸の中からまた音がした。蔓が張っている。三人目の帰還だ。

「一条ですよ!」

くたびれきっているくせに、夏樹はすばやく身を翻して井戸を覗こうとする。その彼を、あおえがあわてて押しのけた。

「駄目です。夏樹さん、どいてください」

「どうしてだよ」

「危ないんですってばぁ」

何がどう危ないのかは、すぐに判明した。突然、井戸の中から強風が巻きあがったのだ。

ごおっと吼えた風は渦となって、天高く駆け昇った。ほんのつかの間、渦の中に人影が映る——長い髪を乱した少年の姿が。面変わりしていると言われていたのに、突風の中に浮かびあがったその姿に、死の痕跡は見当たらない。肌は白くなめらか、唇は自然に色づいて、少女のようにさえ見える。

「一条!」

夏樹は前に出ようとするが、あおえが押さえこんで離さない。

冥府から吹いた風は、庭木を揺らして夜空へ舞いあがり、消えていった。少女のごとく美しい少年——一条の姿とともに。

風を捕まえ損ねた夏樹は、突然あおえに食ってかかった。

「おい、これはいったいどういうことだ。一条は生き返るんじゃなかったのか」

「な、夏樹さん、落ち着いてくださいぃぃぃ」

「これが落ち着いていられるか、せっかくの苦労が……」

ここが寺の庭だということを、ふたりはすっかり忘れている様子だった。幸い、寺の者たちが起き出す気配はまだないが、こんな大声をあげていては、いずれみつかってしまうだろう。

「こらこら、ふたりとも騒ぐんじゃない」

と、久継が仕方なく仲裁役を買って出た。

「坊主の気持ちもわかるが、相手の言い分ぐらいちゃんと聞いてやれ。ほら、馬頭鬼、釈明したいことがあるなら早く言うんだ。だが、小声で頼むぞ」

「はぁぁい」

あおえは目を潤ませ、甘えるように語尾をのばした。

「一条さんなら大丈夫ですよぉぉ。ひと足先に自分の身体が置かれた場所に戻っただけですから」

「本当に？」

「はい。いまごろきっと、目を醒まして……」

一転して笑顔になった夏樹は、あおえの胸をばしばしと平手で叩いた。

「なら、早くそう言えよ」

「言おうとしたのに聞かなかっ……」

「さあ、帰るぞ。一条のもとに」

宣言した夏樹の目は、まるで小さな子供のように輝いていた。

「やれやれ。よほど嬉しいらしいな」

久継があきれ返ってつぶやくと、夏樹は心外そうな顔になった。

「当然じゃないですか。久継どのにも親友と呼べる存在がいますでしょう?」

ほんの数瞬、久継は片方だけ目をすがめ、視線を遠くへ飛ばした。過去へ想いを馳《は》せるように。

「昔はいたかな……。いや、いまもいるな。だが、そいつのために、坊主みたいな命知らずな真似《まね》ができるかどうかわからないな」

「久継どのなら、きっとできますよ」

無邪気な子供の無邪気な弁に、久継はおとなの笑みを返した。けれど、無邪気さゆえにその深い意味までは相手に通じない。馬頭鬼にも通じていない。それを当たり前のことと、久継も受け止める。

「こんなところで話していてもなんですよぉ。もう用は済んだんですから、行きましょうよぉ」

「あおえの言う通りですよね。よかったら、これからぼくの家へ……」

「いや、きみはすぐにでも友達の様子を見に行きたいんだろう？　お邪魔するのは後日にさせてもらうよ」

久継は寺の築地塀《ついじべい》を振り返り、

「さ、また肩を貸そうか」

「いえ、とんでもないです」

夏樹は激しく首を横に振った。

「庭の側だったら足場になる枝がいっぱいありますから、恩人の肩を踏まなくても塀に上がれますって。本当に、東の市でのことといい、今回のことといい、久継どのには重ね重ねお世話になりました」

そう言って、丁寧に頭を下げる。読み誤りようのないほど喜怒哀楽をはっきりと出す無防備な少年を、久継は目を細めてみつめた。

「……たいしたことはしてないが。まあ、ついでのあと始末ぐらいはしておくかな」

久継は庭木の陰に転がっている僧侶のほうへ、顎をしゃくってみせた。

「もうあれを解放してやってもいいだろうから」

「すみません、いろいろと面倒なことをさせてしまって。このお礼は後日させてもらいますから、ぼくの家を必ず訪ねてきてください。正親町の有名な物の怪邸の隣なんで、近隣の者に訊けばすぐにわかりますから」

「正親町の、有名な物の怪邸の隣、か」

「必ずですよ！」

何度も念を押しながら、少年は市女笠をかぶり直した馬頭鬼をひきつれ、寺の塀を越えていく。体重の重い馬頭鬼のほうは苦労していたが、枝を踏み折って大きな物音をたてるようなへまもせず、なんとか無事に敷地内から出ていった。

ひとり残った久継は大きくのびをして、首の骨をこきこきと鳴らした。

「まったく、面白い子だ」

夏樹の正直さ、ひたむきさを思い出しただけで、彼の口もとに自然と笑みが浮かんでくる。とんだ寄り道だったが、面白い寄り道であったことは否めない。

「さて。片づけが終わったら、こっちもさっさと退散するか」

庭木の陰から、縛りあげた僧侶をひきずり出す。ところが、かなり乱暴に扱ったのに僧侶は目を醒まそうとしない。それも道理、息をしていなかったのだ。

「なんだ。死んだのか」

二度目に殴りつけたときに、いささか力が入りすぎたらしい。

久継は顎に指を添えて考えをめぐらせた。ひょっとしたら、夏樹が一条の魂を引き戻したように、いますぐ井戸に飛びこめば僧侶の命を取り戻すことが可能かもしれないと思わなくもなかったが——

思ったただけだった。この僧侶のためにそこまでする気力はなかった。かといって、このまま放置して、死体が時をおかずに発見されてもまずい。蔓で縛った痕が残っていては、自然死の偽装も難しい。

自分は僧侶殺しの犯人として追われようと痛くもかゆくもないが、あの少年や馬頭鬼にまで累が及んでは気の毒だ。そう考えると選択肢は限られていた。

「川にでも流すとするか」

さっさと結論を出し、久継は死体を軽々と担ぎあげた。夏樹たちがしたように、庭木の枝を足がかりにして築地塀の上へと登っていく。

だらりと垂れ下がった死体の手が、久継の動きに合わせて小さく揺れる。しかし、久継の横顔には、死体への嫌悪感も罪悪感も砂粒ほどもありはしなかった。

一方、夏樹は正親町への道を早足で戻っていた。あおえは後方から息をきらしてついてくる。

「待ってくださいよぉ。待ってくださいよぉ」

虫の垂衣《たれぎぬ》のせいで前が見えにくく、袿《うちき》の裾がまとわりついて歩きづらいのだ。不便なのは夏樹もわかっているが、はやる気持ちは抑えられない。

「急がないと置いていくぞ」

「夏樹さんの意地悪！　そんな態度に出るんでしたら……」

あおえはいきなり裾をからげ、どすどすと足音を轟《とどろ》かせ駆けてきた。あまりの速さにたちまち追い抜かれてしまう。

「よせよ、そんな恰好するのは！」

「いいじゃないですか、誰も歩いてないんだから」

「ここはもう鳥辺野じゃない、洛中《らくちゅう》なんだぞ」

正親町を出発したときは宵のうちだったが、いまはもう真夜中。だからといって安心していると、思わぬところから誰かが見ていたりするものだ。太股《ふともも》も露わな大女と真夜中の道を疾走していたなどと噂《うわさ》になったら、人格を疑われてしまう。それだけはさけたい。

夏樹は仕方なく速度を落とし、あおえに合わせて歩いた。が、有名な物の怪邸が見えてくるとやっぱり我慢できずに走り出す。

早く一条に逢いたい。彼が生き返ったところをこの目で確認したい。頭の中はそればかりだ。

あおえを引き離して門をくぐり、勝手知ったる他人の邸にあがりこみ、簀子縁《すのこえん》を駆け抜ける。遣戸《やりど》を勢いよくあけて、一条を寝かせている部屋へ飛びこむ。

きっともう生き返っているはず。とっくに寝具もしまって、畳の上であぐらをかいて白湯《さゆ》でもすすっているのかも——

そう思っていたのに。

部屋は暗く、静まり返っていた。友人の名を呼んでも反応はない。

燈台《とうだい》の置き場所がわからなかったので、ありったけの蔀戸《しとみど》を全開にして、月明かりを少しでも多く部屋に入れようとしてみた。そのほのかな光を頼りに、一条の枕もとまで進む。

ここを出たときと状況は変わっていない。一条は堅く目を閉じ、夜具を上にかけて横たわっている。さわれば頬は氷のように冷たい。

「ひどいじゃないですか、夏樹さぁん。おいてかないでくださいよぉ」

遅ればせながら、あおえが文句を言いながら部屋に駆けこんできた。夏樹はさっと立ちあがると、振り返るなり馬頭鬼の胸ぐらを乱暴につかんだ。

「ひどいのはどっちだ。一条はまだ生き返らないじゃないか！」

「へ？　あ、そうなんですか？」

「そうなんですかじゃない！　おまえ、もしかしてあの牛と組んで、ぼくをだましたんじゃないだろうな」

あおえは長い馬づらを勢いよく横に振った。

「そんなことないですよぉ。夏樹さんも一条さんの魂が井戸から出てくところを見たじゃありませんかぁ」

「じゃあ、どうして一条は目を醒まさないんだ?」

「さあ……」

殴ろうと振りあげた拳を、あおえははっしと受け止めた。

「ちょっと待ってくださいよぉ。わたしを責める前に、もっと一条さんに呼びかけてやってくださいよぉぉ」

それももっともだと思い、夏樹は再び一条の枕もとにすわり直した。あおえは油をつぎ足して燈台に火をともす。おかげで部屋がやっと明るくなった。

燈台の温かみのある光は、一条の青白い頬を本来の色にほんのりと染める。こうしていると、彼は本当はもう生き返っていて、いまは疲れて眠っているだけじゃないのかと思えてくる。

皮膚はただれていないし、はじけて中身をさらしてもいない。蛆虫だって一匹もたかっていない。彫像のようにきれいなままだ。念のため、一条の顔に鼻を近づけて息を吸いこんでみると、腐臭どころかいいにおいがした。

器の状態は万全なのだ。あとは魂がここに入りさえすればいい。

「一条? おい、一条」

呼びかけ続けるが、反応は返ってこない。

「どこを迷っているんだか……」

もう一度、頰にふれてみる。すると突然、一条が目を開いた。

夏樹は反射的に手をひっこめて小さく声をあげた。琥珀色のはずの瞳がまばゆい黄金色に輝いたように見えたのだ。

が、それはほんの刹那のことでしかなかった。たった一回の瞬《まばた》きで、瞳はもとの透明感のある琥珀色に戻る。焦点もちゃんと合っている。そこに映っているのは夏樹自身の姿だ。

この瞬間をいろいろ夢想していたのに、いざ現実となると夏樹は言葉に詰まってしまった。無数の台詞が頭の中にあふれ、一気に走り抜けてしまう。残ったのはたったひと言。

「おかえり、一条……」

ためらいがちにささやくと、一条はわずかに唇を動かした。声にはならなかったが、確かに『ただいま』と応える。

本当に帰ってきた——帰ってきてくれたのだ。

感慨にひたっていると、あおえがいきなり叫んで雰囲気をぶち壊してくれた。

「一条さん！」

枕もとにぺたんとすわって馬頭鬼は号泣する。涙が滝のようならば、しゃくりあげる声は荒海の轟きのようだ。

「よかったぁ、よかったぁ。やっぱり、一条さんがいないと駄目なんですよぉぉ。これでわたし、現世でもどうにかやっていけそうですぅぅぅ」

一条が死んだばかりのときに見せた、飄々《ひょうひょう》とした態度とはえらい違いだ。だが、これもまた嘘偽りのない気持ちなのだろう――うるさくてたまらないが。

「早く元気になってこいつをしめてやってくれよ」

こっそりささやくと、一条はあるかないかの微笑を浮かべて目を閉じた。夏樹はあわてたが、彼の呼吸を確認して安堵の吐息をついた。今度こそ本当に眠っただけだった。

もう大丈夫。背中の傷もすぐに癒えるだろう。あの罵声《ばせい》も凶悪な紙扇攻撃も、近いうちに再開されるはずだ。

(だよな、一条)

返事はなかったけれども、友人の安らかな寝顔を眺めているだけで、夏樹はすべての苦労が報われる思いがした。

第四章　招かれざる客

一条が甦《よみがえ》って三日後。もうすぐ夏も終わるかと思っていたら、陽射《ひざ》しが勢いをぶり返し、再び暑くなってきた。

夏樹の邸《やしき》の庭で、蟬《せみ》もまた活気を取り戻していた。うるさく鳴き続けて少し休んだかと思うと、さらに大きく声をふりしぼり、いわゆる蟬時雨《せみしぐれ》を存分に聞かせてくれる。

（蟬に夏バテはないのかなあ……）

そんなどうでもいいことを考えつつ、夏樹は簀子縁《すのこえん》でぐったりしていた。一条の様子を見に隣へ行こうかとも思うが、こう暑いとひなたに出る気がしない。日光にふれた途端、ぐずぐずに融《と》けてしまいそうだ。

物忌《ものい》みもあけて、明日には御所に参内《さんだい》する予定なのに、こうもへたばっているとちゃんと職務復帰できるかどうか不安になってくる。加えて、しろきとの取引もちゃんと果たせるかどうか。

（いや、一条を返してもらった以上は、やるだけやらないとな……）

心の中でつぶやきつつ、紙扇《かみおうぎ》で汗ばんだ首すじをあおぐ。

見かねた桂《かつら》がもらいものの桃を切ってくれた。甘い香りがたちこめて、減退気味の食欲も復活する。が、いざ食べようというとき、まるでそれを狙ったかのように、いとこの深雪《みゆき》が訪ねてきた。

「あら、お邪魔するにはちょうどいい頃合だったみたいね」

勝手にあがりこんで夏樹の部屋までまっすぐやってきた深雪は、当然の権利のように桃にかぶりついた。涼しげな夏萩《なつはぎ》の襲《かさね》（表が青、裏が濃紫《こむらさき》）の袿《うちき》を着て、いかにも洗練された宮廷女房を気取っているくせに、ここに来ればかぶっていた猫も自然と剝がれてしまうようだ。

しかし、そんな傍若無人ぶりも、乳母《めのと》の桂にしてみればかわいくてしょうがないらしい。

「では、もっと桃を持ってまいりますわ。井戸水につけておいた瓜《うり》ももう冷えているかもしれませんし、ちょうどいいようでしたらそれも切りましょうか。少々お待ちくださいね」

と、にこにこ顔で立ちあがる。

（瓜もあったんだ。まあ、いいけどね……）

同居している夏樹よりも、ときどきしか会えない深雪のほうが厚遇される。これもまた毎度のことだ。平和な日常が戻ってきたのだと思えば腹も立たない。

そんなふうに投げやりに考えていたら、どういう風の吹きまわしか深雪が殊勝なことを言い出した。

「あ、いいのよ、桂。わたしのことは気にしないで、ほっておいてちょうだい」

夏樹も桂も面食らってしまった。彼女が食べ物を断るとは実に珍しいことなのだ。

「まあ、この暑さで食欲が落ちたのですか？　それはいけませんわ。何か精のつくものでも召しあがりませんと」

「ほんとにいいんだってば。それより、少しの間、夏樹とふたりきりにしてくれる？お仕事の話がしたいの」

「まあ、そういうことでしたか」

いつぞやの、弘徽殿《こきでん》の女御《にようご》がらみの仕事の話だろうと推察してくれたらしい。桂はそれ以上の詮索はせず、静かに退席していった。

ふたりきりになるや、深雪はあわただしく口を開いた。

「ちょっとちょっと、権博士《ごんのはかせ》どのから聞いたわよ、一条どののこと」

どこまで詳しく聞いているのか、好奇心で顔がきらきら輝いている。夏樹は彼女のはた迷惑な好奇心をかわそうと、そっけなく言ってやった。

「権博士どのから聞いているなら、改めてぼくが話すこともないじゃないか」

　正直、一条が死の世界に行っていた間のことはあまり思い出したくない。賀茂《かも》の権博士には、一条の師匠でもあり詳しく報告したが、またあれを一から話すのは苦痛でしかなかった。固辞する夏樹に、

「つまんないわねえ。せっかく夏向きの涼しい話が聞けると思ったのに」

「深雪も死んだらあそこに行けるんだから、あせって聞き出すこともないだろう?」

「なんだか、厭《いや》な言いかたね」

　深雪には眉をひそめられてしまったが、それが本心だった。冥府《めいふ》は死んでから行くべきで生きているうちに行くような場所ではないと、しみじみ感じたのだ。あんな、乾いた風が吹くばかりの寂しい場所へは――

　夏樹の表情から何事かを感じたのだろう、深雪はそれ以上は拘泥せずに話題を変えてくれた。

「で、一条どのの具合はどうなのよ?」

「ああ。とりあえず生き返ったけれど、背中に怪我《けが》をしているわけだし、しかもこの暑さだろ?」

　あれから一条はほとんど寝たきりですごし、ろくに食事もとらないらしい。

　枕もとであおえが一所懸命馬鹿をやっても、罵声《ばせい》も飛ばなければ紙扇も飛ばない。非難がましい目を向けはするらしいが、「それだけじゃあ、こっちもなんか気が抜けるん

ですよねえ」とあおえも愚痴っていた。

桃をぺろりとたいらげた深雪も、それを聞くと表情を曇らせた。

「それじゃ心配ね」

「うん……」

「ま、涼しくなって体力が回復すれば、一条どのだって元気になるわよ。あのひとがこのまま、やられっぱなしでひっこむはずないじゃない」

「そうだよな」

「絶対そうよ。あれはね、きれいな顔にみんなだまされているけど、受けた屈辱は忘れずに百年経《た》っても晴らすほうね。そのときにむこうがおぼえていようがいまいが、いっさい関係ないの。だって、こっちの誇りの問題なんですもの」

同類には通じるものがあるらしい。なるほどなと夏樹は感心してうなずいた。

「ちょっと、夏樹。なんで、そんなにうなずいているのよ」

怖い目で睨《にら》まれ、夏樹はあわてて違う話題を振った。

「あ、あのさ、それでそっちも最近は落ち着いてるんだって?」

はぐらかすなと怒られるかと思ったら、深雪は簡単に話に乗ってきた。

「そうなのよ。もう三日連続なんにもなしよ」

だからこそ、一条も寝ていられるし、夏樹もぼんやり蝉時雨に耳を傾けていられるのだ。

「大堰の別荘だけじゃなくて、二条の左大臣さまのお邸や定信さまのお邸にもあのブチ馬は現れないんですって」

「ブチ馬……」

「ほら、あの馬、白地に赤のぶち模様だったじゃない？　目撃者の証言に基づいて、わたしたち弘徽殿の女御さま付きの女房は、あの物《もの》の怪《け》をそう呼ぶことにしたの」

「何が目撃者の証言だよ。女御さま付きの女房の中で、まともにあれを見たのはおまえだけじゃないか」

「だから、わたしがそう呼ぶのを提唱したの。そうしたら、みんなすぐに賛成してくれたのよ」

恐怖を笑いでまぎらわそうというのが目的だろうが、実際に怪馬と対峙《たいじ》した夏樹には、とてもそんなふうには呼べなかった。あれは――もっと不気味で異様で理解を超えるものだ。呼び名ぐらいでは取り繕えない。

「駄目かしら。だって、ああいうのをあからさまに話題にするのは不吉だって、よくいうじゃない」

「うん、まあ、そうなんだろうけど、でもなあ……」

女房たちの気持ちもわからないではないから強く出られず、遠まわしに忠告する。

「その呼び名、本人、いや、本馬が聞いたら絶対怒るから、やめといたほうがいいんじゃないか？」

「そんなに気を遣う必要ある？　聞かせようにも出てこなくなっちゃったのよ。そうだわ、その件に関しては、女御さまも夏樹にとっても感謝していらしたわよ」

「感謝？　どうして？」

「だって、あいつらが出てこなくなったのは、夏樹が黄泉比良坂《よもつひらさか》で退治してくれたからでしょう？　聞いたわよ、あの長い髪の下は半分が髑髏《どくろ》だったんですってね」

そんなことまで賀茂の権博士に聞いたらしい。夏樹は無意識に眉間に深い皺《しわ》を刻んだ。

「退治っていっても、馬のほうには遭遇してないよ。それに、本当に倒せたかどうか自信ないし、あまりそういうことは広めないでくれないかな……」

謙遜ではなかった。あの痩せた男が反魂《はんごん》の術で甦った死者だとしたら、術を施した者が絶対いるはずなのだ。そいつと対決しなければしろきとの約束は果たせないし、本当の解決もない。あの男がまた禁断の術で甦ってくるだけだ。

それに、後ろから矢を射かけたふたり以上の仲間がいるはず。あの馬の行方もわかっていない。目的も不明。問題は山積みだ。

「安心するにはまだ早すぎるよ」

弱気ないとこに、深雪は不満たらたらだった。

「だって、現に三日も音沙汰ないんだから、また現れたって『いままで足止めさせてたのは自分だ』ぐらい言えばいいじゃない。自分を売りこむいい機会だっていうのに、まったく欲がなさすぎるんだから」

「ぼくがなんにもしなくったって、世慣れたいとこが売りこんでくれてるからいいのさ」

深雪が権博士から聞いた話を、そのまま女御に伝えているのは間違いない。きっと、「ですから、あやしの者どもが現れなくなったのは夏樹が退治したからですわ」と勝手な憶測も付け加えているだろう。そこまでやってくれる必要はないのにと本人は思うのだが……。

「でも、安心するのは早すぎるっていうのは本当ね」

檜扇《ひおうぎ》の陰で深雪は鋭く目を光らせ、つぶやいた。

「連中はどうして、何もしないで現れては去っていくだけなのかしら？　たとえば、黒幕が承香殿《しょうきょうでん》の女御さまだったりしたら、そんなまだるっこしいことしないものね。畏《おそ》れ多くも、弘徽殿の女御さまの命を狙いかねないわ。でも、そこまではしない。ただ、姿を見せては脅《おど》かすだけ。目的が見えてこないわ。夏樹も、冥府で格闘する前に相手に質問すればよかったのに」

「そんな余裕はないよ」

「わたしがついていっていれば……」

難しい顔をして、深雪はううむとうなった。本気で残念がっている。勇敢というべきか、向こう見ずというべきか。もしも彼女が男だったら、それこそどんどん自分を売りこんで出世していっただろう。

(伯父《おじ》さんも昔から『うちの娘が男だったら』って言ってたものなあ……)

とはいえ、深雪自身にはそういう願望もあまりなく、宮仕えを心から楽しんでいるらしい。弘徽殿の女御はどちらかというとおっとりしているひとだから、こういう女房がそばにいれば頼もしいだろう。

「ま、済んだことはいいわ。いま、女御さまはそのまま大堰の別荘にいらっしゃるんだけど、お風病《かぜ》も治られたし、ちかぢか御所に戻られるご予定なのよ。左大臣さまがその前に、二条のお邸で宴《うたげ》をひらいてくださるんですって。定信さまや美都子《みつこ》さまや、美都子さまのご夫君の頭《とう》の中将さまもおいでになるそうよ」

「頭の中将さまもか……」

物忌みのために参内できず、もう何日も顔を合わせていないが上司は元気だろうかと、夏樹は思った。

一度だけ蔵人所《くろうどどころ》の様子を伝える文《ふみ》をもらったが、そこに愚痴めいたことは一切書かれていなかった。帝《みかど》のわがままに振りまわされているに違いないのに。

（やつれていらっしゃるんだろうなぁ……）

明日参内したら、頭の中将の気が済むまで愚痴の聞き役になろうと、すでに夏樹は覚悟していた。だが、弘徽殿の女御が御所に戻るならば、しばらくは帝も落ち着き、上司も自分もその方面で悩まずにすむだろう。

「きっと、宴には頭の中将さまが連れていってくださるわよ。だって、夏樹は影の功労者だもの」

「功をたてたくて冥府に行ったんじゃないよ。どうしても一条を死なせたくないっていう、自分のわがままを通そうとしたら、それしかなかったわけで。あの男が現れない保証もまだないんだから、功労者でもないさ。それに、偉いかたが大勢集まるような宴はもともと苦手なんだ。ましてや、上司の奥方さまが……」

「ああ、美都子さまね」

「最初、女房と間違えちゃったからなぁ。そのあとお逢《あ》いしたときには、根に持ってはいらっしゃらないみたいだったけど」

「その美都子さまのことなんだけど」と、深雪は急に声をひそめた。

「夏樹はどう思う？　あのガリガリの男、美都子さまの顔を知ってたみたいじゃない。美都子さまもあんなときに物の怪の前に身をさらすなんて、尋常じゃない感じがして、なんだか気になるのよねえ……」

「じゃあ、あの馬と男の目的は、女御さまじゃなくて姉君のほうだっていうのか？」

美都子は左大臣の長女だが、正室の娘ではないうえに生母はとうに亡くなっている。左大臣家での立場は微妙だ。

たとえば、彼女がどうにかなっても、感情面ではともかく現実の被害は小さい。すでに頭の中将の妻になっているため、入内《じゅだい》がどうのといった宮中の権力闘争ともあまり関係がなく、つけ狙う理由がみつからない。

「考えすぎじゃないのか？」

「でもね、あの馬の本当の第一目撃者はあのかただったのに、全然騒ごうとなさらなかったのはどう思う？」

「なんだよ、それ」

いままで誰にも明かせなかったという情報を、深雪は初めてしゃべった。こんな大騒ぎになる前に、美都子が夢かと思いながら庭に現れる不思議な馬を見ていたというのだ。

しかし、それを聞いても夏樹は特に不審なものは感じなかった。

「それだけじゃなぁ。本人も、夢かと思ったって言っているんだし……」

「そうなんだけど、でも気になるのよ。普段は女御さまよりお年若に見えるくらいおとなしいかたなのに、あの物の怪どもの前に走り出るような大胆な真似《まね》を突然なさるし」

確かにあれには夏樹も驚いた。だが、愛するひとのためとなれば、普段おとなしい者も大胆な行動に出はするだろう。

「それだけ弘徽殿の女御さまを、つまりは妹君を大事に思っておられるんだろう？」

「それだけかしら」

「それ以外に何があるんだ？」

「わからないから困っているんじゃないの」

「ううん。でもまあ、御所にまでは姉君もついていけないわけだしさ、その後、あの馬がどこに現れるかで、やつの狙いもわかってくるんじゃないかな？」

「現れればね。現れなくなったから、確かめようがなくて気分悪いのよ」

「でも、出てこられても困るわけだし……」

答えのみつからない会話を無為に重ねているうちに、外の簀子縁を歩いてくる衣《きぬ》ずれの音が聞こえてきた。ふたりが同時に口をつぐむと、衣ずれの音は部屋の前で止まる。

「お話し中のところ、申し訳ありませんが」

と、簀子縁から桂が声をかけてきた。

「夏樹さまにお客さまでございます」

それを聞くと、深雪はすっと立ちあがった。

「じゃあ、わたし、帰るわ」

「いいじゃないか、もっとゆっくりしたって」

珍しくひきとめたのに彼女は首を横に振った。

「そうもできないのよ。暗くなる前に大堰に戻りたいし。話を聞いてもらえてよかったわ。少しは気が楽になったから」

聞くだけで解決の手助けもしてやれなかったが、口に出すことで胸のつかえも多少は吐き出せたらしい。本当に楽になったような顔をして、深雪は部屋を出ていく。それと入れ違いに桂が御簾《みす》をくぐってきた。

「お客って誰？」

「初めてうちにいらっしゃるおかたですわ。体格がよろしくて、武士のように精悍《せいかん》なお顔立ちですけれど、野卑なところは少しもなくて。ああいうかたこそ美丈夫というのでしょうねえ。とてもさわやかに微笑《ほほえ》まれるものですから、わたくし、年甲斐《としがい》もなく赤面してしまいましたわ」

実際に顔を赤らめて、恥じらうように口もとを袖で覆う。桂をこんなふうにさせる人物とは誰だろう、もしや——と、夏樹の胸中に期待が生まれる。

「どこの誰か名乗っていた？」

「ええ、確か久継《ひさつぐ》さまと……」

みなまで言わせず、夏樹は嬉々《きき》として叫んだ。

「すぐにお通しして！」

桂が呼びに行っている間、夏樹は大急ぎで部屋を片づけ始めた。さして散らかってもいないし、深雪が来たときは気にもしていなかったが、相手が久継となると話は違う。円座《わろうだ》も一等きれいなものを選んで風通しのよい場所に敷き、彼を待つ。

正親町《おおぎまち》の邸に来て欲しいと告げてから三日。やはり来ないつもりだろうかと思い始めていただけに、この突然の訪問はひどく嬉《うれ》しかった。

やがて、桂に案内されて久継が部屋にやってきた。

今日の彼は東の市や鳥辺野《とりべの》で出逢《であ》ったような水干《すいかん》姿ではなかった。若苗《わかなえ》（表、裏とも淡い木賊《とくさ》色）の狩衣《かりぎぬ》をさっぱりと着こなし、烏帽子《えぼし》もきちんとかぶっている。桂がぼうっとなったのも無理はない凛々《りり》しさだ。

「ようこそおいでくださいました」

夏樹が畏《かしこ》まって頭を下げると、久継は低い声で笑った。

「そう畏まらずともいいだろう？　しがない地方官吏より、六位の蔵人のほうがずっと将来有望なのだから」

「いえ、そんな、ぼくなんか久継どのに比べれば全然……」

夏樹が恐縮していると、妙にはしゃいだ桂が割りこんできた。

「まあ、都のかたではないのですか？　とてもそうは見えませんのにねえ。どちらから参られたのですか？」

「筑紫国ですよ」

筑紫——九州だ。夏樹の父が国司をつとめる周防国（現在の山口県東部）とは隣同士。

曽祖父ゆかりの土地でもあり、夏樹にとっても親近感のある国だった。

「近くあちらへ戻ることになったので、その前にご挨拶をと思いましてね」

いつかは田舎《いなか》へ帰ると彼は前々からにおわせていたが、とうとうそのときが来たようだ。せっかく桂にも気に入ってもらえるような友人ができそうだったのに、ついてないなと夏樹は心の中で嘆息した。

「とにかく、おすわりください。桂、久継どのに何か冷たいものを……」

みなまで言い終えぬうちに、桂は大きくうなずいた。

「では、わたくし、冷えた瓜を持ってまいりますわね」

そう言って小走りに去っていく。

「では、すわらせてもらうよ」

円座に腰を下ろした拍子に、久継の烏帽子が少しずれ、彼は苦笑しながらそれを直した。

「髪が短いから安定しなくてね。途中で脱げても無作法を笑わないでくれよ」

「いえ、なんでしたら脇に置いてください。ぼくはそういうのを全然気にしないほうですから」

なにしろ、烏帽子はおろか髻《もとどり》もとっぱらってしまうような一条と付き合っているのだ。作法にあまりこだわらなくなるのは当然だった。

「ありがとう。けれど、鳥辺野で逢うのとは違うからね。そういえば、きみのどうしても生き返らせたい友人はどうなった？」

「はい、おかげさまで生還しました」

夏樹は今日までの経過を詳しく語り、改めて久継に感謝の意を述べた。

わたしは何もしていないよと久継はかぶりを振ったが、あの場に彼がいてくれて、どれほど心強かったか。きついことを言われもしたが、それを差し引いても、夏樹はまだ余りある気がしていた。

「なんでしたら一条にお逢いになりますか？　隣なんですよ、あいつの家って」

以前は一条の前で久継のことを語るのも抵抗があった。たぶん、兄のような彼を独占したかったのだろう。しかし、いまはふたりを逢わせてもいいかと思えるようになっていた。久継がもうすぐ田舎に戻るなら独占のしようがないし、一条と彼の間にどんな会話が成立するのか興味があったのだ。

「きみの邸の隣は有名な物の怪邸じゃなかったのかい？」

「ええ、昔はそうでした」

「いまは違うんだ」

「でも、陰陽生《おんみようしよう》のあいつが移り住んでからは物の怪じゃなくて式神《しきがみ》と馬頭鬼《めずき》が出るようになりましたから、結局は同じなんですけどね」

久継が豪快に笑っていると、桂が切った瓜を高坏《たかつき》に載せて運んできた。

「楽しそうですわねえ。何を話していらっしゃったんですか?」

と、自分も話に加わりたそうな顔で訊《き》く。内心まずいなと夏樹は思ったが、久継にそれが伝わるはずもない。

「隣にお住まいの陰陽生のことですよ。面白い人物のようだから、紹介してもらおうと思いましてね。これからお隣へ行こうとしていたところです」

「まあ……本当ですの、夏樹さま?」

桂の表情が強《こわ》ばり、視線にも険しさが加わる。へたに言い訳をすればヤブヘビになりかねない雰囲気だ。それに気づいたのかいないのか、久継はあいかわらず屈託のない笑みをふりまいている。

「聞けば優秀な陰陽生だとか。田舎へ戻る前にいろいろ面白い話が聞かせてもらえそうで楽しみですよ。乳母どのもいっしょに参られますか?」

「いえ、わたくし、陰陽師《おんみようじ》は……」

嫌いです、と続けようとしたのだろうが、久継がすぐに言葉を接《つ》いだのではっきり口にすることはできなかった。

「では、わたくしたちだけで行ってまいります。瓜はむこうでいただきますね」

桂の手から高坏ごと取りあげ、目で夏樹をうながす。桂が隣人を快く思っていないことに久継も気づいたらしい。その証拠に、夏樹がすかさず立ちあがり、

「近道にご案内しますよ。どうぞ、こちらへ」

と庭へ誘えば、足早についてくる。

唖然《あぜん》としている桂を尻目に、ふたりは築地塀《ついじべい》の崩れた箇所から堂々と隣へ移っていった。しかも瓜を戦利品として。

「いや、面白い乳母どのだな」

隣の庭を歩きながら久継はまだ笑っている。夏樹もつられて笑顔になる。

「いつもは隣に行くのも大変なんですよ。昔から陰陽師に偏見を持っていて、あんなものは騙《かた》りの集まりだって説教するんですから」

「まあ、そういう者がいるのも確かだから」

「かもしれませんが、一条は違います」

「ほう。よほど信頼のできる友人らしいな。いいことだ。そういう相手がいるのは」

褒められ、嬉しいと同時にこそばゆくなった夏樹は、

「瓜、ぼくが持ちましょうか」

高坏を受け取ろうとしたが、久継は「いいからいいから」と首を横に振った。

「持たせてしまってすみません。でも、あの桂を上手に煙《けむ》にまいてしまうんですね。ちゃっかり瓜まで手に入れて。どうやったら、そんなにうまく立ち廻《まわ》れるのか――」

「そんなに難しく考えることはない。決め手は笑顔だよ。坊主もがんばれ」

おどけた口調を片眉をあげて強調する。久継の快活さに、夏樹は思わず噴き出してしまった。

夏の暑さがもたらした倦怠感《けんたいかん》も、久継といると跡形もなく吹き飛んでしまう。できることならもっと長く都にとどまって、いろいろと教えてもらいたかったのに本当に残念だと夏樹は思った。

「にしても、噂《うわさ》に違《たが》わぬ物の怪邸だなあ」

手入れの行き届いていない庭や邸を見て、久継は感心したようにつぶやいた。

一条の邸はひとが住んでいるかどうかも疑いたくなるような傷みようで、庭も雑草がぼうぼうに茂っている。隣との境の築地塀は崩れたままで――これはわざと修復していないのだが――噂を知らずとも、何か出そうな雰囲気がたっぷりだ。

「坊主の言った通り、近隣で知らない者はいなかったぞ。昔から引っ越しても三日と居着かない邸だったが、いまは陰陽師が住んでいるおかげで、なおさら物の怪が出るとか出ないとか」

「すぐにその物の怪と逢えますよ」

夏樹がそう言うや否や、こちらの気配を察したのか、邸の窓からぬっと馬づらが覗《のぞ》いた。比喩でもなんでもなく、本物そのままの馬の顔だ。

「あ、やっぱり夏樹さんでしたね」

しかも人語をしゃべる。首から下は人間で水干を着込み、大きな手をぱたぱたと振っている。こんなモノが住み着いているのだから、物の怪邸と言われても仕方あるまい。

夏樹は肩をすくめて久継を振り返った。

「ほら、もう出た」

ふたりが腹を抱えて笑うものだから、あおえは困ったように耳をばたつかせた。

「なんなんでしょうね、ひとの顔を見て笑うなんて」

「悪い悪い。えっと、こちらのかたはおぼえているよね?」

「はい。珍皇寺《ちんこうじ》までついてきてくれたひとですよね。あのときはどうもありがとうございました」

あおえがぺこりと頭を下げ、久継はまた「何もしてはいないよ」と謙遜する。

「一条はいるかい？　久継どのに紹介してやりたいんだけど」

「ええ、今日は割に元気そうで起きあがっていますから、どうぞどうぞ」

あおえの言葉に甘えて、ふたりは邸にあがりこんだ。ぎしぎしと軋《きし》む簀子縁を通り、一条の部屋へと向かう。

「一条さぁん、夏樹さんがお客さん連れてきましたよぉ」

あおえが声をかけつつ、部屋の入り口にかかった御簾をあげる。家人《けにん》ぶりもすっかり板についている。

その部屋は外とは違ってひんやりと涼しかった。一条は文机《ふづくえ》に向かって何やら書き物をしている最中で、周囲には書物が何冊も乱雑に積み重なっている。

一条は今日も長い髪を垂らしたまま。身につけているのは白い単《ひとえ》と指貫袴《さしぬきばかま》、それに青色の衣を肩に羽織っているだけだった。

振り返った顔がまだ青白くて夏樹は動揺したが、それを押し隠してわざと明るく声をかけた。

「やあ、邪魔して悪いけど、紹介したいひとがいるんだ。いいかな？」

一条の目が久継に移り、ほんの少しいぶかしげな表情が浮かんだ。

「こちら、藤原《ふじわらの》久継どの。三日前に……」

説明の途中で、一条は「ああ」とつぶやいた。

「あおえから聞いていましたよ。こんな恰好《かっこう》で失礼。ずっと臥《ふ》せっていましたもので」

よそ行きの顔と言葉づかいで応対する。平素の一条を知っている夏樹にはもどかしかったが、知らない久継は同じくらい丁寧に礼を返した。

「こちらこそ、突然失礼。冥府帰りの陰陽生とやらに興味があるもので」

おざなりに苦笑する一条に、彼は高坏を差し出す。

「よかったら瓜をどうぞ。といっても、こちらの乳母どのからの差し入れだけどね」

「夏樹の乳母どのが？」

一条が疑わしげにつぶやく。だが、久継の発言も嘘《うそ》とは言えない。

「うん、まあ、そういうことだよ」

経過を省略し、夏樹もそう言い添えておく。

それで納得したわけではあるまいが、とりあえず一条は筆を置き、久継から高坏を受け取った。その際、小さなつぶやきが青ざめた唇からぽつりと洩《も》れる。

「死臭がする……」

そう言われても、久継はなんの変化も見せない。あわてたのは夏樹ひとりだった。

「あ、それは仕方ないんだよ。久継どのは鳥辺野でよく供養の笛を奏でておられるから」

「鳥辺野で供養の笛？　僧籍のかたでいらっしゃるのですか？」

「いや、しがない地方官吏が他人につたない笛を聞かれるのを恥ずかしがって、誰もいない場所でこっそり練習していただけだよ」

「つたないなんてとんでもない」

「そうそう、わたしもちょこっとだけ耳にしましたけど、よかったですよぉ」

夏樹はあおえの加勢を受けつつ、久継の笛がいかに素晴らしいかを力説した。が、一条はあまり乗ってこない。疲れているのか、初対面の久継が気にくわなくて警戒しているのか。後者だったらどうしようと、夏樹は内心はらはらしていた。だが、久継本人は気にする様子もない。

それでも、長居はしづらかったのだろうか。瓜をひとつ食べ終わると、彼はおもむろに立ちあがった。

「さて、そろそろ退散するとしようか」

「もう行くんですか?」

これでいよいよお別れかと思うと、ついそういう言葉が出てしまう。が、ひきとめようとする夏樹を、久継はいたずらっぽい笑みで押しとどめた。

「都を離れる前に別れを告げておきたいひとがいるからね」

その表情からすると、相手は女性に違いない。ならば、これ以上とどめおくのは無粋というものだ。

夏樹だけが久継について門まで出ていく。

あおえはあの姿をひと目にさらすわけにはいかないから仕方ない。しかし、一条が「まだ身体《からだ》が本調子ではないので、ここで失礼を」とわびて動こうとしなかったのには、夏樹も気まずさを感じていた。

「すみません。一条のやつ、ひと見知りしてるみたいで」

「いや、突然押しかけたこっちも悪かったさ。それに、まだ身体の具合もよくないようだったしね」

「ですね。あおえは、今日は割と元気だとか言っていましたけれど、冥府から戻ってきてまだ三日しか経っていませんから……」

そんな理由で片づけはしたが、夏樹も実のところ、この三日間の一条の様子に違和感をおぼえていた。

以前と比べて、覇気がなさすぎる。冥府から帰ってきてからというもの、夏樹は折を見ては一条の様子を見に彼のもとに足を運んでいたが、他愛のない会話の最中にも、一条は急に黙りこむことがあった。

表情は堅く、瞳は何も映さなくなる。すべての感覚が失《う》せて外界をとらえられなくなったような、ひどく空虚《うつろ》な顔になるのだ。

そんなふうになるのはほんの一瞬。すぐにこちら側に戻ってきて、何事もなかったように、会話が続く。だから、夏樹もあえて指摘はしなかった。認めるのが怖くもあったのだ。もしかして冥府下りの深刻な影響が、魂のどこかに刻まれているのではあるまいかと――

頭を振って不安を追いはらい、夏樹は久継に笑いかけた。

「いつか筑紫国に出向くようなことがあれば、訪ねていってもいいですか？」

「ああ、そのときはぜひに」

筑紫は遠い。約束を交わしても、簡単に果たせるとは思えない。それでも、二度も偶然再会できた縁《えにし》の深さに期待を寄せて、夏樹は彼と別れた。

久継は一度も振り返らなかった。夏樹は門にもたれかかり、陽炎《かげろう》がたちのぼる道の彼方《かなた》へ若苗の狩衣が消えていくのをずっと見送っていた。これでもう、洛中《らくちゅう》での偶然の出逢いもなくなるだろうから……。

感傷的な別れの余韻にひたるのも悪くはなかったが、陽射しがきつくて汗がだらだらと出るし、蝉もうるさい。やっぱり涼しいあの部屋へ戻ろうと後ろを向いた途端、夏樹はぎょっとして立ちすくんだ。

いつの間にかすぐ後ろに、一条がいた。強い陽射しから目をかばうように白い手をかざしている。

「なんだ、おどかすなよ」

「以前、死んだ者を悼むのは生きている者の自己満足でしかないのかって訊いたことがあったよな」唐突に一条はそう切り出す。

「あれはあいつが言ったことなのか？」

あいつ呼ばわりするところをみると、やはり久継が気に入らなかったようだ。一条には彼の自信ありげな態度が癇《かん》に障ったのかもしれない。

「うん、まあ、そうだけど。でも、久継どのも本心は違うんじゃないかな」

と、夏樹は弁護する口調になった。

「鳥辺野で奏でていたのは鎮魂の曲だったし、あのひとも冥府に行って取り戻したいような相手がいたのかもなって思うんだけど。認めないだけで。だから、ぼくにはわざと突き放すようなことを言って、でも結局、協力してくれたわけで……」

あくまでも憶測にすぎないが言わずにはいられなかった。一条は久継の話題に飽いたらしく、

「さ、いつまでもこんなところに立ってないで、瓜を食べるぞ」

「ああ、そうだな」

こういうときの一条は前と変わらないように見える。表向きには大きな猫をかぶって、内面も猫のように気まぐれでわがままで。

（一条に関しては、もう心配いらないよな）

もう何日かすれば身体のほうも完全に回復して、きっと何もかもうまくいく。そう自分に言い聞かせつつ、夏樹は友人と涼しい部屋へ戻っていった。

陽が落ちると、川面《かわも》からの風もより涼しくなって心地よく吹いてくる。

「大堰のこの風に慣れると、蒸し暑い御所に戻ってからがつらいかもしれないわね……」

などと話しながら、女房たちは御簾の内でごろごろしていた。

ここのところ怪異も起こらず、女御の風病も全快して心配事はなくなったものだから、みんなすっかりくつろいでいる。

御所へ戻る日も決まった。あさってにいったん二条の左大臣邸に移り、その次の日には御所へと向かう予定だ。いまのうちにと実家へ顔を出しに行った者もいて、女房の数は若干減っている。

深雪は壁にもたれかかって、少しうとうとしていた。が、同僚に、

「ねえねえ、眠ってないで囲碁でもやらない？」と揺り起こされる。

「なに？　囲碁？」

「そう、勝ち抜き戦で、真剣になれるように賭けものもするのよ。ねえ、やりましょうよ」

「ううん……」

目の醒《さ》めた深雪は袖で隠して大あくびをした。

そこでふと、袖に小さなかぎざきができているのに気づく。どこでひっかけたのかはわからないが、まだ新しい夏萩の袿だけに眠気も一気に吹き飛んでしまった。

「ごめんなさい。わたし、これを局《つぼね》で縫ってくるから、囲碁はあとでね」

「人数は多いほうがいいから早くしてよ」

「はいはい」

あまり気乗りがしないので、適当に返事をして逃げるように簀子縁へ出ていった。

「……やれやれ。みんな、緊張感がなさすぎるわよね。敵がちょっと姿を見せなくなったぐらいで油断しちゃって」

うたた寝していた自分のことは棚に上げ、深雪はぶつぶつ言いながら自分の局――仮の宿ゆえ他の者と共同で使っているが――めざして歩いた。

その足がぴたりと止まる。ひそひそと交わされるささやきが耳に飛びこんできたからだ。

勘のようなものが働いて、深雪はさっと壁に身を寄せ、おそるおそる顔を出す。

ささやき声は簀子縁のすぐ近くの前栽《せんざい》のあたりから聞こえている。暗くてよく見えないが、かろうじてふたつの人影が判別できた。身長差からいっても、男女のようだ。これは露骨に怪しい。

好奇心を刺激され、深雪はもっと近寄ってみた。幸い、むこうには気づかれていない。しかも近づいた甲斐あって、会話の内容がはっきりしてきた。

女がつぶやいている。

「女御さまが御所に戻られれば、こうしてお逢いすることも難しくなりますわね……」

深雪は声を出しそうになるのを必死にこらえ、代わりに心の中で驚喜の叫びをあげた。

(こ、これは!)

まごうことなく逢い引きだ。こんなおいしい現場にはめったに遭遇できるものではない。しかも、せつない胸の内を吐露しているのは先輩女房の小宰相《こさいしょう》の君《きみ》ではないか。とすれば、相手は撫子《なでしこ》の文の男に相違あるまい。あの文を小宰相の局で盗み見て以来、知りたい知りたいと思っていた答えがすぐそこにあるのだ。

(なんて幸運なのかしら。これも日頃の行いがいいものだから、仏さまがわたしにご褒美をくださったのね!)

仏が聞いたら激怒しそうなことを思いつつ、深雪は息をひそめて一語一句聞き洩らすまいと全身を耳にする。まさかそんな不届き者が近くにいるとは知らず、恋人たちはささやきを交わし続けている。

「もとより、あなたはわたしのような者には手の届かないおかたですから」

低く男性的な美声に、好奇心はさらに刺激された。声を聞くだけでなく相手の顔も見てみたい、その思いが高じて深雪は大胆にも簀子縁を這《は》って進み出した。

危険な行為だったが、おかげで相手の顔をその目で確認できた。小宰相の君を胸に抱き、顔をこちらに向けているからしっかりと見える。

（あらまあ、いい男……）

　烏帽子をかぶっておらず髪が短すぎるのが妙といえば妙だが、目鼻立ちは整っている。美しいというより精悍で男くさい容貌だ。若苗の狩衣に包んだ体軀《たいく》もそれにふさわしくがっしりとして、よく鍛えられているようだった。

（武士かしらね。でも、どこかで見たような顔だわ……）

　それも比較的新しい記憶の中にある顔だ。一所懸命に考えていると、ふっと該当する人物が頭に浮かんできた。東の市《いち》でいとこを助けた男だ。

　続いて、市で見かけた小宰相の君らしき女性の後ろ姿も脳裏に閃《ひらめ》く。ということはつまり、あのとき東の市に小宰相もいて、買い物途中でかの男性と知り合ったのだろうか。

　折しも、深雪の推測を肯定するような台詞《せりふ》を男が口にする。

「東の市でお逢いしたのがそもそもの間違いだったのかもしれません。あなたは宮仕えに戻らなくてはならないし、わたしも国に帰らねばならない。もう二度と逢うこともないでしょう」

「そんな……」

　小宰相の君の声が弱々しく震える。日頃、後輩の女房たちに厳しく指示を飛ばしているときの声とは、完全に別物だ。

「二日後にわたくしたちは二条のお邸に移ります。その夜に左大臣さまが女御さまのために宴を催されるのです。わたくし、隙をみて席をはずしてまいりますから、その夜にもう一度逢ってください。それが……それが最後でも構いませんから……」

涙ながらに小宰相の君は訴え、相手の胸に顔をうずめる。見物中の深雪は思わず拳を握り、先輩に無言の声援を送った。

(その意気ですわ、小宰相の君。がんばってすがりついて、のちのちの生きるよすがになるような、いい思い出をつくっておくんですのよ!!)

どう見ても身分の差がありそうなふたりだ。ならば、おいしいところだけいただいて思い出にしてしまえばいい。

もちろん、これは傍《はた》から見ているだけの深雪の勝手な意見であって、当事者たちは声にも表情にも、ままならぬ恋の哀感を漂わせている。

「ですが、女御さまの一の女房と言われるあなたがたやすく席をはずすことができますか?」

「内輪の宴とはいえ、女御さまのご兄姉のかたがたや頭の中将さままでいらっしゃいますもの。それだけ女房の数も増えますし、機会はきっとありますわ」

「なるほど……。では、そのときに必ず」

ふたりは互いの背に腕をまわして堅く抱き合う。恋物語そのものの光景に、深雪はうっとりとため息をついた。

(いいもの見させてもらったわぁ。哀《かな》しくてすてきよねえ、愛し合いながらも結ばれないふたりって……)

できることなら琴でも弾いて、さらに雰囲気を盛り上げてやりたいくらいだ。

(でも、小宰相の君が恋にこんなに熱くなるなんて意外だわ。いままで女御さまへの忠義ひとすじで浮いた噂もまるでなかったおかただったから、なおさらなのかしらねえ)

自分で自分の見解に納得し、したり顔でうなずく。そのよけいな動きが男の注意をひいてしまった。

さっと上げた彼の視線が深雪の目をまっすぐに捉える。深雪は瞬時に硬直した。

(まずい!)

しかし、男は騒がなかった。ひと差し指を唇の前に立て、あろうことか微笑んだのである。それも、とても魅惑的に。

深雪の心臓がどきりと大きくはねあがった。

男はすでに目を伏せ、何事もなかったかのように恋人を抱いている。恋する小宰相は、男の笑みにも後輩女房の存在にも気づいていない。

それでも、深雪の心臓は鎮まらない。頰も一気に熱くなる。

(やだ……ばれちゃった……)

ばつの悪さに耐えかね、深雪はずるずると這ったまま後退し、その場から逃げ出した。

自分の局に戻っても、頰の熱はなかなか冷めなかった。それは覗きをみつかったせいではなく、あの男に微笑みかけられたせいだと、彼女もなんとなく自覚していた。

「好きな顔ってわけじゃないんだけど……。なんていうか、あれが男の色気っていうのかしらねえ……」

ぶつぶつ言いながら、裁縫道具を取り出して袖のかぎざきを縫い閉じる。

「でもね、夏樹だってあと十年もすれば、きっとあれくらいにはなるわよ。なーんてね。あっ、痛っ!!」

けして不器用なほうではないのに何度も針を指に突き立ててしまい、深雪は面倒くさくなって袿を放り出してしまった。


小宰相の君と語らったのち、男は大堰の別荘を出て、近くに流れる桂川《かつらがわ》の土手をひとり歩いていた。

川面からの風がその短めの髪を乱す。烏帽子もこの風のせいでまたなくしてしまった。だが、彼はあまり気にしていない。

その口もとには笑みが浮かんでいた。ついいましがた恋人と涙の別れをしてきた者にはおよそ似つかわしくない、晴れ晴れとした表情だ。

もしも小宰相の君がいまの彼を目の当たりにすれば、ひどく戸惑うだろう。何を考えているのか推し量ることもできまい。彼女の知らない彼がそこにいる。

男は唐突に立ち止まった。

土手には彼のほかに誰もいないはずだった。しかし、振り返れば、いつの間にそこに現れたのか、もうひとり男がいる。さながら主人の命を待つ下僕のように、地面に片膝をついて。

彼も烏帽子がなく、長い乱れ髪に薄汚れた水干を着ている。二条邸、大堰の別荘、そして黄泉比良坂に現れたときと同じ恰好だ。

畏まる相手に男が呼びかけた。

「良光《よしみつ》。新しい身体の調子はどうだ？」

奇妙な質問に長髪の男はためらいもなく答える。

「腕がまだいささか痺《しび》れます。菅公《かんこう》の太刀《たち》で斬られた影響かとも思われますが」

そうは言うが、水干の袖をまくって差し出した細い腕には傷ひとつありはしない。

『新しい身体』だからか。

「なら、しばらく無理はするな。どうせ、次はわたしが出向くよ……。絶好の舞台が用意されたからな」

言葉の後半は、楽しそうなくすくす笑いにまぎれてしまった。

良光と呼ばれた男がその笑いにつられたように顔を上げると、ちょうど強く吹いてきた風が彼の長い髪を吹きあげた。そのために、生きている人間には持ち得ない異相が露《あら》わになる。

夏樹が黄泉比良坂で目撃した、虚《うつ》ろな眼窩《がんか》と半分だけ髑髏をむき出しにしたあの顔だ。

だが、そのおぞましさをまのあたりにしても、久継の表情が変わることはなかった。

二日後、左大臣が娘のために催す宴の夜がやってきた。

全部の釣燈籠《つりどうろう》に火が入り、篝火《かがりび》も焚《た》かれる。真昼のごとき明るさの中に壮麗な邸が浮かびあがるさまは、御所を見慣れているはずの夏樹にとってもやはりまばゆかった。

（これが左大臣さまのご本宅か……）

自分は頭の中将のお供にすぎないのだから緊張する必要などない。そう自分に言い聞かせても、なかなかうまくいかない。歩こうとすれば、右手と右足がいっしょに前に出る始末だ。

おかげで、牛車《ぎっしゃ》から降りてきた頭の中将にしっかり笑われてしまった。

「そうか。新蔵人は二条邸は初めてだったな」

「はい……。それにしばらく物忌みで籠もっておりましたから、この装束《しょうぞく》にすら馴染《なじ》めずに……」

一の権勢家の邸を訪れるとあって、夏樹も今夜は烏帽子ではなく冠の正装で決めていた。装束は、この日のためにと桂が超特急で仕立ててくれた新品だ。慣れない衣装のせいで、似合っているだろうか、おかしくはないだろうかとやたらと気にかかり、緊張はいや増す。

出発前に桂がたっぷりと褒めちぎってくれたが、それも額面通りには受け取れなかった。このままだと何かとんでもない失敗をするのではないかと、不安はそこまで膨れあがっている。

（一条が来てくれれば心強かったのに……）

宴には賀茂の権博士も呼ばれていた。彼のお供として、また大堰の別荘でのことをねぎらう意味もこめ、一条にも声がかかっていたらしい。しかし、傷がいまだ癒えていないのを理由に、彼は出席を辞退したのだ。

可能なら夏樹もそうしたかった。こんな華やかな席に出ると自分の鈍さを露呈してしまいそうで、正直ちょっと怖かったのだ。だが——そんなふうに悪いほう悪いほうへと考えるのは、夏樹が自分自身へ向けられる目をよく理解していないからだった。

「頭の中将の連れの若者はどこのどなたかな？」

「あれは新蔵人でしょう。実によくできた若者で、主上《おかみ》もご贔屓《ひいき》にされておられるとか」

「ああ、以前に右近《うこん》の中将に目をつけられていた……。なるほど、あの容姿なら無理もありませんなあ」

などと招待客の間でささやかれているとは知る由《よし》もない。

頭の中将が降りてきた牛車の後ろから、もう一台来る。乗っているのは彼の妻、美都子だ。

檜扇で顔を隠して車から降りてきた彼女も撫子襲《なでしこがさね》（表が紅《くれない》、裏が淡紫）の唐衣《からぎぬ》に裳《も》をまとった正装だった。折しも、二条邸の庭には常夏《とこなつ》の花とも呼ばれる撫子が咲き乱れている。

檜扇の陰から視線を投げかけられたような気がして、夏樹は内心どきどきしつつ微笑み返した。反応はなく、美都子は女房たちにかしずかれて御簾の内へ入ってしまう。

ホッとしたような残念なような複雑な気持ちになっていると、ふいに頭の中将から肩を叩《たた》かれた。

「何を赤くなっているんだ？」

指摘されて初めて自分が赤面していることを知り、夏樹はなおさら動揺してしまった。

「あ、あの、頭の中将さまの北《きた》の方《かた》さまはお美しいかただなあと思って……」

「顔が見えたのか？」

「いえ、そういうわけではないのですが」

　さっきは見えなかったが、大堰の別荘でしっかりと見ている。一見おとなしやかで実年齢よりも若く、撫子のようにかわいらしいひとだった。そして、怪馬に果敢に立ち向かっていった姿も美しいと思った。

　だが、奥方についてあれこれ言うと、あらぬ疑いをかけられかねない。本来、よほど親しい間柄でなくては、貴族の女性は異性に顔をさらさないのだから。

「なんと言いますか、立ち居振る舞いや、全体からにじみだす気品が、その、ええ、実に美しいですね」

　頭の中将はいぶかしがるどころか、妻を褒められて素直に嬉しがっていた。

「そこまで言われるとなんだか照れるな。あとで妻にも伝えておくよ。新蔵人が褒めていたとね」

「いや、その、あの……」

　こういうとき、どうもうまく受け答えができない。しょっぱなからこれで、今夜をうまく切り抜けられるだろうか。

　気後れしつつも逃げ帰るわけにいかず、夏樹は頭の中将のあとについて二条邸へ入った。家の女房が案内にたってくれる。が、ふたりが通されたのは宴の会場ではなく、西の対《たい》の一室だ。

「こちらで少々お待ちくださいませ」

女房はそう告げて立ち去っていく。

夏樹はもぞもぞと身体を揺すって周囲を見廻すが、頭の中将は平然としている。どうしてこの部屋に通されたのか、理由を知っている顔だ。

思いきって上司に尋ねてみようかと口を開きかけたとき、簀子縁に面した御簾がさらさらと揺れた。

「やあ、お待たせしてしまったかな」

そう言いつつ、身分ありげな人物が部屋に入ってくる。身分が高そうに見えたのも道理、彼はこの邸のあるじ、左大臣そのひとだった。

一瞬、事態が把握できずにぼうっとなった夏樹だったが、頭の中将が頭を下げたので、あわてて上司に倣った。

「このたびはお招きありがとうございました」

謝辞が頭の中将の口からすらすらと流れる。

彼にとっては義理の父親、付き合いは前からあるに決まっている。しかし、夏樹にとっては滅多にお目にかかれない雲の上の人物だ。なのにこんなふうに間近で、それも抜き打ちで対面する羽目になるとは。

顔も上げられず小さくなっていると、左大臣は直々《じきじき》に夏樹に声をかけてきた。

「そなたが新蔵人か」

「は、はい」

おそるおそる視線だけあげると、立ったままの左大臣と目が合ってしまい、夏樹はまたあわてて顔を伏せた。と同時に、彼の赤くなった耳に思いもよらぬ言葉が飛びこんでくる。

「今回のこと、感謝しているぞ」

そう言われても、心当たりが浮かんでこない。

「感謝……と仰《おお》せられますと……」

「謙遜はいらん。あやしの者どもがぱったり現れなくなったのは、そなたのおかげだと聞いている。別荘から逃走したやつらめを追い詰め、不思議な霊剣で見事斬り伏せたそうではないか」

夏樹は勢いよく顔を上げた。

「もしかして、いとこがそのようなことを？」

「ああ。だが、身内贔屓とは思わんよ。事実、あれ以来、怪異は生じていないからな。そういうわけで、宴の前にひと言、礼が言いたかったのだ」

黄泉比良坂であの半分髑髏だった男と対決した話は、無難に脚色した形で左大臣に伝わったらしい。頭の中将も当然知っていて、この対面のお膳立てをしたに違いない。ちらりと盗み見れば、上司はすべて心得ているかのように微笑んでいる。

夏樹は誇らしく思うどころか、恥ずかしくてたまらなくなった。脚色はありきたりに過ぎるし、だいたい冥府下り自体、左大臣家のためとか物の怪退治のためとかではなく、個人的な動機でしたことだ。こんなふうに礼を言われる筋合はない。

それに深雪にも告げたが、安心するのはまだ早すぎる。夏樹は思いきって、それを主張した。冥府下りの件は伏せたままで。

「けれど、あの、根本の解決はいまだならずかと思われます。ぼくが、いえ、わたしが斬ったのは長髪の男だけです。怪馬には遭遇すらしませんでした。あれは普通の馬ではありません。あちらのほうが本当の脅威かと思われますし、他に仲間もいるようですし……」

不安材料を提示する夏樹の声は次第に小さくなっていき、途絶えた。左大臣の表情が曇っていくさまがはっきりと見て取れたからだ。

(このひとは安心させて欲しかったんだ……)

もはや怪異は終わったのだと、娘も息子ももう狙われることはないと信じたかった。安全を確認する意味も込めて、功労者の若者を褒め讃《たた》えた。おそらく、そういうことであったのだろう。

なのに、左大臣の希望とはまったく逆の文言を並べ立ててしまった自分の迂闊《うかつ》さを、夏樹は恥じて小さくなる。

「とにかく、宴を楽しんでいってくれ」

そう言うや、左大臣は部屋を出ていった。最後の言葉が素っ気なく聞こえたと思うのは気にしすぎだろうか。

「わたしはいけないことを言ったのでしょうか……」

夏樹がつぶやくと、頭の中将は困ったように眉間に少し皺を寄せ、息をついた。

「大臣《おとど》もまだすべてが片づいたわけではないとわかっていらっしゃるよ。ただ、ほんの気休めでもあるとないとでは大違いだからね。ましてや、大事なわが子が狙われているかもしれないのだから……」

大事なわが子という表現が、夏樹の頭の中を妙な感じでよぎっていった。

わが子——左大臣にとってのそれは弘徽殿の女御、定信の中納言、そして頭の中将の妻がそうだ。あと庶出の子が幾人かいるはずだが、詳しくは夏樹も知らない。

いまのところ、あやしの者どもは女御の周辺に現れている。だが、彼女のそばには姉の美都子がここしばらくずっといたはず。女御の周辺というより、その姉の周辺にやつらは出没しているのでないか？

あの長髪の男は、定信に対して脅しの言葉を吐いている。美都子にも彼女を困惑させるようなことを言っていた。

（あのふたりは何か知っている……？）

一方で、女御や左大臣本人とその正室には直接何もしていない。それとも、いずれはしようと企《たくら》んでいるのか。

おぼろに浮かんだ疑問は、頭の中将の声で心の片隅に押しやられた。

「そろそろ宴が始まるな。寝殿《しんでん》へ移ろうか」

「あ、はい、そうですね」

夏樹は上司のあとについて、宴の席が設けられている寝殿へと移動した。

先ほどの推測は頭の中将には言わなかった。確証はないし、奥方の身が危ないなどと根拠もないままに吹きこんで、上司を困惑させてはならないと思ったのだ。そうでなくとも、連日の帝のお守《も》りで彼は疲れきっているのだから。

寝殿のほうでは、もうほとんどの客が席についていた。

すべて、左大臣と親しくしている貴族たちだ。場所が離れてはいるが、賀茂の権博士の姿も見える。夏樹が目で挨拶すると、むこうも軽く微笑んでくれた。

左大臣の長子、定信の中納言の姿もある。あやしの者どもは自分を狙っているのだと思いこんで自宅にずっと籠もっていたはずだが、もう大丈夫と判断して出てきたのだろう。近くの者と談笑している彼には、肩の力がすっかり抜けた様子がうかがえた。

女人たちは御簾で隔てた内側にずらりとすわっている。中で燈台が何本も立てられ明るいために、ぼんやりとではあるが彼女たちの姿を見ることもできた。

女御やその姉は奥に控えているのだろう。前面に並ぶのは、女御付きの女房たちだ。彼女たちは若楓《わかかえで》（表が淡緑《うすみどり》、裏が紅）、蓬《よもぎ》（表が淡萌黄《うすもえぎ》、裏が黄）、唐撫子《からなでしこ》（表裏とも紅）といった季節の草花の色を模した衣装で美しく着飾っていた。檜扇の後ろから微《かす》かに洩れてくる笑い声、ささやき声までもが華やかな雰囲気を演出してくれている。

（あの中に深雪がまじっているはず……）

ちらちらと目で探していると、端のほうで檜扇を揺らして合図を送る女房が視界に入った。きっと、あれだ。

お返しに軽く会釈すると、御簾の内の女房たちの間で笑いさざめく声がほんの少し高くなった。自分のことを肴《さかな》にして笑ったに違いない、そう思った夏樹は赤くなった顔をとっさに背けて恥ずかしさに耐えた。

実際は、「ほら、あそこ、伊勢《いせ》の君《きみ》のいとこの新蔵人どのよ。いつ見ても凛々しくて、それでいて初心《うぶ》そうなところがかわいらしいわよねえ」などと言われていたのだが、夏樹のところにまでは聞こえてこない。もし聞こえていたら、かえって居たたまれなくなっただろうが。

ほどなく、宴が始まった。

女御の女房たちに負けず劣らず美しい、左大臣家の女房たちが、酒杯とともに山海の珍味を運んでくる。

最初はおとなしかった客人たちも、酒が進むにつれ話に熱が入ってくる。どっと笑い声も起こる。特に定信のまわりがにぎやかだ。

余興の音曲《おんぎょく》も行われた。当代一と言われる名手たちが琵琶《びわ》を弾き、箏《そう》の琴や笛で合奏する。残念ながら、笛は夏樹が鳥辺野で聞いたものと比べると数段劣っていたが、それは仕方のないことだった。

さらに愛らしい童《わらわ》が催馬楽《さいばら》を歌い、そのかわいらしい声を披露する。

この殿は　むべも　むべも富みけり
三枝《さきくさ》のあはれ　三枝の　はれ
三枝の　三つば四つばの中に
殿づくりせりや　殿づくりせりや

この御殿は、なるほど、なるほど、豊かであるなあ。三枝のように、三つ棟にも四つ棟にも分かれている中に、立派な御殿が建っていることだよ――

豪華な邸を褒め、いかにもめでたい言葉で邸の主人の富や福を祝している歌だ。その歌詞通り、二条邸は三棟も四棟も御殿をかまえている。

広々とした南庭《なんてい》には濃い緑、咲き乱れる撫子。夜空には数多《あまた》の星々。篝火の炎は天を焦がさんばかりに燃え盛り、貴人たちのほんのり酔った姿を照らし出す。御簾のむこうのあでやかな女房たちの姿も垣間見《かいまみ》させてくれる。

何もかもがため息が出そうなほど美しい。邸を優しく包む夜の闇すら、左大臣家の光を際だたせるためにあるかのようだ。

このままで平穏に時がすぎれば——のちの語り草になるほど素晴らしい宴になったろう。

確かに、違う意味での語り草にはなった。招かれざる客の乱入のために。

真っ先にそれに気づいたのは、はたして誰だったろうか。酒宴の一角で、突如としてざわめきが起こったのが事の始まりだった。

「あれは——！」

酔っぱらいが騒いでいると思い、気にとめる者は少なかった。だが、ざわめきは瞬く間に伝染していく。

夜空の一角を指差して客たちが騒ぐ。夏樹も、どうしたのだろうかと不思議に思って空を見上げた。

はじめは何が何やらわからなかった。暗い空の彼方に星とは違う白っぽい点が浮かび、それが次第に大きくなっていくように見えたのだ。

（まるで流星がこちらに近づいてきているような……）

夏樹は比喩としてそう思ったが、それは事実でもあった。

星が降りてきていたのだ。強い力を持った凶《まが》つ星《ぼし》が。

その姿がはっきりしてくると、恐怖と驚愕《きょうがく》が居並ぶ者たちの間に走った。

夜空を駆けてくるのはあの馬だ。白地に花のように散った赤い斑点《はんてん》といい、通常の馬よりもずっと大きなその体軀といい、間違いようがない。大堰の別荘に現れてから六日ぶりに、あいつがまたやってきたのだ。

さらに驚くべきことに、馬の背には人間が乗っていた。

乗り手は怪馬のたてがみを手綱のように片手でつかみ、もう片方の手には抜き身の太刀をひっさげていた。馬具は一切なく、裸の背に直接またがっているのに、それを感じさせないほど軽々と怪馬を乗りこなしている。

あの長髪の男ではない。あいつは一度として、怪馬の背に乗らなかった。いつも、馬丁のように横に並ぶか、後ろに付くかしていただけだ。

客人たちは「物の怪だ！」と口々に叫び、宴の席は蜂の巣をつついたような騒ぎになった。大部分の者にとって、馬上の男は初めて見る顔だったろう。しかし、夏樹は彼を知っていた。

白の単《ひとえ》、白の指貫袴《さしぬきばかま》の軽装。短めの髪に、烏帽子もかぶっていない。大柄な身体に男くさい容貌、口もとを飾る陽気な笑み。

（嘘だ）

膳を蹴りとばして逃げ出す客もいるというのに、夏樹は呆然《ぼうぜん》と立ちつくしていた。太刀を持ちこんでおらず、自分が無防備なのも忘れて。

（あの馬に彼が乗るなんてことが、どうしてあり得るだろうか）

盃《さかずき》が落ちて割れる音。女たちの悲鳴。男たちの怒号。あわただしく駆けつけてくる武士たちの足音。怪馬のいななき。

そんな周囲の騒ぎがひどく遠くに感じられる。

（これは嘘だ）

あの長髪の男に仲間がいるのは確実だった。あいつを追っているときに、後ろから矢が飛んできたから。だから、怪馬とともに別の者が現れてもおかしくはないのだけれど。

（嘘だ。嘘だ）

東の市で助けてくれた。鳥辺野で笛を聞かせてくれた。珍皇寺で手助けしてくれた。わざわざ、うちに別れの挨拶をしに来てくれた。

（あれは幻だ）

しかし、夏樹がいくら否定しようと、酒宴のまったただ中に怪馬に乗って降りてきたのは久継に相違なかった。

怪馬は寝殿めがけて直降下し、簀子縁に降りたつと見せてまた上空へ駆け登る。高度がいちばん低くなった瞬間に久継は白刃《はくじん》を閃かせ、簀子縁と廂《ひさし》との間の御簾を斜めに斬り落とした。

内側に居並んでいた女房たちが、いっせいに甲高い悲鳴をあげる。檜扇で顔を隠してうずくまり震える者、逃げようとして袿の裾を踏まれて転倒する者、てっとり早く気を失う者も少なくない。が、その混乱の中ですっくと立ち、怪馬の動きを目で追っている者もいる。

ひとりは深雪だ。歯を食いしばって、怪馬を睨みつけている。もうひとりは奥まった場所にいるため、夏樹の位置からでは誰だかよくわからない。

彼女たちのそばへは賀茂の権博士が走った。女房たちを背中でかばい、斜めに下がった御簾の前に立ちはだかる。彼が守りについてくれたなら、彼女らの身はひとまず安心だろう。

再び降下してきた怪馬は、女房たちにも夏樹にも目を向けず、定信の前に降りたった。行く手をさえぎられた定信は、地面に尻餅をついて震えている。腰が抜けたのか、逃げようとしない。逃げられない。

警固の武士たちは左大臣家の御曹子を助けようと矢を射かけるが、そのことごとくを久継が片手に持った太刀ではじき落とした。あるいは怪馬が脚を振りあげて、蹴落としてしまう。

はずれた矢は尻餅をついた定信の袖に刺さり、彼の動きを縫い止めてしまった。これではなおさら逃げられまい。

「やめよ、定信に当たってはどうする！」

左大臣の悲痛な声が響き渡り、矢の攻撃が止まった。

久継は白い歯を見せ、恐怖に震える定信に笑いかけた。邪悪さはない、ほれぼれするような明るい表情だ。

「わたしをおぼえているか？」

定信は青ざめた顔を横に振る。激怒するかと思いきや、久継の笑みはさらに快活なものとなった。定信のおびえようを心《しん》から楽しんでいる。

「おまえがおぼえていようといまいと構わない」

笑顔のまま、久継は抜き身の太刀を突きつけた。定信がひっと悲鳴をあげる。手で顔を覆おうとするが、袖が流れ矢に縫い止められているせいで片腕しかあがらない。

左大臣が叫ぶ。

「何をしている！　定信を助けぬか!!」

しかし、武士たちは彼らに近寄ることを躊躇《ちゅうちょ》していた。矢を射ることはできても、太刀をふるって接近戦にもっていくのが恐ろしいのだ。そうなれば、馬の蹄《ひづめ》の下敷きになるのが確実だから。

怪馬は荒い息を吐きながら、唇をめくりあげてせせら笑っている。武士が近づいてくるようなら、すぐにでも踏み殺してやろうと狙っている顔だ。

夏樹は心が麻痺《まひ》してしまって動けない。逃げることも騒ぐことも、顔を背けることもできないでいる。一条がいたなら殴りつけて夏樹を正気に戻らせただろうが、彼は宴に来ていない。

他の客たちは混乱でごった返している。賀茂の権博士は、女御と女房たちのそばから離れられない。

誰も定信を救えない。いくら左大臣が怒鳴っても、彼の権威はまったく通用しない。

定信の頭上に、久継が太刀を振り下ろそうとしたとき——そこへ飛びこんでいったのは頭の中将だった。彼だけが、武士のひとりから太刀をもぎ取って、定信と侵入者の間に身を躍らせていたのだ。

馬上から振りおろされる太刀と、下から受け止めようとした太刀が、ぶつかり合って火花を散らした。

「と、頭の中将!」

定信が情けない声をあげる。久継が笑う。頭の中将は——食いしばった歯の間からうめき声を洩らした。

「久継か……！」

その声は小さすぎて、馬上の者以外、誰にも聞こえはしなかった。けれども、離れているはずの夏樹の耳には、なぜか届いた。

頭の中将は、久継を、知っている。その事実は、夏樹をいっそう愕然《がくぜん》とさせた。

太刀がはじき合い、怪馬が大きく後方へ跳びずさる。たまたまその近くにいた武士が、破れかぶれで突進する。が、次の瞬間、血しぶきとともに彼の右腕が宙を舞った。

返り血が久継の白装束に点々と散る。怪馬と同じく、乗り手も白地に赤いまだら模様をまとったわけだ。

頰に飛び散った赤を舌先で舐《な》めとり、久継は鮮血に濡《ぬ》れた太刀を前へ突き出した。切っ先が向けられているのは、定信ではなく頭の中将だ。

「腕をあげたな」

夏樹はまた愕然とした。

久継も、頭の中将を、知っているのだ。

頭の中将は何も言わない。久継は声をあげて笑う。あの長髪の男の狂おしげで不安を誘うようなものとはまた違う、本当に楽しそうな陽性の笑いだ。

「宴の邪魔をして悪かったな」

久継はそう言うと、怪馬の脇を軽く蹴った。それに応え、馬は前脚を高く振りあげて宙へと舞う。

敵が高く飛ぶや、武士たちはあわてて再度、矢を射かけた。が、一本たりとも彼らには達しない。それほどに、怪馬は虚空にあっても俊足だった。

もう降りてくる気配はない。笑い声を夜に響かせて、奇妙な馬とその乗り手は去っていく。恐怖と混乱と血しぶきをもたらして、凶つ星はまた唐突に天に帰ったのだ。

完全に弄ばれているとわかっていても、地上に縛られた者たちにはどうしようもない。ただ見上げるだけだ。

夏樹も何もできずに、彼方へと小さくなる久継と怪馬をただ見送っていた。

周囲の騒然とした気配が、奇妙に遠く感じる。自分が泣いていることに気づいたのも、かなり時が経ってからだった。

第五章　宴が果てて

何もかもがめちゃくちゃだった。

手入れの行き届いた築山や庭木には、流れ矢が無数に突き刺さっている。警固の武士の中にはその身に流れ矢を受けて、苦しげにうめいている者もいる。うめくどころか、右腕を斬り落とされて激痛に泣き叫んでいる者もいる。

そのすぐ近く、うつぶせに倒れている武士は声をあげもしないし、動こうともしない。暴れる怪馬に近寄ろうとして頭蓋を踏み砕かれてしまったからだ。

転がった酒器は割れて、たちこめる血臭に酒のにおいを濃くまぜる。舎人《とねり》たちは怪我《けが》人《にん》をかついで走るが、気絶する女房もあとを絶たないのでいくら往復しても足りない。泣き声、怒鳴り声はひっきりなしだ。

体調をくずして実家《さと》に帰っていた弘徽殿《こきでん》の女御《にょうご》が宮中へ戻るというので、その前にと開かれた宴《うたげ》。

内輪の集まりのはずが、場所が左大臣邸で女御もいるとなれば、客人たちも女房たちも思い思いに着飾って、自然、豪華なものとなる。だが、それが一転してこの有様だ。

騒ぎを引き起こした張本人——左大臣邸での夜宴に突如乱入してきた怪馬とその乗り手は、哄笑《こうしょう》を響かせて去っていった。誰も追うことのできない空の彼方《かなた》へ、文字通り飛んでいったのだ。

翼もないのに馬は空から現れ、空に消えた。超人的な相手に警固の武士たちはなすべもなく、宴の客たちもただ逃げ惑うばかりだった。

敵が戻ってくる気配はなくても、その興奮は冷めやらない。客たちは挨拶もそこそこに逃げ帰り、邸《やしき》の者たちは事態の収拾に大わらわだ。

夏樹はそんな混乱の中にただ立ちつくしていた。

他の者たちのように騒いだり、怪我人の介抱をしたりする気力もない。周囲の混乱よりも、自分自身の内部の混乱に気をとられていたのだ。

目を開いても何も見えないのと同じ。ひとびとの声もただ耳を通り抜けていく。いまだ夏樹が見ているのは乱入者の猛々《たけだけ》しい姿であり、聞いているのは馬のいななきと乗り手の笑い声だ。

いくら否定しようとしてもしきれない。あれは間違いなく久継《ひさつぐ》だった。彼の知っている男だった。

(とても楽しそうだった)

と、夏樹は思った。

（久継どのは、とても、楽しそうだった……）

通常よりふたまわりも大きな不思議な馬に乗っていたとはいえ、久継はたったひとりで警備の厳重な左大臣邸に飛びこんできた。数多《あまた》の武士が迎え撃とうとしてもひるまず、降り注ぐ弓矢の雨をかいくぐり、研ぎ澄まされた白刃《はくじん》を振るって傍若無人に暴れまわった。

確かに久継は楽しんでいた。馬上からひとびとへ向けられた瞳は、傲慢なほど強い光に輝いていた。大胆で剛健、どこまでも明るい陽性の笑みはやはり魅力的で、夏樹はあんな状況下にありながら半ば彼に見とれていたのだ。

憧れていた。ほんの何回かしか逢《あ》っておらず、彼のことをほとんど知らないといってもよかったのに、あんな兄がいればとさえ思っていた。

だが、久継のほうはどうだったのだろう？　いままで考えもしなかったことが急に気になってくる。

宴の席にいる夏樹に気がついたはずなのに、久継は顔色ひとつ変えず、ほとんど見向きさえしなかった。

こちらの視線をさけて、という可能性はたぶんない。罪悪感など彼にはかけらもないことぐらい、火を見るより明らかだ。認めたくはないが、単に眼中になかったとしか言いようがない。夏樹がいまだ動けずにいるのは驚愕《きようがく》が大きすぎたせいだが、久継に無視されたことも少なからず影響していた。

それでも、肩に手を置かれて、ハッと我に返る。その手は上司の頭《とう》の中将のものだった。

「大丈夫か、新蔵人《しんくろうど》」

とても大丈夫ではなかったが、夏樹は反射的に首を縦に振った。

「顔を拭きなさい」

小声で言われて自分の頰にさわってみると、そこは涙で濡《ぬ》れていた。泣いている自覚のまったくなかった夏樹は、あわてて手の甲で涙をぬぐう。

ばつが悪い。こんな場面で泣くとは、なんて肝の小さいやつだと内心嘆かれているに違いあるまい。

夏樹はそう決めつけて恥じ入ったが、頭の中将の表情は本気で心配する者のそれだった。年若い部下には刺激の強すぎる光景だったと案じてくれているのだろう。本当は違うのに。そんな単純な話ではないのに。

「顔色が悪い。ここはもういいから、先に帰りなさい」

「中将さまは……？」

「わたしは大臣《おとど》のおそばへ行かないと。妻がどうしているかも気になるし……」

そう言う上司のほうこそ顔色がよくない。彼にとっては身内に——妻の実家に災難が降りかかったことになる。とても平静ではいられまい。

まして、久継と頭の中将はあきらかに互いを見知っている様子だった。

ふたりはどういう間柄なのか。夏樹としてはいますぐ知りたい。だが、いまはとても訊《き》き出せる状況ではないし、どういうふうに切り出したらいいのかもわからない。

幸い、彼と久継の短い会話を耳にしたのは夏樹だけのようだった。ならば、いまは胸にわだかまる疑問をなんとか抑え、問う機会は別に探すしかあるまい。

問題を先送りしただけだが、そう決めてしまうと幾分気が楽になり、夏樹は首を強く横に振った。

「いえ、帰りません。わたしにも何かお手伝いできることがあるやもしれませんから、どうぞご遠慮なくお使いください」

言葉に必要以上に力が入っていたのを、奇妙に思われたかもしれない。それとも、そんなことに気をまわすゆとりは、彼にもなかったか。

「では、いっしょに来るか」

上司の誘いに「はい」と乗って、夏樹は頭の中将とともに寝殿《しんでん》へと移動した。

寝殿の中も南庭《なんてい》に設けられていた宴の席同様、混乱していた。こちらは怪我人は皆無だったが、久継がすぐ近くまで降下して御簾《みす》を斬り落としていったのが効いたのか、失神する女房が数多く出たらしいのだ。

頭の中将と夏樹が簀子縁《すのこえん》に立ち尽くし、どうしたものかと困り果てていると、美都子《みつこ》が奥から出てきてくれた。

「あなた」

扇で顔を隠すことも忘れ、十二単《じゅうにひとえ》の裳裾《もすそ》を後ろにひいて駆け寄ってくる。

きっと彼女もおびえているはず。すぐにも夫の胸に飛びこみたいに違いない。

(もしかして、ぼくは邪魔者かも)

急に夏樹は気後れしてきた。が、次の瞬間、夫婦の間に走ったのはなんとも不思議な緊張感だった。

美都子は寸前で足を止め、夫の顔を凝視する。頭の中将も妻の視線を真っ向から受け止める。そして、ふたりは同時に視線をはずした。

胸に押しあてた美都子の握り拳が震えている。まるで夫との間に見えない壁があって、そのせいで前に進めないかのように。

「大臣は」

夫に尋ねられ、妻はホッとしたようにすぐ答えた。

「はい、お母上があまりのことに気を失ってしまわれたので、ご心配されておそばについておられます」

「女御さまや他のかたがたは」

「女御さまには大事ございません。むしろ、まわりの女房たちのほうがとり乱していますわ。賀茂《かも》の権博士《ごんのはかせ》がもう大丈夫だと説き伏せていますので、どうにか落ち着きを取り戻しつつありますけれど、それよりも定信《さだのぶ》兄上が……」

定信の中納言の名が出た途端、またふたりの間に微妙な空気が漂う。この落ち着かなさはなんだろうと夏樹はもどかしく思ったが、夫婦間の心情など彼にはとても推し量れない。

「兄上がひどく取り乱していらっしゃって」

「それはそうだろう。あんなことになれば……」

頭の中将の表情がいっそう曇る。夏樹には、義理の兄の身を案じる以上のものがそこにあるような気がしてならない。

あのとき、久継は定信に刃《やいば》を向けて言った。

『わたしをおぼえているか？』

おびえつつ首を横に振った定信に、こうも言った。

『おまえがおぼえていようといまいと構わない』

天翔《あまか》ける怪馬と久継の狙いは左大臣でも弘徽殿の女御でもなく、大臣の嫡男、定信の中納言だったのだ。

過去に両者の間で何事かがあったのは想像に難くない。そしてそれは定信には忘れてしまえるような些細《ささい》なことで、久継にしてみればそうでないこと。

では、怪馬がからんだ一連の事件は定信への復讐《ふくしゅう》に端を発していたのだろうか？

夏樹は上司の横顔へ探るような視線を無意識に向けていた。胸の奥には抑えても抑えきれない疑念が渦巻いている。

（頭の中将さまは久継どのをご存じなのでしょう？）

（久継どのが定信さまに告げた言葉の意味もわかってらっしゃるんでしょう？）

（いったい、あのひとは何者で、なんのためにあんなことをしたんです？）

（明るくて裏表のないひとだと思っていたのに、なぜ？）

（きっと何か深いわけが……）

ふと気がつくと、いつの間にか美都子がこちらを見ていた。年上の女人から向けられる心配そうなまなざしに、母を早くになくした夏樹は甘い痛みを感じる。

「新蔵人の君もお顔の色がよくないわ。今日のこと以外にもいろいろあったのですもの、あなたはもう帰られたほうがよくはなくて？」

夫婦して同じような優しい言葉をかけてくれる。その気持ちは嬉《うれ》しいが、こんな混乱した頭で自邸に戻っても何もなりはしない。きっと乳母《めのと》の桂《かつら》をいたずらに心配させるだけだ。

「いえ、御方《おかた》さまこそ」

「わたくしなら平気よ」

「いや、美都子も早く帰ったほうがいい」

「あなた……」

三者三様に何かを胸に秘めて、本心から相手を気遣いつつも、同時に真意を探り合っている。夏樹はふとそう思ってしまった自分を嫌悪した。

だが、頭の中将のみならず、美都子も久継を知っている可能性はあるのだ。そう仮定すれば、大堰《おおい》の別荘で彼女が恐れげもなく怪馬の前に飛び出していったのも合点がいく。

あのとき、怪馬とともに現れたのは、長い髪を風に乱した痩せた男。久継とは似ても似つかない人物だったが、彼にむかって美都子は「顔を見せなさい！」と呼びかけていた。

あれは曲者《くせもの》に対して自然に出た、誰何《すいか》の台詞《せりふ》だと思っていた。それとも、彼女は長い髪の下に隠された顔を知っている可能性を考え、あえてそう言ったのか。

（わからないけれど……）

一度憶測の迷路に踏みこむと、何もかもが疑わしくなってくる。果ては自身まで疑い始める。自分は久継に裏切られたせいで、こんな必要以上の深読みをしているのだろうか、と。疑いは膨れあがる一方で、晴らす手段はない。

「頭の中将！」

夏樹が秘《ひそ》かに懊悩《おうのう》していたところへ、足音高く近寄ってきた者がいた。定信だ。袖の破れた装束《しょうぞく》はそのまま、髪は乱れて襟足からおくれ毛がはみだしている。日頃の美男ぶりからは想像できない姿だ。

夏樹が間近で見た彼の目はひどく血走っていた。混乱し、ぶつけどころのない怒りを持て余しているとしか見えない。

定信は、夏樹のみならず異母妹の美都子をも無視し、頭の中将の腕を乱暴につかんだ。握った力がよほど強かったのか、頭の中将の顔がわずかに歪《ゆが》む。

「こちらへ来てくれ。早く」

せわしなく言って、定信が頭の中将を引っぱっていく。振りほどこうと思えばできただろうに、頭の中将はそのまま定信についていく。夏樹があとを追おうとすると、上司は目で『来なくていい』と釘《くぎ》を刺してきた。

だからといって、はいそうですかと引きさがれる雰囲気でもない。奥方はと振り返ると、彼女も異母兄と夫を不安そうに見送っている。

（あとで咎《とが》められてもいい）

そう思った夏樹はおとなしく従ったふりをして、少し離れてから定信たちのあとを追うことにした。

頭の中将たちは寝殿から西の対《たい》へ移動して、御簾の内へとひき籠もった。夏樹は簀子縁で片膝をついて身をかがめ、そっと中をうかがう。

姿が見えないので少々あせったが、定信の声は聞こえてくる。ふたりはさらに奥の塗《ぬり》籠《ごめ》へと入っていったようだった。

塗籠は開放的な寝殿造りの中にあっては珍しく、壁で仕切られた空間だ。おもに納戸として使用されるが、ひとに聞かれたくない話をするにも絶好の場所だろう。

しかし、あんな大声で話していてはわざわざ場を移した甲斐《かい》もない。よほど気が高ぶっているのか、壁越しでさえ定信の声ははっきりと聞き取れた。

「なぜだ!?　なぜ、わたしが刃を向けられなければならないのだ!?　それもあのような怪しい風体の男に！」

どすどすと塗籠の中を歩き廻《まわ》っている足音がする。何かを蹴飛ばすような音もする。恐怖を怒りに転化させせまぎらわそうとしているのはわかるが、それにしても情けない。女房たちの憧れの君と聞いていただけになおさらだった。

「あんな男は知らん！　……それとも、中将は何か心当たりでもあるのか。あの者はまるでそなたを知っているような口ぶりだったが」

頭の中将の返事はくぐもっていて、なかなか聞き取れない。夏樹はじれて簀子縁から御簾の内側の廂《ひさし》へと、思いきって移動した。塗籠の扉に耳をつければ、どうにか頭の中将の声を拾うことができた。

「本当に忘れてしまわれたのですね、彼のことを」

彼。久継のことに違いあるまい。

頭の中将はその言葉をいかにも苦しげに口にしていた。聞いているだけで、苦渋に満ちた表情が想像できるようだ。

彼ら――美都子はどうか知らないが、久継と頭の中将、そして定信の中納言の間で何かがあったことはもう確実だろう。それが何かどうしても知りたい。自分はもう久継のことに無関係ではいられないから。

緊張に、盗み聞きの後ろめたさが加わる。それでも、やめられない。夏樹は早鐘《はやがね》のように打ち鳴らされる胸を、装束の上から握り拳でぐっと押さえこんだ。

「もう十年、いえ、十一年も経《た》っていますから、それも仕方のないことなのでしょうが……」

「十一年?」

沈黙が降りる。

定信が何事か思い出し、衝撃に口もきけないでいるのか、それともただ思考をめぐらせているだけか。答えはどちらともつかなかった。

「それほど昔のことが、なぜいまになって!」

突然、内側から扉が押される。夏樹は急いで後退し、近くにあった屛風《びょうぶ》の陰に隠れた。塗籠から出てきたのは定信だった。扉が堅くてあけるのに手間取ったらしく、悪態をついている。

「わたしは知らん」

定信はなおも頭の中将にむかって怒鳴り散らしていた。完全に落ち着きをなくした姿は、乱れた衣装と相まって、とても中納言という高い地位の人物には見えない。

「あのような物《もの》の怪《け》と関わるようなことは何もしていない」

真実か、強がりか。定信はそう断言する。

「満足な説明ができないというのなら、もう二度とわたしの目の前に現れるな。これ以上の栄達ができるとも思うなよ。わかっておろうが、左大臣の嫡男の不興を買えば、朝廷では生きていけぬのだからな！」

曲者の凶刃《きょうじん》から救い出したのはいったい誰なのかも忘れ果て、暴言を吐く。いっそ飛び出していって定信を責めたててやりたかったが、夏樹がそうするより先に定信は簀子縁へと出ていった。何かから逃げるように足早に駆けていく。曲者が去ってもなお彼はおびえている、その証拠でもあった。

やがて、頭の中将がため息をつきながら塗籠から出て来た。精も根も尽き果てたような緩慢な動作には、曲者に立ち向かっていたときの気迫がまるでない。太刀《たち》で迫る相手よりも、定信のほうが彼にとっては手強《てごわ》かったのか。

「久継」

曲者の名前が、再び頭の中将の口から洩《も》れた。あの、苦渋に満ちた声で。

「おまえは……知ってしまったんだな」

それっきり、彼は何も言わなくなった。柱にもたれかかって目を閉じ、身の内側にいる敵と闘うかのように眉間に深い皺《しわ》を刻んでいる。ときおり指がぴくっと震えるのは、その闘いが過酷なためか。

（いったい、何が……）

訊きたいが、訊けない。いまさら屏風の陰から出ていくのもはばかられ、夏樹はじっと息を殺して頭の中将を見守るしかなかった。


ひとの口に戸は立てられない。まして、あれだけ目撃者がいては、どれほどきつく口止めしようと噂《うわさ》を阻止するのは不可能だ。

かくして、左大臣邸の宴に怪しい者が乱入して大暴れしたとの噂は、瞬く間に都中に広まった。内裏《だいり》の奥深く、帝《みかど》の妃《きさき》たちが住まう後宮《こうきゅう》もまた例外ではない。

そこは、美しく高貴な女主人の周囲に、才気に富んだ良家の子女が女房として集められて形成された華麗な場所。きらびやかな王朝文化のほとんどが、ここから生み出されると言っても過言ではない。今宵《こよい》も、そんな雅《みやび》な場所のひとつ、承香殿《しょうきょうでん》からは華やいだ笑い声が洩れ聞こえていた。

だが、管絃《かんげん》や碁などの優美な遊びに興じているのではない。耳の早い女房たちがおのおの仕入れてきた噂話を披露して、承香殿の女御を楽しませているのだ。今宵の話題は無論、左大臣邸で起こった怪事件である。

左大臣といえば、承香殿の女御の最大の競合相手、弘徽殿の女御の実父。その邸で、しかも宴の最中《さなか》に事件が起こったとなれば、聞く女御も興味津々となるし、語るほうにも力が入る。

「宴もこれからというちょうどそのとき、一転にわかにかき曇り、重く垂れこめた黒雲の中から、巨大な馬にまたがった怪奇な人物が現れいでたのでございます」

「それがいかにもおそろしげな風貌で、手にした白刃で武士どもの射かける矢を次々とはたき落とし、なすすべのない彼らを見下ろして呵々大笑《かかたいしょう》するさまはまさに鬼神のごとく」

「きっと、ひとではございますまい。乱れた髪の合間にあるかなきかの角《つの》が見えたなど申す者もおりましたわ」

あるかなきかの角を、誰がそこまで近寄って確認したのやら。かなりの脚色が加えられ、襲撃者の風体は事実よりも大仰なものになっている。

「強者《つわもの》どもも気力を奮い、応戦を試みましたものの、ひとたび相手に睨《にら》まれれば身体《からだ》は痺《しび》れて、募るおそろしさのあまり逃げだし始めたとか」

「果ては巨大な馬の蹄《ひづめ》にて、哀れ頭蓋を砕かれる者も出る始末」

聞き手の女房たちの間から「まあ」だの「おそろしや」だのとおののき、おびえる声が洩れる。しかし、一段高い高麗縁《こうらいべり》の畳の上にすわった承香殿の女御はおびえるどころか、女房に髪を梳《す》かせながらきらきらと目を輝かせていた。

瞳は大きく、まつげは密で、唇はふっくらと官能的。承香殿の女御はかなり派手めの美人だ。その美貌が輝きをいや増すのがそういう話を聞いているとき――あるいは、悪だくみをしているとき――なのである。

語り手の女房たちも、女主人が喜んでいると肌で感じて勢いづき、話をどんどん膨らませていく。おかげで左大臣邸は死屍累々《ししるいるい》のありさまとして語られていった。

実際、死傷者は出るには出たのだが、女房たちの話ほど数が多かったわけではない。客人や邸《やしき》の者に至っては、せいぜい逃げまどう際に押されてかすり傷を負った程度だ。目に見える被害より精神的な打撃のほうが左大臣邸の者たちにとっては大きい。内輪の宴でも家族以外の客は大勢いたし、一族の要とも言うべき弘徽殿の女御もいたのだ。

警備は充分なされていたはずなのに、そこをわけのわからぬ相手に襲撃され、しかも取り逃がしたとなれば左大臣の面目丸つぶれである。

承香殿の女御は檜扇《ひおうぎ》をわずかにずらして、にっこりと微笑《ほほえ》んだ。

「そのような物の怪に襲われるとは、大臣《おとど》もほんにお気の毒」

もちろん、本心であるはずもない。彼女の父・右大臣は、弘徽殿の女御の父・左大臣の政敵である。表面は取り繕っても、左大臣一族の不幸を聞くのはやはり楽しい。

「そういういきさつがあって、弘徽殿の女御さまも内裏へ戻られるご予定を先延ばしされたのね」

「当然のことと思われますが」

女御のすぐ横に控える女房がしたり顔で発言する。

「曲者が女御さまのおあとを追って宮中に現れでもしたら一大事。それだけならまだしも、主上《おかみ》の御身《おんみ》にもしものことがございましたら……」

「まあ、少納言。そこまで言っては弘徽殿のかたに悪くてよ」

たしなめる口調ではない。まるで、こうしてほしいと思っていたことをすかさずやってのけたお忠義者を褒めているかのようだ。

「弘徽殿のかたのお留守が長引けば、主上もお寂しいでしょう。わたくしがお慰めしてさしあげなくてはね」

女房が梳き終わったぬば玉の黒髪を、女御はさりげなくなで下ろす。その機を逃さず、口々にあがる賞賛の声。

「お美しゅうございますわ、女御さま」

「今宵はまたいっそうと、おぐしの艶もよろしくて」

「主上もさぞやお喜びになりましょう」

よくしつけられている。だが、女房たちは仕方なく調子を合わせているのではなく、自分たちの主人こそ最上だと心底信じているのだ。

女房と女御はまさに運命共同体。敵ばかりの後宮において、強く団結するのは自然のなりゆきだ。主人が勢いづいているときは仕える側も張り合いがあるし、逆に主人が落ちこんでいるときは身内以上に不安になってしまう。

いま、承香殿は前者、そして弘徽殿の女御の周辺は後者の状態にあった。


その頃、弘徽殿の女御は——

本来ならもうすでに後宮に戻っているはずだったが、あんなことがあったせいで予定も変更になり、実家の二条の左大臣邸にとどまっていた。

いつまでここにいるのか、いつ宮中へ戻るのか、あるいはまた大堰の別荘へ移るのかなど、先の見通しは全然立っていない。

帝には女御の病いがぶり返してと虚偽の報告をしてあるが、いつまでもそれでごまかせはしまい。あれだけの目撃者がいるのだ。宴に乱入してきた人物の噂はいずれ帝の耳にも入るだろう。

曲者の訪れそのものはもっと前から起こっていたとの話も、なしくずしに洩れるに違いない。世間の者は邸の警固の甘さを嘲笑《あざわら》い、「左大臣さまはいったい何をなさってそんな事態を招かれたのだろう」と痛くもない腹をさぐりかねない。

そんな明るくなりようもない状況下で、弘徽殿がたの女房たちは一カ所にかたまり、額をくっつけるようにして話しこんでいた。

その中には深雪《みゆき》もいる。普段より口数少なく、もっぱら聞き役にまわって。

彼女たちがひそひそと声をひそめているのは、もうすでに御帳台《みちょうだい》（四方に帳《とばり》を垂らした寝台）の中にひきこもってしまった女御に遠慮してではない。あんなことがあってまだ幾日も経っておらず、彼女たちも衝撃から立ち直れずにいるために、自然とあたりをはばかるような小さな声になっていたのだ。

「わたし、昨日も夢に見てしまったわ。あれが空から舞いおりてくるのよ。それがもう、馬もひともおそろしい形相で……」

「まあ、あなたもなの？　わたしもなんだけど、場所がこともあろうに宮中なのよ。弘徽殿の簀子縁を角盥《つのだらい》を持って歩いていたら、いきなり武士たちの騒ぐ声が聞こえてくるの。あれがまた来たんだってすぐにピンときて、もう怖くて怖くてたまらないのだけれど、どこにも逃げ場がないのよ。だって、宮中にまで来られたら、もう逃げようがないじゃない」

うんうんと、仲間たちがうなずく。めったにない凶々《まがまが》しい体験を共有しているだけに、話し手の口調や表情に表れる恐怖がわがことのように感じられるらしい。

ましてこの時代、怪異を語れば怪異が起こると広く信じられているため、こうして不吉な話題にするだけでも彼女たちはびくびくしていた。直接的な言葉を使わず、襲撃者のことを『あれ』と称しているのもそのせいだ。

わざわざそんな危険を冒してまで厭《いや》な出来事を反芻《はんすう》しなくてもと、他人は思うかもしれない。だが、そうやって仲間と再確認しあうことで、逆に彼女たちはこみあげてくる恐怖心をやわらげようとしていたのだ。

蒸し暑い夏の夜である。

蔀戸《しとみど》はあけ放っているが、風がないため効果も薄い。一室にひとが固まっているのもよくないのだろう。それでも、女房たちは汗をかきながら、燈台《とうだい》の火のまわりに集まっている。ひとりになるのが怖くて。

「昨夜は女御さまもうなされていらっしゃったしね。姉上さまがずっとおそばについていらして、女御さまをお慰めしてくださるから本当に助かるわ」

「美都子さまもおそろしい思いをなさったのは同じなのに、気丈なかたなのねえ」

「家の女房が話しているのを聞いたんだけど、定信さまはあれからずっとご自分のお邸で臥《ふ》せっていらっしゃるらしいわよ」

「無理もないわよ。あれは定信さまのお命を狙っているような素振りだったじゃないの」

「心配だわぁ」

襲撃者の前で定信は無様な姿をさらしていたが、相手が贔屓《ひいき》の美形となるとだいぶ割り引いて考えてもらえるようだった。

「本当に、頭の中将さまがいらしてくださってよかった」

「でもね……」

と、別の女房が言いにくそうに言葉を濁す。

「頭の中将さまが曲者の手引きをしたんじゃないかって話もあるらしいのよ」

「何よ、それ」

急に女房たちは色めきたった。

「どうして、そんな話が出てくるわけ？」

「そうよ、頭の中将さまは曲者と闘って、定信さまを助けてくださったのよ」

「わたしが言いふらしてるんじゃないわよ」

興奮し高くなる声を懸念して、何人かが唇の前にひと差し指を立てる。話をふった女房は居心地悪そうに声を落として言い訳を続けた。

「何度も言うようだけれど、わたしはひとから聞いただけよ。なんでも、逃げ遅れた招待客のひとりがね、曲者と頭の中将さまが太刀をまじえたときに何か話していたっていうの。内容までは聞き取れなかったけど、どこか雰囲気が違っていたとか」

「どこかって、どこがどう違うのよ」

「知らないけど、ああいう場面だと『何者だ』とかなんとか訊くものじゃない？　そういうのじゃなかったってことよ、たぶん」

「たったそれだけで、なんで頭の中将さまが曲者を手引きしたことになるのよ。第一、頭の中将さまは女御さまの姉上のご夫君よ。そういうことをする理由なんてないじゃない」

「そうよ、そうよ。その話、承香殿あたりから流れてきた嘘《うそ》ばなしなんじゃないの？」

みんなから責められて、その女房はくるりと手のひらを返した。

「そうよね。わたしもそうじゃないかなって思ってたのよ。いくらなんでも不自然だものね。頭の中将さまはひとり果敢に敵に立ち向かっていかれたのだもの。あのかたは誠実なかただし、主上や大臣のおぼえもめでたいし、御子《おこ》がいらっしゃらないにもかかわらず美都子さまひとすじで浮いた噂もないし——」

自分の失言を撤回するため、これでもかこれでもかと頭の中将を持ちあげる。その甲斐あって、話題は不快な噂から頭の中将を褒め讃《たた》える方向へ変わっていった。

さらに、浮いた噂がないと出たのをきっかけに、美都子のことにまで話が及ぶ。

「考えてみると、美都子さまのあのお強さもご夫君の影響かもしれないわね」

「あのおっとりとしたご様子からは想像もつかないけれど、大堰の別荘でもあのかたは曲者の前に迷いもなく飛び出していかれたのよね。なかなかできることじゃないわ。あのとき、伊勢《いせ》の君《きみ》まで飛び出していったのは、いとこの君のためだってわかっているけれど」

突然、自分の女房名が出てきたので、深雪は驚いて顔を上げた。燈台のまわりに集まっている女房たちは、みんな彼女のほうを見てにやにや笑っている。

深雪はその視線をはね返すように顎《あご》をそらした。

「怖くなかったわけじゃないわ。ただ、いとこが目の前で蹴り殺されでもしたら寝醒《ねざ》めが悪くなると思ったのよ」

「ま、そういうことにしておきましょうか」

なんにしろ、笑いが起こったことで空気がまた少しやわらいだ。女房たちはホッとしたように扇を揺らし、額ににじんだ汗を押さえる。

「でも、ああいうときこそ、そのひとの隠れた一面が表れるのね。美都子さましかり。

伊勢の君しかり。小宰相《こさいしょう》の君《きみ》しかり……」

口うるさい先輩女房の名が出ると、何人かが首を大きく縦に振った。

「小宰相の君ったら、ひどく取り乱していらっしゃったものね。あれは意外だったわ。普段はあんなに落ち着いていらっしゃるのに」

「本当は繊細なかただったのねえ」

深雪はさりげなく扇で顔を隠し、発言をひかえた。しっかり者と思われていた小宰相の意外な反応の理由を、彼女だけは知っていたからだ。

（そりゃあ、驚くわ。自分の恋人があんな登場の仕方をして、女御さまのための宴をめちゃくちゃにしたんだもの……）

あのときの情景を、深雪ははっきりと思い浮かべることができた。

最初、曲者は女御や自分たちのいた寝殿に接近してきた。簀子縁に降りると見せかけて急上昇するおりに、御簾を太刀で斜め斬りしていったのだ。

むこうがその気になれば、御簾の中に駆けこんできて女御を人質にとることもできただろう。だが、そこまではしなかった。襲撃者に立ち向かっていった武士たちだけがやられたのだ。

（やっぱり、目的は定信さまを追い詰めることかしら）

理由など知らない。左大臣家の嫡男ともなればいろいろとあるだろうし、逆恨みも考がひとつある。いまの段階でああだこうだと言うのはさけたいが、どうしても許せないことがひとつある。

あの男が小宰相の君を利用したことだ。

深雪は彼と先輩女房の密会を偶然、目撃している。ふたりは真剣に愛し合っているように見えたが、それならばあんなひどい真似《まね》はできまい。

すまなそうな顔のひとつでもしていればともかく、曲者は楽しそうに笑っていた。情報を聞き出すために小宰相に近づき、あげくの果てに彼女の気持ちを最悪の形で踏みにじったのだ。

あの混乱の際、小宰相は半泣きになって弘徽殿の女御の上に覆いかぶさっていた。何も知らない他の女房たちは、さすが小宰相の君はわが身を挺《てい》してあるじを守ろうとしていらっしゃると感動したようだった。

だが、深雪にはわかる。彼女は女御をかばっていたのではなく、しがみついていたのだ。そうやって、ぎりぎりのところで心に受けた衝撃に耐えていたのだろう。

できればいま、自分の局《つぼね》に籠もってしまった先輩女房のところへ行って慰めの言葉をかけてやりたい。男への恨みつらみを思いきり吐き出させてやりたい。しかし、恋人に裏切られた事実を他人に知られたとあっては、小宰相の誇りがきっとひどく傷つくだろうから、それができない。

一方、小宰相とまったく逆の反応をしたのが美都子だった。大勢の者が床に這《は》いつくばり顔を伏せておびえていたのに、彼女だけは毅然《きぜん》とした態度で立っていた。そして、怪馬に乗って暴れる男をまっすぐみつめていたのだ。その顔は蒼白《そうはく》だったが、瞳の中には怒りともつかぬ何か激しいものが存在していた。風に折れそうな風情《ふぜい》の彼女の、どこにそんなものが秘められていたのかと不思議に思えるほどの。

あれなら万が一、曲者が御簾の内に侵入しても、美都子が盾になってくれていただろう。本人もあるいはそのつもりで、わざとめだつよう立ちつくしていたのかもしれない。

(美都子さまは何かご存じなのかも。なんだか、そんな気がするのよね。訊いたところで、わたしなんかには話してくださらないだろうけど……)

小宰相のことにしろ、美都子のことにしろ、深雪は立ち入ることができない。それがもどかしくてたまらない。

こういうときには、いとこをいじって気を晴らすに限る。もやもやとした状態の左大臣邸から距離をおきたくもあり、明日にでも外出しようと深雪は頭の中で予定を組み立てていた。

女房たちが燈台のまわりで汗だくになって話しこんでいるのに比べ、大内裏の中にある陰陽《おんみよう》寮《りよう》の一室にひとりこもっているその少年は、まったく汗をかいていなかった。

装束もきちんと着こなしたまま、髪は結ったままだが、冠は文机《ふづくえ》の脇に置いてある。この時代、自宅以外の公的な場所で冠や烏帽子《えぼし》をとるのは非常識なことなのだが、彼――一条はそれをやる。

ようやく職場へ復帰してきた一条の周囲には、大量の書物や巻き物が積まれていた。そのひとつひとつを手に取り、中身に目を通しては脇へ置いていく。もうずっと、彼はその作業をくり返している。

部屋には、燈台の明かりにひき寄せられた羽虫が二、三匹飛びかっていた。そのうちの一匹がうっかり火にふれてしまい、油皿の上に落ちる。じじっと翅《はね》の焦げる音が、紙のこすれる音に混じる。

一条は哀れな羽虫にちらりと目を向けたが、なんの表情も浮かべずに再び書物へ視線を戻した。だからといって、調べものに熱中しているふうでもない。目は確かに字面を追っているが真に関心を示してはおらず、惰性でそうしているかのようだ。

血の気のない白い肌に、長いまつげが濃い影を落としている。気だるげな様子は、その美しい容貌を妖《あや》しいまでに際立たせる。

そんな彼の背後、燈台の光も届かぬ部屋の片隅に、何やら不穏な気配が漂っていた。

微《かす》かな、本当に微かな音がそこから聞こえるのだ。

床板をひっかく爪の音。舌を鳴らす湿った音。息をひそめ、それでもこらえきれずに洩れてしまった忍び笑い。飽くこともなく交わされるささやき声。

まるで、小さくて得体の知れない生き物がその一角にぎっしりと押しこめられて、自分たちの出番をいまかいまかと待っているかのようだ。

当然、その奇妙な音にも、わやわやとした熱気にも、一条は最初から気がついている。が、彼は振り返ろうともしない。あいかわらず、頬杖《ほおづえ》をついて怠惰そうに難解な文字の羅列を眺めている。

そこへ、外通路の簀子縁から衣《きぬ》ずれの音が近づいてきた。御簾をあげて部屋に入ってきたのは、一条の師匠にあたる賀茂の権博士だ。

彼は部屋の暗い一角に目をやると、実年齢のわりに落ち着いた風貌を少しばかり歪めた。同時に、暗がりの中のざわめきがぴたりとやむ。

権博士はわざわざ部屋の隅に近寄ると、懐から紙扇《かみおうぎ》を取り出し、ぱんっと大きな音を立ててそれを広げた。

その瞬間、隅にわだかまっていた闇がはじけた。……かに見えた。

光が届かない以上、闇は依然としてそこにある。だが、あの不自然な濃密さは確かに薄まっていた。正体不明のざわめきももう聞こえない。部屋にこもっていた熱さえも、わずかにひいたようだ。

権博士はため息をついて紙扇を懐へしまった。

「あんなに雑鬼《ざこ》を寄せつけておいて、よく涼しい顔をしていられる」

権博士の言葉に、冠をかぶり直した一条が無表情で答える。

「きりがありませんから」

背中に矢を受け、いったんは死んだものの、友人の夏樹によってほとんど強引に生き返らされた。それからだ。一条の周辺の闇が濃くなりだしたのは。

陰陽師《おんみょうじ》になるべく修行していれば、闇の領域に深く踏みこまざるを得ない。そういうものに長くなじんでいると、においでも移るのだろうか、ひとならざるモノが呼びもしないのに寄ってくることはままある。

だから、こんなことは一条にとって珍しくもないのだが——にしても頻繁すぎた。

理由はわかっている。当の本人にも、その師匠にも。

「本来、わたしは死びとなんですよ。この身の穢《けが》れに惹《ひ》きつけられてくるんですから仕方ありませんよ」

「禊《みそぎ》をしたらどうだ」

「したところで、たいして意味はないでしょうに」

神話において、亡き妻を追って死の世界へ下った伊邪那岐《いざなぎ》は、結局目的を果たせずにひとりで生の世界に戻ってくる。それから彼が第一に行ったのが、穢れを清めるための禊だ。

死の穢れに対する忌避感がひときわ強いこの時代、冥府《めいふ》から戻ってきておきながら、禊もしないで公的な場所へ出るなど考えられないことだった。

一条も多少はそれを気にしてか、言い訳めいたことを口にする。

「本当はこんな身で陰陽寮に出てきてはいけなかったのでしょうが、ここにしかない書物もあったもので」

「それは構わないが」

さらりとそう言えるほど、師匠のほうもこの時代の常識にとらわれてはいなかった。本来は死人なのだと言い切った一条を前にしても、厭《いと》う素振りは見せない。眉間に皺が寄ったのは気味悪がっているからではなく、相手の身を案じているからだ。

「ああいったものは、いまのおまえにも周囲にもいい影響は与えまい。気休めでいいから禊をして、それでも寄ってきたものはこまめに追いはらうことだ」

一条はうなずいたがいかにもおざなりで、忠告を素直に受け入れたようにはとても見えなかった。権博士も困ったように再度ため息をつく。

「もしかして後悔しているのか？　現世に戻ってきたことを」

それを聞いた途端、一条ははじけるように短く笑った。

黒髪がひとすじ白い頬にまとわりつき、色素の薄い瞳は燈台の光を反射して輝く。美しいが尋常ではない。権博士でなかったら、彼を怖いとさえ思ったかもしれない。

「まさか。そんなきれいごとは言いませんよ。わたしだって、生き返れるものなら生き返りたいと思って飛びついたんですから」

「そのわりに嬉しがっているようには見えないな」

「説明しましたでしょう？　わたしのこの命は条件つきのものだって。冥府で交わした牛頭鬼《ごずき》との約定《やくじょう》を果たさなければ、あっという間にあちらへ逆戻りですよ。あまり期待をしすぎると、あとでやっぱり駄目だったとなったときに、なおさらつらくなりますからね」

「ずいぶん悲観的だな。らしくない」

「悲観も楽観もしていません」

皮肉な微笑をしまいこんで、一条は冷たい無表情に戻った。声からも感情が一切消える。

「ただ能天気に喜ぶ気にはなれないんですよ。約束を果たせても果たせなくても、摂理を曲げた代償は必ずはらわなくてはなりませんし」

その代償がどういったものかは、まだわからない。一条自身には予感があったが、それを明瞭にすることには、彼でさえ強い畏《おそ》れをいだいていた。

権博士は慰めの言葉をかけなかった。そんなものはなんの役にも立たないどころか、相手の誇りを傷つけかねないと知っていたからだ。彼が口にしたのは、ここにいない第三者に関してだった。

「彼を恨まないことだ。あの少年は何も知らなかったのだから。ただ純粋に友人の身を案じて……」

「そういうのがいちばんタチが悪いんです」

本気でそう思っているかどうかはともかく、一条はそんな突き放した言いかたをした。もしも夏樹がそれを耳にしたら、きっと深く傷ついたろう。自分のしたことはなんだったのかと真剣に悩み、どうしようもないほどの深みにはまったかもしれない。

いっそ、そんな地獄に夏樹を堕《お》としてやりたいと、一条が思わなかったと言えば、きっと嘘になる。形のよい唇が残酷な笑みをほんの少し形作ったことが、その証拠だった。

しかし、一条は言い過ぎたと悔いるかのように、すぐに話題を切り換えた。

「そんなことより、左大臣邸のほうはよろしいのですか？」

「ああ……またあちらへ戻るよ。大臣の北《きた》の方《かた》さまがひどく不安がっていらっしゃるから祈禱《きとう》を続けないとね。それこそ気休めにすぎないのだが」

自身の能力を気休めにすぎないと言いきって、権博士は肩をすくめた。動作は軽いが表情に浮かぶ疲労の色は濃い。宴の日以来、自宅に戻れず、陰陽寮と左大臣邸の往復ばかりをしているせいだ。

見かねた一条が「代わりましょうか？」と申し出たが、権博士は首を横に振った。

「そこにいるだけで雑鬼を引き寄せる身を、ただでさえ過敏になっているあの邸に置くわけにはいくまい。それに、またあの怪馬が現れたら、おまえは他者の安全より何より、自分の受けた屈辱を晴らすのを優先させるだろう？」

「当然じゃないですか」

悪びれるどころか、一条は胸を張る。そうしていると、冥府へ下る前の生意気な彼そのままだ。権博士の表情も弟子につられたように少しなごんだ。

「それはそうと新蔵人どのにはあれから逢っているか？」

「あれからとは？」

「例の宴からだよ。あの席に彼も出席していたのだが」

突然、異なことを言う、と一条は眉をひそめた。

「怪我はなかったのでしょう？　保憲《やすのり》さまご自身がそう教えてくださったじゃないですか。なら、何もわざわざ……」

「確かに怪我はなかったんだが、今日、宮中でみかけたときに、元気がなさそうだったのがいささか心配でね。冥府行の影響でも出ているのかと思ったが、きっとそれだけでなく例の噂も……」

「例の噂？」

「聞いていないのか」

「あまり他人と接しないようにしていましたから。なにしろ、こんな身ですし」

もったいぶらずに早く話せと、一条は目をすがめて促す。師匠に対する態度ではないが、権博士は怒りもせずに苦笑しただけだった。

「曲者の正体とか、定信さまが狙われた理由とかほど話題になっているわけじゃない。付属的に生じた根も葉もない噂だろうが、あの曲者と頭の中将さまが何か関係あるのではないかとかなんとか」

「頭の中将さまが？　どうしてまた、そんな話に」

「わからないから、根も葉もないのだよ。いずれ自然に消える類いの話だろうが、頭の中将さまはいたずらに世間を騒がすのは本意ではないと自宅に籠もっていらっしゃるらしい。たぶん、新蔵人どのはそのあたりのことを気に病んでいるのではないかな。直接の上司だし、彼自身もあの場にいたのだし」

「現場にいただけなのに、自分にも何か責任があったとでも？」

一条はあきれ返って首を左右に振った。

「馬鹿馬鹿しい。どこをどうひねったらそんな考えになるのか、わたしには到底理解できませんね。おひと好《よ》しにもほどがある。度をすぎればただの馬鹿ですよ」

厳しい口調で友人を批判する弟子を、権博士は面白そうに見下ろしている。その視線も一条には気に入らない。

「彼のこととなると、元気になるようだな」

「要領の悪さにいらいらしているんです」

「そうかな」

「そうです。あいつの思いこみの激しさには、正直困っています。迷惑しています。いつも、いつも、いつも」

一条は広げていた文献を閉じると、にわかに文机の上を片づけ始めた。その手つきはかなり荒っぽい。

「あとはうちで調べたいので、二、三冊借りていきますよ」

「ああ。構わないよ」

書物を抱えて部屋を出て行こうとする一条の背中に、権博士は笑いを含んだ声を投げかけた。

「なんにしろ、冷静なおまえをそれだけ動かせるんだ。友人というものも、いいものだとは思わないか、一条？」

応えはなく、反応といえば足音がより乱暴になったことぐらいだった。

金銀の砂子を散らしたように星がきらめく夜空から、馬が一頭、駆けおりてくる。

白い身体に、花びらのごとく血のような赤い斑点《はんてん》を散らした馬が。

その背には屈強な男がまたがっている。

笑いながら彼が何か言っている。聞き取れない。

それでも、わかる。

何も知らずにいた自分を嘲《あざけ》っているのだと――

夜半の自室で、文机にうつぶして眠っていた夏樹は、ハッと我に返った。

暑い。全身が汗でぐっしょり濡れている。装束が肌に貼りついて気持ち悪い。気温のせいだけではない、あの夢のせいだ。

左大臣邸の宴の日以来、眠ると必ずと言っていいほど久継の夢を見る。鳥辺野《とりべの》で笛を吹いていたときの彼ならともかく、怪馬に乗った彼が出てくるからたまらない。

できることなら久継にもう一度逢って、その真意を確かめたかった。だが、いま彼がどこにいるか、夏樹は知らない。筑紫国《つくしのくに》へ帰ると言っていたが、いまとなってはそれが本当かどうかも怪しい。

頭の中将のことも、もちろん気になっていた。久継と彼との間にかわされた会話に加え、定信の中納言との会話も聞いてしまい、混乱の度合いはさらに増した。

頭の中将はあのあと物忌《ものい》みと称して自宅に籠もったと聞く。ひと死《じ》にのあった現場にいたがための物忌みだ。穢れは祓《はら》い清めねばならぬが、時が経てば自然に消滅するとも考えられており、同じ理由で物忌みした宴の客人たちの中にはもう参内《さんだい》し始めた者も少なくなかった。夏樹もそのひとりだ。

頭の中将はまだ物忌みを続けている。一度、夏樹は上司の様子を見にその邸へ赴いた。頭の中将はしきりに仕事のことを気にして、すぐにでも参内したいと言っていたが、久継のことでかなり精神的にまいっているのは、やつれ果てた外見からも明らかだった。彼には実際に休養が必要だったのだ。

本当は、疑問を直接、上司にぶつけるつもりでいた。自分と久継との出逢いから何からすべてを話したうえで、頭の中将が彼の名を知っていた理由を訊こうと台詞の順番まで事前に練りあげていた。

が、その決意も頭の中将の疲れきった顔を見た途端、やっぱり訊けないというあきらめに変わってしまった。そうなるのではないかと自分でも予想していた通りに。

しきりと仕事のことを気にする上司に、夏樹は「ご心配なく」と笑顔で答えて帰ってきた。他に何が言えただろう。

衿《えり》もとをゆるめ、大きく息を吐く。不自然な体勢で眠っていたせいか、身体がだるい。夏樹自身も心身ともに疲れ果てている。

こんなときだからうたた寝などせず、ちゃんと床で横にならなくてはと、立ちあがる。

そのとき、微かな声がすぐ耳もとで聞こえた。

(来いよ)

驚いて振り返るが、部屋にいるのは自分ひとり。空耳かとも思ったが、念のため、窓から外をうかがってみる。

簀子縁にも、暗い庭にも誰もいない。しかし、そのさらに先、隣との境である築地塀《ついじべい》のあたりに月に照らされた人影が見て取れた。

あれはちょうど塀が崩れている箇所、夏樹が隣家に行く際に使っている通り道だ。そこに立つ人影といえば、一条しか考えられない。陰陽生《おんみょうしょう》の彼ならば、声だけ運ぶような不思議なことも可能だろう。

夏樹はすぐさま外へ飛び出した。庭へ降り、築地塀まで駆けていこうとして、うるさい乳母の顔を思い出し、忍び足に変える。はやる気持ちを抑え、草の葉で足首を傷つける痛みにも耐え、笑顔で急ぐ。

夏樹を待っていてくれたのは、やはり一条だった。

宮中でもないのに珍しく、冠をきちんと着用している。髪を垂らしたままの一条も妖しいまでに美しいが、正装した彼もまたひと味違う魅力がある。どこぞの名家の御曹子《おんぞうし》と言われても納得できるような気品が漂うのだ。

身分的には夏樹のほうが上なのに、気後れしてしまう。自分の乱れた狩衣《かりぎぬ》や汗くささが急に気になるのも、仕方ないといえば仕方なかった。

「呼んだんだろ？」

「ああ」

一条は小さくうなずくと同時に、友人の手首を握って引き寄せた。

「乳母どのにみつかると面倒だから、もっとこっちへ」

促されるままに一条の家の敷地、塀の裏側へまわる。ここなら死角になり、桂にも他の家人《けにん》たちにも見咎められまい。

「それで、なんなんだ？」

「三国一の馬鹿の顔を見たくて」

「三国一の馬鹿？　……もしかして？」

自分で自分を指差すと、一条は今度は大きく首を縦に振った。

「他にいるか？」

「いっぱいいるじゃないか」

筆頭に、馬頭鬼《めずき》のあおえの馬づらが浮かぶ。一条と共通の知り合いの中で選ぶとしたら、まず間違いなくあいつだ。

「まず、あおえだろ」

「あれといっしょにされて嬉しいか？」

「嬉しくない……」

妙につっかかった物言いをするし、表情も硬い。どうも怒っているようだが、夏樹に心当たりはない。おかしいなと首をひねっていると、ふいに頰をつままれた。

「こっち側だけ赤くなってる。机にむかってうたた寝でもしてたんだろ？」

何もかもお見通しのようだ。が、うたた寝ぐらいでこんなつっけんどんな態度に出るというのも妙な話だ。絶対に別の理由があるに違いない。

夏樹はつままれた頰をさすりながら、上目遣いに友人の表情をうかがった。

「どうしたんだよ、何を怒ってるんだ？」

「そりゃあ、怒るさ。またしょうもないことをぐじぐじ悩んでいるんだろ？」

心臓がぎゅっと縮んだような錯覚をおぼえた。久継のことだ、と夏樹は思いこんだのだ。

「しょうもないって、そんな……」

「おまえのことだから、宴の席に現れた怪馬相手に何もできなかったとか思うに決まっている。冗談じゃない。うぬぼれるのもいいかげんにしろよ」

叩《たた》きつけられる強い言葉に夏樹は戸惑い、何度も瞬《まばた》きをくり返した。

「待ってくれよ。話がよく見えないんだが……」

一条は友人の察しの悪さを嘆くように夜空を仰いだ。

「保憲さまから、おまえの様子が変だと聞かされたんだ。頭の中将さまが自宅に籠もっておられることとかを悩んでいるんじゃないかってね。それが本当なら馬鹿としか言いようがないぞ。この三国一の大馬鹿夏樹」

「……馬鹿とはいいかげん言われなれてるけど、三国一は言いすぎだぞ、三国一は」

「こんなやつ、この国に他にいるか？　唐《から》、天竺《てんじく》を探したっていないぞ。なら、三国一に間違いないじゃないか」

「いったい誰がいつ、どうやってそれを調べたんだよ」

「じゃあ、なんでそんなどす黒い顔して落ちこんでいるんだ。言ってみろよ」

　この切り返しに、夏樹は口ごもった。

しゃべっていいものだろうかと躊躇《ちゆうちよ》し、黙っていてはろくなことにならないとすぐに思い直す。あの怪馬に関する情報を隠蔽しようものなら、一条は絶対に怒り狂うだろう。巨大化して平安京を大暴れ、逃げまどう貴族たちを踏み潰し——などということにならないとも限らない。本当に。

「落ちこんでいるっていうか……」

　夏樹は目をそらし、言葉を探した。

「怪馬相手に何もできなかった、なんて思っちゃいないよ。宴のときは太刀を持っていなかったし、そもそもぼくがかなう相手じゃないってわかりきっていたし。賀茂の権博士どのの言う通り、頭の中将さまのことも気になっているけど、いちばんこたえたのは別のことなんだ。たぶん」

「じゃあ、それはなんなんだ？」

久継のことを口にしようとしただけで不覚にも目が潤んでくる。夏樹はそれをごまかそうと空を見上げた。

夏の夜空は別世界のようにきれいだった。細くたなびく雲は、まるで星の海にかかる波。月はただ一艘《そう》の船に見える。あの天空を怪馬で自由に翔けていけるなら、それはたとえようもないほど爽快だろう。それこそ、笑い出したいくらいに。

けれども、自分にはあんなことはできない。あんな残酷なことは。どんな理由があったとしても。

「……宴に現れた怪馬の背に乗っていたのは、ぼくが黄泉比良坂《よもつひらさか》で斬り伏せたあの男じゃなかった」

星を見上げたまま、夏樹は語った。

「久継どのだった」

反応はない。不安になって一条に視線を向けると、彼は憮然《ぶぜん》とした表情で腕組みしている。

「久継って？　あの男か？」

「ああ。この間、紹介したよな。筑紫国に帰るからって、うちに挨拶に来た藤原《ふじわらの》久継どの。彼だったんだ、間違いなく」

一条は特に驚くでもなく、思案するように片方の眉を動かした。

「おまえに近づいたのは、左大臣邸の内情を知るためだったのかな」

「それはないと思う。左大臣家のことを彼にしゃべったおぼえはないし、第一、内情なんてぼくが知るはずもないし」

「じゃあ、出逢いは偶然だとしても、珍皇寺《ちんこうじ》までついてきたのは、自分が射殺《いころ》した相手が本当に生き返るかどうか確かめておきたかったんだろうな、きっと」

「それはない。絶対にない」

夏樹は思わず声を張りあげた。考えるより先に、否定の言葉がほとばしり出たような感じだった。

「怪馬に乗っていたからって、あの矢を射た者と同一人物とは限らない」

「大声を出すな」

冷ややかに注意され、声を落とす。だが、気持ちはおさまらない。いちばん考えたくないことをずばり指摘されて、夏樹はひどく狼狽《ろうばい》していた。

「考えてもみてくれ。あのとき矢は二本同時に飛んできたんだぞ。ひとりの人間が二本同時に射るなんてこと、いくらなんでも……」

「じゃあ、ふたりいた射手のうち、ひとりがその久継とやらだったんじゃないのか？」

冷徹に指摘する一条に、夏樹はむきになって食ってかかった。

「じゃあ、自分が射た相手が生き返るのを、わざわざ手伝ったりするか？」

言外にもうひとつの問いがある。『久継どのがぼくに矢を射かけたりするか？』と。

一条は声にならなかったほうの問いをも確実に聞き取っていた。そのうえで、なおも追い討ちをかける。

「一度しか逢っていないから、そいつがどういう男か知りつくしてるわけじゃないがな、話に聞くと宴を襲った際に、やつはいかにも楽しそうに笑ってたそうじゃないか。要するに、お楽しみをみつけるのに貪欲なたちなのさ。大堰の別荘では必要にかられて、怪馬を追おうとしたおれたちに矢を放った。ところが、そうやって射殺されたやつを生き返らせようとしている馬鹿がいる。面白そうだ、どうなるか見届けてやろう、うまくいったら褒めてやろうか。そんな感じだったんじゃないのか？」

「そんな……！」

あとに続ける言葉がみつからない。夏樹とて久継と話したのは三度きりしかなく、彼が珍皇寺まで付き合ってくれた真の理由など自分でも説明できない。純粋な好意だと信じていたが、いまとなってはそうも言い切れない。

久継がわからない。理解できない。だが、彼が楽しみをみつけるのに貪欲だというのは——残念ながら納得できる。

警固の武士の矢を叩き落としていたときも、定信を脅《おど》していたときも、頭の中将に話しかけていたときも、彼の口もとをずっと飾っていたのは魅惑的な笑み。「坊主」と呼んでくれたとき、馬頭鬼のあおえと顔をあわせたときと同じ表情だった。

久継にはどれも等しく、『楽しくて仕方ないもの』なのか。自分の罪におののいたり、闇におびえたりすることはないのか。

たぶん——ないのだろう。

最初から、彼はこの世のすべてを楽しんでいた。そうできるだけの強さが彼の中にはあった。そこに夏樹も惹かれたのだ。

こんなふうに裏切られても、本当はまだ恨みきれずにいる。信じられないのに信じようとしている。きっと、やむにやまれぬ理由が、聞けば致しかたないと納得できるような理由があるはずと思って——いや、願っている。

「久継どのは……昔、頭の中将さまや定信さまと何かあったらしいんだ」

自分ひとりの胸にしまっておこうとした秘密を洩らしてしまい、一瞬、あっと思う。だが、いまさら隠してもしょうがない。

「確認なんかできないし、おふたりの名誉に関わることなんで、あまり広めたくないんだけど……」

「それはわかっている」

一条にそう言ってもらえて、夏樹は胸をなでおろした。肩の荷が完全にとはいかないまでもかなり下りた気がする。こうなったら何もかも聞いてもらって、彼に冷静な判断をしてほしかった。

「久継どのが左大臣邸を襲ったのもその件が関係しているはずなんだ。なんだか、雰囲気としては中納言さまが何かをして、久継どのがそれを恨んでっていう感じなんだけど、でも、復讐なんて、あのひとには似つかわしくない気がして」

「それは皮肉かな?」

受けた屈辱は忘れない、史上最強最悪の陰陽生は毒のある笑みを浮かべていた。夏樹はあわてて首を横に振った。

「いや、そういう意味じゃ……」

「とにかく、ひとりで悩むな。いっそ手っ取り早く、久継を捜し出して問い詰めてやれ」

「どうやって」

「頭の中将さまや中納言さまと十一年前、なんらかの関わりがあったんだろ?　つまり、当時、やつは都に住んでいたことになる。なおかつ、いまは筑紫国の役人になっている――本当かどうかわからないがな。そして、名は藤原久継、そこまでわかっているなら、もっといろいろと調べられるだろうが」

夏樹は呆《ほう》けたように大きく口をあけた。

「あ……うん、それもそうだ」

「ちょっと考えればわかることだぞ。なのに、おまえはわざと考えようとしなかったんだよ。もうひとつ、意図的に忘れようとしていることがあるみたいだがな」

「え？」

夏樹は不安になって顔をひきつらせた。もう勘弁してほしいと目で訴える。が、一条は追及の手を休めない。

「冥府で牛頭鬼とかわした約束だよ。外法《げほう》で死人を生き返らせた術者をなんとかしろっていう。まさか、本当に忘れてはいないよな？」

「忘れるわけないさ。でも、それとこれとは別……」

「別じゃない。当初、大堰の別荘へ怪馬とともに現れたのは久継じゃなくて、長髪の男だった。黄泉比良坂で、あの長い髪の下に隠されていた素顔を見ただろ？」

男の顔は上半分の肉が削《そ》ぎ落とされたようになくなって、骨を露出させていた。眼球もなく、眼窩《がんか》はぽっかりとあいた空洞だった。

「あれも死人なんだよ」

『あれも』と自嘲ぎみに一条は言う。自分もたいして変わりはしないと暗に示しているのだ。

「反魂《はんごん》の術で甦《よみがえ》ったんだろうが、さて、その術を施したのは誰か。久継とやらの他に考えられるか?」

「じゃあ、牛頭鬼が捜してほしいと頼んだのは……」

死人を甦らせる者が、いちどきに複数現れるとも思えない。夏樹はまだ死人の男と久継が同時にいるところを見たことがないが、ふたりは確実に怪馬を通じて繋《つな》がっている。切り離して考えることはもはやできない。

「でも、彼は地方官吏にすぎないと……」

口では反論しようとするが、本当は夏樹自身もとうにわかっていたのだ。暴走する黒牛を瞬時に鎮めたり、怪馬を自在に乗りこなしたりできる久継が、ただの地方官吏ではないことぐらい。

「標的が早めに判明して嬉しいよ。おまえだってそうだろう? 自分をだました相手と、牛頭鬼が捕まえろといった相手がいっしょなら、いろいろと手間が省ける」

「そういう言いかたをするな!」

とっさに夏樹は友人に殴りかかった。衝動的なその拳を、一条はすかさず手のひらで受け止める。さらに夏樹の手首をねじって押さえこんだ。あまりの痛さに、夏樹は不覚にも泣きそうになった。

「放せよ」

「八つ当たりをやめたらな」

八つ当たりは百も承知、冷静に指摘されればされるほど頭の芯が熱くなり、一条を殴りたくてたまらなくなる。

「馬鹿野郎！」

夏樹は思いきり膝を相手の腹に打ちこんだ。一条は離れたが、その代わり、今度は力いっぱい彼に頰を叩かれた。よろけたところで、夏樹は胸ぐらをつかまれる。

「馬鹿はどっちだよ」

「うるさいっ」

もう一度、腹へ膝蹴りを見舞ってやろうとして、築地塀に叩きつけられた。古い塀は大きく振動し、上からぱらぱらと小石や砂が降ってくる。

「この猫かぶりの乱暴者が！」

「馬鹿よりはましだ！」

夏樹は頭からつっこんでいき、一条の肩につかみかかった。そのきれいな顔に初めて拳を撃ちつけようとする。そこへ――

「はあ、いいですねえ、青春ですねえ、若いって素晴らしいですねえ」

唐突に野太い声が割りこんできた。のんびりとした響きに気勢がそがれ、夏樹も一条も動きを止める。

生い茂る夏草を踏み分けて近づいてきたのは、一条の家の居候だ。この状況がわかっているのかいないのか、やたらにこにこしている。

「楽しそうじゃないですか。わたしもまぜてくださいよお」

日中、外に出るのを禁じられて常に暇を持て余している馬頭鬼は、ここぞとばかりに首をつっこんできた。だが、筋骨たくましい鬼を殴り合いにまぜなどしては、血を見るだけで済むまい。一条は夏樹を突き放すと、「しっ、しっ」とうっとうしそうにその手を振った。

夏樹は築地塀にもたれかかり、自分の拳に視線を落として深いため息をついた。割りこんできてくれてよかったと、心の中であおえに感謝する。

もし彼が来なければ、きっと自分は一条の顔を殴っていた。そして、盛大に後悔していただろう。

とはいえ、問題は何も解決していない。自分はまだ迷っている。久継を敵と見なすか否かを。

「ぼくは……どうすればいいのかな？」

「自分で考えろよ」と、一条は突き放すように言った。

「久継のほうを信じるというんなら、それでもいいさ。とりあえず、藤原久継の背景ぐらいは調べておいてやる。それとも、頭の中将さまに直接尋ねてみるか？　当然、そのほうが早いぞ」

「できるはずないよ、そんな……」

「なんか、わたし、お邪魔でした？」

あおえは険悪な雰囲気にいまごろ気づいたようにおろおろしている。演技だとしたら見事だ。

「べつにいいさ。言いたいことはもうほとんど言ったから。とにかく、夏樹、何をしなきゃならないのか、もう一度考えてみることだな」

踵《きびす》を返してこの場を立ち去ろうとする一条を、夏樹はとっさに呼び止めた。

「でも、一条、ひとつだけ……」

「なんだ？」

「いや、いい。言うとまた怒られる」

右の眉をぴくりとあげて、一条はひどく怖い顔になる。それでも、美貌はまったく損なわれていない。もしもこの顔に傷でもつけていたら、夏樹はきっと自分が許せなくなっていただろう。

「いいから言えよ。もったいぶるな」

「い、一条さん、あんまり手荒なことは……」

「馬はひっこんでろ。ほら、早く言えよ」

「うん。今日はさんざんだったけど、ひとつだけ、よかったと思ったことがあるんだ」

疲れがめだつ顔に、夏樹は弱々しい笑みを浮かべた。

「おまえが、少しは元気になったみたいでよかった」

一条は何か言いかけてやめると、ずかずかと近づいてきてまた夏樹の頰をつねった。さっきは片方だけだったが、今度は両頰をつまんで左右にひっぱる。

夏樹の顔は横に引きのばされて、なんとも珍妙なものになった。あおえは手を叩いて喜び、一条もやっと満足そうな笑顔をつくった。

「まったく。おまえときたら、おとなしく死なせてもくれなきゃ、ゆっくり養生もさせてくれないんだな。本当に身勝手で世話が焼ける」

その通りなのだろうなと実感できたから、夏樹も苦笑いするしかなかった。

翌日、夏樹は通常の時間よりずっと早くに御所へ出仕していった。頭の中将が出てこれず、ただでさえ大量な仕事がさらに増えて押し寄せてくるため、そうしないわけにはいかなかったのだ。

ましてや、夏樹は六位の蔵人としてはいちばん下っぱ。必然的にかなりのしわ寄せが来る位置にある。それでも文句はなるべく口にしないよう努めて、夏樹はいそがしく立ち廻った。実際、身体を動かしていたほうがあれこれ考えなくていい分、気持ちは楽だった。

多忙な一日が終わる頃、清涼殿《せいりようでん》の女官がそっと蔵人所へやってきた。彼女は夏樹とすれ違いざまに、

「主上がお呼びでございます」

と耳打ちしていく。帝の退屈の虫がまたぞろ騒ぎ出したに違いない。

やれやれ、と夏樹は秘かにため息をついた。

頭の中将が物忌みしているいま、お守《も》り役が夏樹しかいないのだからしょうがない。同僚たちも女官のささやきを聞いて聞かぬふり、清涼殿へ向かう夏樹を見て見ぬふりをする。きっとみんな、悪いなと心の中では思ってくれているだろうが……。

（そうじゃなきゃ救われないよぉ）

あおえのように語尾をのばしてぼやきつつ、清涼殿へ赴く。さっきの女官が待っていましたとばかりに応対に出、夏樹は帝の寝室に相応する夜の御殿《おとど》へ通された。

ここに通されること自体、不吉なことの前触れだった。他人に聞かれたくない話がしたい、と帝が意思表示しているも同然なのだから。

（どうせまた、夜歩きがしたいだのなんだのと、無体なことを仰《おお》せになられるんだ……。絶対、そうに決まってる、決まってる）

そんなふうに思いこんでいた夏樹は、いざ夜の御殿に入るなり、先客がいるのを知っ

て愕然《がくぜん》としてしまった。

「賀茂の権博士どの……！」

帝の御前に落ち着きはらって端座していた彼は、振り返ってにっこりと微笑みかける。

「お待ち申しておりましたよ、新蔵人どの」

「あの……」

夏樹は二の句が継げず、口があけっぱなしになる。そこで繧繝縁《うんげんべり》の畳に座した帝がわざとらしく咳《せき》ばらいをした。

「さて、これでようやく話ができるな」

聡明《そうめい》ではあるがまだ年も若く、裏ではかなり破天荒な行いを重ねている困った帝だ。いま、夏樹たちに向けている表情は硬いが、それも見せかけにすぎぬような気がしてならない。

今度はどんな無理をさせられるのかと、夏樹は身構えつつ平伏した。しかし、帝の口から出た話題はいたって真っ当、頭の中将に関することだった。

「実はな、新蔵人、よからぬ噂が流れているのを耳にしたのだよ。左大臣の邸を襲った怪しい者どもは、頭の中将と関わり合いがあるらしいというが――」

夏樹の表情が強《こわ》ばった。ついに主上の耳にまで、と思うと目の前が真っ暗になった心地がした。

「ですが、それは……」

「根も葉もない噂、と棄《す》てておこうと思うていたが、事が事だけにそうもいかない。しかも、かなりあちこちで取り沙汰されている話らしい。そこで、わたしも左大臣や中納言にいろいろと話を聞いてみたのだ。するとな、中納言が妙なことを言い出したのだ。曲者の名は久継、しかもそれを頭の中将が知っていたらしいと」

夏樹はうっと息を詰まらせた。とても動揺を隠しきれない。

権博士のほうはと見ると、端整な顔だちの陰陽師はあいかわらずおだやかに微笑んでいる。何を考えているのか、その表情からはまったく計り知れない。

「そこで、わたしは賀茂の権博士に久継なる名を片端から調べてもらったのだ。権博士ならば、どのようなことがわかろうともけして口外しないと信じられるからな」

調べるも何も、賀茂の権博士はすでに一条から話を聞いているはずだ。まさかそれを帝にしゃべったのではないかと、夏樹は内心あわてふためいた。

自分は昨夜、このことは広めないで欲しいと一条に頼んだはず。権博士に知れたのはある程度仕方ないとして、帝に話を持っていく必然性はどこにもないはずだ。それとも、とても黙ってはおれないと権博士は判断したのだろうか……。

緊張する夏樹を帝はひたと見据えて、重々しく語ってきかせる。

「久継なる名で、外見的な年齢も一致する者が十一年前まで都にいたらしい。その者は当時官職に就いていたが、上官への不敬ゆえに罷免《ひめん》されている。その後、縁者を頼って筑紫国へ下り、大宰府《だざいふ》政庁に職を得ることができたとか。で、あったな、賀茂の権博士？」

「はい」

権博士はうやうやしく一礼した。

「そして、その藤原久継は頭の中将さまとかつて交流があったことも判明いたしました」

夏樹はとっさに顔を伏せて表情を隠した。やはりという思いと、どうしてそれを秘めておいてくれなかったのかという思いが交錯する。

だが、賀茂の権博士が調べなくても、いずれは明らかになったことだ。むしろ、そこに到達したのが彼でよかったのかもしれない。その証拠に、権博士はよけいな感情を交えず淡々と語り続けている。

「双方は家柄にかなりの開きがありましたが、邸が近かったために幼少時より交流があったようでございます。いわゆる、幼なじみというものかと」

若い時分の頭の中将はさしたる後見もなく、いろいろと苦労したらしいと、夏樹も話には聞いていた。その頃、久継と親しかったのなら、彼のあの明るさが頭の中将の支えになったことは想像に難くない。

家柄にどれだけ差があろうとも、きっとふたりは友人だったに違いない。あのふたりなら、それがあり得ると、夏樹は素直に信じられた。

「ただし、その久継が左大臣邸を襲った曲者かどうかは現時点では断言できません。今朝がた、式《しき》を放ち大宰府の政庁を秘かに探らせましたが、該当する人物は筑紫国を離れておらず、あちらでの公務を滞りなくこなしている様子。身代わりでも立てていないかぎり、かの者が都にて暗躍するは不可能かと」

都から大宰府までは陸路で約半月かかる。陰陽師の使役する式神《しきがみ》ならばその距離をものともしないだろうが、普通の人間では無理だ。

しかし、怪馬なら――？

夏樹はハッとしておのれの口を押さえた。心の中でつぶやいたつもりが実際に声に出ていたのだ。

せっかく権博士が久継を弁護してくれているのに、自分からそれをぶち壊してしまった。恐縮する夏樹に、権博士は軽くうなずいて言葉を続ける。

「確かに、天翔ける怪馬ならば式と同じく、深き谷も険しき山ものともしないでしょう。かといって、大宰府の藤原久継を怪馬の乗り手と決めつけ、即、拘束するわけにもいきますまい」

「もし同一人物なら、宴の席にいた頭の中将がまっさきに気づいたはずだが……」

と、帝が自分の顎をさわりながら指摘する。

「かつての友情を思うがゆえに、相手が誰か知ったうえで口をつぐんでいるのかもしれん。あのがんこ者は、そうなると梃子《てこ》でも動かんからな」

夏樹も同意を表して薄く苦笑する。結果は泣き笑いのような表情になってしまったが。いま頭の中将が物忌みしているのも、つまらない噂を気にしているからではないはず。あれは、彼なりに責任を感じての謹慎に違いない。

「だが、このままにするわけにもいかん。大宰府の久継と怪馬の乗り手が同一人物かどうか確かめ、間違いないとの判定が出れば拘束して詮議せねば。左大臣は政治《まつりごと》の要、あれに弓ひくは、わたしに弓ひくも同義であるからな」

確かにそうだ。どのような理由があろうとも、久継が罪を犯しているのは事実。夏樹とて、彼をこれ以上暴走させたくない。左大臣家のひとびとを苦しめたくもない。

「頭の中将さまを問い詰めても、あのかたは真実を語ってくださらないでしょう」

「手はある」

帝はいきなり腰に両手をあてて立ちあがった。視線の向きは斜め前方。両脚は肩幅と同じくらい開き、全身、変に力が入っている。

夏樹は何事が始まるのだろうかとはらはらしていたが、権博士はいたって冷静だ。帝の芝居がかった所作を楽しんでいるふしさえうかがえる。

「こうなれば、わたし直属の隠密《おんみつ》を放つしかあるまい」

初耳である。夏樹はあっけにとられたが、権博士は先刻承知していたかのように微笑みを崩さない。

「主上直属の隠密……でございますか？　そのようなものが真《まこと》に？」

ただの駄法螺《だぼら》ではないかと疑う夏樹に帝は、

「知られていないから隠密なのではないか」

と得意げに胸を張ってみせた。さらに、釈然としない夏樹の顔を指差して、

「と、いうわけで、新蔵人にはすぐに大宰府へ旅立ってもらいたい」

言葉の意味を理解するまで、しばしの時間を要した。

「……は？」

何かの間違いかと思って夏樹は権博士をちらりと振り返ったが、彼のおだやかな笑みに変化はない。

「あの、畏れながら、いま、なんと……？」

聞き間違いであることを願って、おそるおそる確認してみる。しかし、帝の答えは夏樹が期待しているようなものではなかった。

「そなたは宴に乱入してきた曲者の顔を見ているのであろう？　頭の中将に頼れぬいま、この役を務められるのはそなたしかおらぬではないか」

「お、お、お、主上《おかみ》！」

夏樹は勢いよく腰を上げたが、相手は帝、まさか摑《つか》みかかるわけにもいかず、中途半端な姿勢のまま固まる。

頭の中では「いつ自分が主上直属の隠密などになったのですか！」と文句がぐるぐる廻っている。面と向かってそう叫べない分、追い詰められた気分は増す。

これは罠《わな》だ。

帝は、賀茂の権博士は、こうしようと決めてから、こちらに要求をつきつけてきた。選択権など最初からない。

夏樹の身体はわなわなと震え出した。だが、帝が行けと言うのなら臣下としては行くしかない。それに――久継ともう一度逢いたいのも事実だった。

頭の中将や定信の中納言との間に何があったのか、久継本人にならら訊ける。いまからでも、こんなことはやめてほしいと説得できるものならしてみたい。あの優しさは嘘だったのかと、問い詰めてもみたい。

見方を変えれば、これは絶好の機会だった。蔵人としての公務を気にせずに都を離れて、堂々と久継に対面できる。他の者にはさせられない。自分がやるしかない。

「もちろん、新蔵人どののおひとりでとは申しませんよ」

と、権博士が慰めるように言う。

「陰陽生の一条を同行させましょう」

「一条を……？」

突然出てきた名前に驚いて、夏樹はせわしなく瞬きをした。

「ええ、それが彼のたっての希望でもありますから」

「彼のたっての……」

そう聞けて、嬉しかった。しかし、まだ本調子とは言い難い一条を、西国への長旅に同行させても大丈夫なのか。そんな不安も湧き起こったが、たったひとりで大宰府くんだりまで行くのもぞっとしない。

夏樹が返事をできずにいるのを承諾と受け取り、帝は上機嫌で何度もうなずく。

「わたしが直接命を下したと世間に知られれば、事は大きくなる。もちろん便宜は図るが、あくまで秘密裏にめだたぬよう動いてもらいたい。よって、そなた、もしくはそなたの手の者が万一の事態におちいっても、朝廷は一切関知しないからそのつもりで」

脅すような文言が最後についたが、帝の目はいたずらっぽく輝いている。権博士も優しく言い添える。

「成功を祈りますよ」

期待されている。応援されている。そう実感し、夏樹は涙が出そうだった。

第六章　何かが道を

京を離れ、遠《とお》の朝廷《みかど》と呼ばれる大宰府《だざいふ》へ行く——

去年、東国へ旅立ったときほど心細くはない。途中で通る周防国《すおうのくに》は父親の任国であり、夏樹自身そこで何年も暮らしてきた。少なくとも全部が知らない道ではないのだ。

それに、今回は最初から一条がいっしょだ。病みあがりでも、やはり彼は頼りになる。

御所を退出すると、さっそく乳母《めのと》の桂《かつら》に旅の用意をしてもらった。突然のことに当然驚かれたが、主上《おかみ》から直々《じきじき》に下された大事な用だからとひと言耳打ちするだけで、彼女の態度はがらりと変わった。

「夏樹さまも大変ですわね。去年は東国、今年は西国……。でも、これも主上のご用ならば仕方ありませんわ」

詳しい説明はなかったにもかかわらず、桂は納得するやてきぱきと動いてくれた。養い子がこういう突発的な任務を受けることに、彼女も慣れてきたようだ。

これなら、留守中も心配ない。年をとって多少目が悪くなったとはいえ、桂なら家の中のことはすべてうまくやってくれるだろう。

ホッとしたのもつかの間、外からがらがらと牛車《ぎっしゃ》の音が聞こえてきて、ちょうど邸《やしき》の前で停《と》まった。

「こんなときに来客か?」

そうでないといいなと願ったが、門のあく音、車宿《くるまやどり》に牛車が入る音が続けて聞こえてくる。門番が素直にあけたとなると、ふいのお客はあの傍若無人ないとこしかいまい。

夏樹はため息が出るのを抑えきれなかった。

「深雪《みゆき》か。まったく、先触れも出さないで……」

「どうなさいます? 旅立ちのこと、深雪さまにはなんと申しあげましょう?」

「どうするも何も……」

ちょうど仕度の最中で、部屋はひどく散らかっている。いまさら隠せない。

「ひと月も留守をなさるんですし、深雪さまに秘密にすることもできかねますわねえ」

それでも旅立ってしまえばなんとかなると思っていたのだが、間の悪いときに現れたものだ。夏樹の運が悪いのか、深雪の嗅覚が並みはずれて優れているのか。

「仕方がない。出たとこ勝負だ」

勝手知ったる親戚の家とばかりに、ずかずかとあがりこんできた深雪は、散らかった部屋を見廻《みまわ》して、さっそく問いかけてきた。

「あら、どうしたの、こんなに散らかして。どこかへ出かけるところ?」

「ああ、うん。まあ、なんて言うか……」

「わたくし、急ぎ片づけなくてはならない用がございますので、失礼いたしますわ。深雪さま、どうぞごゆっくりなさってくださいましね」

うっかりしたことをしゃべる前にと自戒してか、桂はあわただしく部屋を出ていく。残された夏樹は、ただひとりで深雪と向き合う羽目になった。こうなるともう、素直に打ち明けるしかあるまい。

「あのな、深雪」

「何よ。変な感じね、ふたりとも。おおかた、わたしに黙ってどこか物見遊山に行く計画でも立てていたんでしょ。こんな大変なときに悠長なことよねえ」

勝手にむくれつつ、深雪は脇息《きょうそく》と円座《わろうだ》を部屋の隅からひっぱってきて、自分のすわる場所を確保する。青紫の衣の裾をさっとさばいて座すさまはなかなかあでやかだが、その前に近くにあった荷物を足先で蹴り飛ばしているのが彼女らしい。

夏樹は腹をくくって、いとこの正面の床に直接、腰を下ろした。

「な、何よ。近いわよ」たじろぐ深雪に、

「いや、物見遊山どころじゃないんだ。これは絶対に秘密にしていてもらいたいから、あえて言うんだが」

真剣な表情の夏樹から、気詰まりそうに深雪は目をそらし、口を尖《とが》らせた。

「もったいぶるわね。まさか、去年みたいに、また主上からどこか遠くへ旅立つよう、極秘の命が下ったとか言うんじゃないでしょうね」

「そのまさかなんだ」

「えっ……？」

みつめ合ったふたりの間に、気まずい沈黙が生じる。深雪は再びゆっくりと目をそらし、扇でぱたぱたと自分の顔をあおぎ始めた。

「暑いわねえ……」

「うん……」

「いつまで、この暑さ、続くのかしらねえ……」

「さあ……」

どうでもいいような会話が途切れたあと、深雪はいきなり大きな音を響かせて扇を閉じ、それが合図であったかのように、いつもの歯切れよい口調へと転じた。

「で、どこ行くの？」

「それはちょっと……」

大宰府にいるという藤原久継《ふじわらのひさつぐ》が、怪馬の乗り手と決まったわけではない。仮にそうだとしても、どんな事情があるのかわからぬ現段階で、深雪にぺらぺらしゃべるわけにはいかない。そう感じ、決まり悪そうに口ごもるいとこの顔を、深雪はじっくりと検分する。その目はいつにも増して鋭い。

「この時期にそんな命令が下ったとなると……それはあの曲者《くせもの》がらみなんでしょ？」

　黙っていると肯定したと思われる。わかってはいたが、うまい嘘《うそ》が思いつかない。

「どうしてそこまでやらなくちゃならないのかしら。そりゃあ、今回のことには夏樹もまったくの無関係っていうわけじゃないわ。大堰《おおい》の別荘では矢を射かけられたりしてるしね。でも、主上は夏樹を便利に使いすぎていらっしゃるわよ。それだけ信頼されているんだって言えば聞こえはいいけど、労働にはそれなりの報酬があって然《しか》るべきよ。あそこであれだけの働きをした分、こういうふうにしていただけた、っていうのがいままであった？」

「ぼくはそういうのは別に……」

「そういうところがつけこまれる原因になるのよ！」

　深雪はいきなり声を荒らげ、夏樹をおびえさせた。

「深雪……」

「だから、おひと好《よ》しもいいかげんになさいって」

「つけこまれるだなんて、畏《おそ》れ多くも主上に逆らえるわけが……」

「主上だって、誰彼かまわず無理難題をふっかけておられるんじゃないはずよ。こいつは御しやすそうだと思われて、相手を選んでらっしゃるに決まってるじゃない。いいように使われて情けなくないの？　どこに行くのか知らないけどね、そんなにバカスカ貧乏くじを引きまくるお気楽者がどこにいるのよ」

「貧乏くじなんかじゃないよ！」

次第に大きくなる深雪の声に負けまいと、夏樹は力いっぱい怒鳴った。

「ぼくしかこの役はやれないんだ。他の誰かに任せるわけにはいかないし、任せたくもないんだよ。ぼくがこの役目を果たしたいんだよ！」

あまり慣れぬことはするものではない。怒鳴り終えたと同時に、夏樹は言いすぎたと早くも後悔していた。ばつが悪くて、思わぬ反撃に目を丸くしている深雪を直視できない。

「つまり、そういうわけだから……」

言葉が宙に浮く。干渉するなと続けたいのだが、そこまで言ってもいいものだろうかと悩んでしまう。

自分のこういうところが他人の目にはじれったいと映るのだろう。これで、知らぬ間に直属の隠密《おんみつ》に数えられていたと告げたなら、お気楽呼ばわりでは片づくまい。

困っているのは夏樹ばかりではなかった。深雪も、どう対応していいものか迷うように、打って変わってゆっくりとしゃべり出す。

「じゃあ、訊《き》くけれど、夏樹がそこまで今回のことにこだわるのは、やっぱり、一条どのが重傷を負われたせいなの？」

「それも……あるけど」

かなり大きな要因だが、そればかりではない。

「深雪、あのさ、東の市《いち》でぼくが牛にひき殺されそうになったのおぼえてるか？」

「何よ、突然」

「あのとき、暴走する牛を鎮めてくれたひとがいたよな。おぼえてる？」

これくらいは明かしてもいいだろうと判断して、夏樹は久継のことを深雪に思い出させようとする。

「ええ、あのときはわたしも気が動転していたし、ろくに相手の顔も見ていなかったけれど……でも、おぼえているわ」

「ぼくはあのあと、偶然彼に逢《あ》ったんだ。だから——宴《うたげ》に怪馬が飛びこんできたとき、すぐにわかった。この目を疑ったよ」

説明しようとすると痛みが新たによみがえってくる。裏切られたという痛みが。

「間違いなく、あのひとだった」

深雪の前で泣かぬよう、夏樹は目を何度もしばたかせた。まだあれから日が浅いから、こんなに過敏に反応してしまうんだと自分に言い訳をする。いずれ久継から明確な答えを得たら、この傷も癒えるはずだ、とも言い聞かせる。

「だから、どうして彼があんなことをしたのか知りたいんだ。やめさせられるのなら、そうしたいし。ぼくには彼が根っからの悪人だとは思えないんだ。ああいうことをしでかしたのも、何か深い事情があってのことだとね。今回の任務で、それを本人に問いただせる機会が得られるかもしれないんだ。だから……」

深雪は爪を噛《か》んで考えこんでいる。その子供っぽい仕草にふいに気づいたように、彼女はさっと手を後ろに隠した。

「わたし……」

珍しく思い詰めたような顔をして、夏樹を上目遣いに見る。

「わたしにも何か手助けできないかしら」

「まさか、いっしょに行きたいなんて言ってくれるなよ」

わざと茶化したが、彼女は笑いも怒りもしなかった。本気で言っているのだ。その気持ちは嬉《うれ》しいが、まさか遠い西国への長旅に宮中の女房を同行させるわけにはいかない。

「深雪には弘徽殿《こきでん》の女御《にょうご》さまを元気づけるっていう、大事な役目があるだろう？　あの事件で女御さまも苦しんでおられるはずだから、女房として支えになってさしあげなくっちゃ」

「わかってるわよ。でもね、夏樹は悪人だと思えないって言ったけど、わたしはあいつのやりかたが許せないのよ」

深雪は急に感情的になって、いままで秘めていたことを吐露し出した。その内容は夏樹にとって、にわかに信じ難いことだった。

「誰とは言えないけど、あいつは女御さま付きの女房に手を出してたのよ。わたし、ふたりがこっそり逢ってるのを見たんだから。そのときに、ああ、あれは市で夏樹を助けたひとだってわかったの。彼女と初めて逢ったのも市だったらしいわ。夏樹を助けたのは偶然だとしても、彼女との出逢いは偶然のはずがないと思うの。最初から近づく機会を狙ってて、甘い言葉でたぶらかして、女御さまのまわりの動きなんかをさりげなく聞き出していたのよ。かわいそうに、だまされたって知って彼女、すごく落ちこんで、食事もろくにとらずに局《つぼね》に籠もって、本当にお気の毒で――」

深雪の目が涙に潤んでいく。夏樹の感傷的な涙よりももっと激しい、怒りに根ざした、くやし涙だ。

その熱の入りように、久継と逢い引きしていたのは、実は深雪自身ではなかったのかと疑いたくなってくる。いや、疑うのなら、いま聞いた話を丸ごと疑いたい。あのひとがそんな、という言葉が何度も口をついて出そうになって、夏樹はぐっと唇を嚙んだ。

どんどん彼が――久継がわからなくなる。

一方で、深雪の彼に対する評価は、すでに揺るぎようがなかった。

「そういうやつなのよ。女心を踏みにじっても全然平気なのよ。だからね、どんな事情があろうと、今回だけは仏心を出すんじゃないわよ。必ずやつのしっぽをつかんできて。でなきゃ、わたし、おとなしく都で待ってたりなんかしないからね。夏樹がどこに行ったか必ず調べあげて追いかけていくから。何してるのよって、あんな男にだまされているんじゃないわよって、その頭を瓜《うり》みたいに叩《たた》き割ってあげるからね。わかってるでしょうね！」

「ああ。わかってる……、わかってるよ」

「本当よ。本当に……、わたしの代わりに、あの男を懲らしめてやってよね……」

「深雪……」

真っ赤な目で睨《にら》まれてうなずいたが、久継に対して冷静に対処できるかどうか心許《こころもと》なく、それを隠すのに夏樹は必死に努力しなければならなかった。

隣の一条邸でも旅立ちの準備は進められていた。こちらで働いているのはもっぱら馬《め》頭鬼《ずき》のあおえで、一条はどっかりとすわり、

「あれも用意してくれ。これも忘れるな」と指示を出すばかりだ。

「ったく、いつも突然なんですからねえ」

文句を垂れつつも、あおえは甲斐甲斐《かいがい》しく働いている。いまひとつ仕事は雑だが、便利なことには変わりない。一条も式神《しきがみ》を使うより楽なので、いまではもっぱらこの居候をこき使っている。

「でも、大宰府だなんて、そんな遠くまで行っても大丈夫なんですか？　一条さん、まだ本調子じゃないんだし」

「じゃあ、おまえ、隣の馬鹿をひとりで旅立たせられるか？　昨日のあれを見ただろう？」

「あの殴り合いですか？」

「そう。いまのあいつには、誰か手綱をひいてるやつがそばにいないと危なっかしくてしょうがないのさ。ひとりで旅になんか出してみろ、大宰府までちゃんとたどりつけるかどうかも怪しいぞ」

「やれやれ、ですね。まあ、手がかかる子ほどかわいいというか、なんというか」

ほぼできあがった荷をぽんぽんと軽く叩いて、あおえは苦笑いした。

「できましたよ。そちらは着替えないんですか？」

「これでいい」

一条は簡易な狩衣《かりぎぬ》姿で髪は垂らしたまま、烏帽子《えぼし》もつけていなかった。この時代の成人男子としては掟破《おきてやぶ》りの恰好《かっこう》だが、本人はまったく気にしていない。実際、彼の緑の黒髪は、結ったり烏帽子に押しこめたりするのがもったいないほど、つややかだった。

「ま、いいですけど。じゃあ、わたしのほうの準備しないとね……」

おもむろに立ちあがりかけたあおえの衿《えり》を、一条はぐいとつかんで引き寄せる。ご立派な体格の馬頭鬼が少年の細腕ひとつで簡単にくずおれるさまは奇妙だったが、その際にあおえが発した声は奇妙というより気色悪かった。

「あっ、いやぁぁっ。何をするんですか。やめてください、一条さん！」

「いま、なんと言った？」

「ですから、やめてくださいと……」

「その前だ」

一条の声はいつもより低い。爆発の予兆を示すように、こめかみがわずかに動いている。あおえもそれに気づいて、その図体《ずうたい》を小鳩《こばと》のように震わせた。

「ですから、わたしのほうの準備を……」

あおえが再度くり返した途端、一条があいていた左手で馬の頰に平手打ちをくらわした。それも往復。小気味よい音がして、馬づらが左右に揺れる。

「誰が連れていくと言った？　おまえは留守番に決まっているだろうが！」

「ひ、ひどい！」

あおえは一条の手から逃れて床に横ずわりになり、つぶらな瞳を潤ませて相手を見上げた。

「どうしてわたしを仲間はずれにするんですか。去年は三人で仲よく東国へ行ったじゃありませんか」

「『仲よく』は訂正しろ、『仲よく』は。あのときは、おまえが途中から勝手に参加してきて、結果、ああなっただけだ。なんだったら、山にそのまま置いてけぼりにしてもよかったんだぞ」

「またそんな意地悪ばっかりぃぃ」

水干《すいかん》の袖を噛んでむせび泣く馬頭鬼をほっておき、一条は荷物の中身を再確認してうなずく。

「あとは夏樹が来るのを待つばかりだな。言っておくがな、あおえ、あるじがいないからって羽目をはずしすぎるんじゃないぞ。いちおう、保憲《やすのり》さまにおまえのことは頼んであるから、何かあったらあちらへ……」

よく聞けば留守中の心配をしてくれているとわかる台詞《せりふ》だが、あおえは往生際悪く一条にすがりついてそれを中断させた。

「連れていってくださいよぉぉ。ひとりじゃ寂しいじゃないですかぁぁ」

「遊びじゃないんだ。連れていけるか」

「わたし、市女笠《いちめがさ》かぶります。道中、絶対脱ぎません。しなだってつくって、女になりきっちゃいます！」

「それが気色悪いんだ!!」

吼《ほ》えるだけでなく、手が出る足が出る。一条が暴れ、あおえが泣く愁嘆場に、外から遠慮がちに声がかけられた。

「おおい、いるか、一条。……って、いるんだよな？」

夏樹だ。中から聞こえてくる騒ぎのせいで上がりづらいのだろう、庭から声だけがする。

「用意ができたんで迎えに来たんだが……」

「いま行く！」

一条はとどめとばかりに馬頭鬼の尻を勢いよく蹴飛ばし、少ない荷物をかかえて簀子《すのこ》縁《えん》へと飛び出した。あおえは部屋の隅まで転がっていったが、それでもめげずにすぐさま一条のあとを追う。

庭に立っていたのは夏樹ばかりではなかった。なぜか、いとこの深雪を伴っている。

それを見るや、あおえは鬼の首でも獲《と》ったかのように声を大にした。

「ほら見てくださいよ。夏樹さんだって、深雪さんを連れていくみたいじゃないですか」

「あら、わたしはただの見送りよ。そりゃあ、ついていきたいのはやまやまだけどね」

機嫌が悪いのか、深雪はそっけない態度であおえの期待を打ち砕く。意気消沈する馬頭鬼を尻目に、彼女は簀子縁に立つ一条に近づいた。

「あなたがたがどこに行くのか、わたしは知らないわ。でも、目的はわかってる」

すうっと息を吸いこんで、彼女は力強く続けた。

「怪馬の乗り手をとっ捕まえて、あんなこと早くやめさせてちょうだい。夏樹は説得したいなんて甘ったるいことを言っているけれど、一条どのの判断で、生かすなり殺すなり決めてくれていいから」

宮中での猫かぶりした伊勢《いせ》の君《きみ》ではない。正真正銘、深雪の言葉だ。彼女の過激な物言いにも、一条は驚かない。それどころか、影響されたかのように彼も表向きの上品さを捨て、にやりと笑った。

「わかりました。こいつがなんと言おうと、やるべきことはやってやりますよ。怪馬の乗り手にはこっちも煮え湯を飲まされていますから、容赦はしないつもりです」

そのいかにも楽しそうな口調に、こいつ呼ばわりされた夏樹は困惑の表情を隠せないが、あえて文句ははさまなかった。深雪はいとことは逆に、ホッとした顔になる。

「頼もしいわ。怪我《けが》の癒えていない一条どののほうが大変だと思うけど、夏樹のこと、くれぐれもよろしく頼むわね」

「お任せください」

その隙に、あおえは庭に降りて夏樹の袖にとりすがっていた。

「夏樹さん、夏樹さぁぁん、わたしも連れていってくれるよう、一条さんに頼んでやってくださいよぉぉぉ」

一条のように邪険に蹴り飛ばしまではしないが、夏樹も迷惑そうな顔は隠せない。

「勘弁してくれ、あおえ。おまえのその顔は長旅向きじゃないんだ」

「そんな、いまでさえ、式神さん以外の話し相手といえば一条さんと夏樹さんだけ。そのおふたりが京を離れて、わたしだけとり残されるなんてぇぇ。東国でのあの楽しい旅を、思い出してみてくださいよぉぉ」

「どこが楽しかったたっけ……」

そんなつぶやきにも馬頭鬼は耳を貸さない。

「ときどきはわたしも遊びに来るわよ」と深雪が慰めても、

「保憲さまに頼んであると言ってるだろうが」

と一条が一喝しても、あおえは夏樹の袖をがっちりと握りしめて離さない。このひとならなんとかしてくれるとばかりに、ぐすぐすと鼻を鳴らしては、涙にまみれた馬づらを夏樹に近づける。

確かにその選択は正しかった。一条と夏樹と深雪がそろっていて、この中の誰かひとりを泣き落とさなくてはならないとしたら、夏樹以外にはいまい。しかし、普段は温和な彼もさすがにこらえきれなくなってきた。

「許せ、あおえ！」

ひと声叫ぶや、夏樹はあおえを両手で突き飛ばした。ほぼ同時に、一条が簀子縁の勾《こう》欄《らん》(手すり)をまたぎ越し、仰向《あおむ》けに倒れこんだあおえの腹をわざわざ踏んでから、夏樹の腕をとり走り出した。ふたりとも肩越しに、

「できるだけ早く帰ってくるから！」

「家から出るなよ、あおえ！」

と言葉を投げかけ、全速力で駆けていき、門前へ繋《つな》いだ馬へ飛び乗る。あとは一目散。まるで夜逃げだった。

半身を起こしたあおえは、震える片手をのばして彼らに呼ばわった。

「一条さぁん、夏樹さぁん、わたしを連れていってくださいよぉぉぉぉぉ」

いくら叫べど、夏樹も一条も振り返らない。西をめざして、ひたすら疾走していく。

「あわただしい……。ふたりとも元服すぎてるとは思えないわ。てんで子供よ」

あきれ返ってふたりを見送る深雪は、泣きくずれるあおえにも冷たい目を向けた。が、さすがに踏みつけたりはせず、代わりに広い肩を軽く叩く。彼女自身、置いていかれるくやしさを味わっているのだ。あまり身は入っていないが、いちおう慰め役にまわり、

「ほらほら、仮にも鬼が泣いてたりしたらおかしいでしょ？　そんなふうじゃ、いつま

でたっても冥府《めいふ》に戻れないわよ」

　冥府に戻れなくなるうんぬんは逆効果だった。あおえの大きな目から、また新たな涙が転がり落ちる。

「どうせ、どうせ、どうせ。冥府にも戻れず、一条さんたちからは置き去りにされて、孤独なわたしは、草むらに名も知れず咲く花のように空《むな》しく風に散るさだめなのですねえぇぇぇ」

「……誰が草むらの花だって？」

　深雪が言いたかったであろうはずの台詞が、低い男の声で聞こえてきた。「そうそう」と同意しかかった彼女も、ぎょっとして声のしたほうを振り返る。

　いつからそこにいたのだろう。お世辞にも世話が行き届いているとは言い難い庭の一角に、がっしりとした影が立っている。

　その影が一歩前に進み出ると、深雪は本能的に一歩あとずさった。輪郭だけでも、相手の耳が妙に高い位置にあり、そのすぐ脇に角《つの》がついているのがわかったからだ。まさに異形《いぎょう》。身体《からだ》はともかく、その頭部は人間のものではない。

「牛頭鬼《ごずき》……！」

　深雪が袖で口もとを押さえてつぶやくのといっしょに、あおえが相手の名を驚きとともに叫んだ。

「しろきっ！」

闇から現れいでたのは冥府の鬼、大堰で夏樹と格闘した牛頭鬼のしろきだった。首から上は牛そのもの、あおえに勝るとも劣らぬ立派な身体は、大陸風の装束《しょうぞく》に包まれている。

あおえの涙は一転して歓喜の涙に変わった。

「ああ、一条さんに見捨てられた途端に冥府からの迎えが来るなんて、なんて激動の人生、いえ、馬生なんでしょう。やっぱりわたしは小さな野の花ではなく、華やかに咲き誇る大輪、八重咲き、満開の花……」

興奮して饒舌《じょうぜつ》になるあおえに対して、お仲間であるはずのしろきの対応は、実にそっけなかった。

「少し落ち着け。誰が迎えに来たと言った？」

「え……？」

あおえの表情が凍りつき、動きが止まる。驚いたせいか、涙も止まった。

「違うの……？」

「迎えに来たわけじゃない。だが、喜べ。もしかしたら帰れるかもしれんぞ。閻羅王《えんらおう》さまにおれから口添えしてやってもいい。もちろん、それなりのことをしてもらわねばならんがな」

牛頭鬼は不敵な笑みを浮かべて餌をちらつかせた。踏んだり蹴ったりを経験したばかりのあおえが、その餌に飛びつかないはずがない。

「それなりのことって？」

「聞いているだろう、あの少年を甦《よみがえ》らせるために閻羅王さまが出した条件は」

「条件ですって？」

いきなり大声を出したのはあおえではなく深雪だった。その声で初めて存在に気づいたかのように、しろきが彼女のほうを見やる。

牛頭鬼に睨まれた深雪はすくみあがったが、逃げようとはしなかった。それどころか、背すじをぴんと反らして、冥府の鬼を相手に詰問を開始する。

「聞き捨てなりませんわね。ぜひとも聞かせていただきたいわ。一条どのを甦らせるために出された条件とはなんなのです？」

しろきは顔をしかめたが、同時に彼女の態度を面白がるように声を出して笑った。

「気丈な女人ですな。鬼がおそろしくないとでも？」

「もちろん、おそろしいですわよ。でも、冥府の鬼ならあおえどので見慣れておりますし、牛頭鬼も初めてではありませんわ。大堰の別荘に一条どのの迎えに来られたお若いかたを、ちらりと拝見いたしましたから」

「こんな情けない馬頭鬼や、仕事もろくにできない新米といっしょにされたくはありませぬな」

しろきの口調に凄《すご》みが増す。それでも、深雪はもうあとずさりしなかった。負けずに睨みを利かせ、あおえをはらはらさせる。

「誤解なさらないで。あなたをあなどっているわけではありませんわ。わたくしは、一条どのを甦らせるためにわざわざ冥府へ下っていった大江夏樹の縁者。ですから、先ほどの牛頭鬼どののお言葉がたいへん気になりますの」

「なるほど、あのような向こう見ずが身内にいると苦労されますな」

しろきは不機嫌そうな様子から一転して、また笑顔へと戻った。いかつすぎて、赤子なら見ただけで泣き出しそうな怖い笑みだったが。

「ならば特別にお教えしよう」

「しろき！」

深雪の強気な姿勢が気に入ったのか、牛頭鬼はあおえが止めようとするのも無視して、冥府でとり交わした約束の件を告白し始めた。深雪は「まあ」だの「あの馬鹿……」だのとつぶやきつつ聞き入っていたが、途中から頭痛をこらえるように額に手をあて沈黙してしまう。

「あの、深雪さん、わたしがこう言うのもなんなんですけど、夏樹さんもあのときは必死っていうか、思い詰めすぎて普通じゃなかったっていうか、いっちゃってたっていうか……」

「いいのよ」

話の終わりを見計らって弁護しようとしたあおえを、深雪はひと言で黙らせた。

「死者を甦らせるなんて簡単にいくはずないって思ってはいたのよね。そんな条件が出されていたのだったら理解できるわ。まったく、怪馬がらみの件も片づいていないのに、ややこしい別件までひき受けるなんて、夏樹も貧乏くじ引きまくり。本物の馬鹿。世渡りの下手《へた》さかげんには、他人事《ひとごと》ながらむちゃくちゃ腹がたつわ！」

「そこまで腐すこともあるまいに」と、しろきは楽しそうに言った。

「まるっきり別件というわけでもありませんぞ。われらが捜している術者と、その怪馬の乗り手とやらは同一人物かもしれぬと――彼らも思っている様子」

「そういう報告が、いちいち冥府のほうへ伝わっているのですか？」

深雪の問いにしろきは首を横に振った。

「いやいや。彼らが本当に約束を守るかどうか秘《ひそ》かに見ておりますゆえ、報告などなくとも自然に」

要するに、冥府側は夏樹たちを本気で信じてはおらず、ずっと監視していたということになる。さもありなん、と深雪は逆に納得していた。

「ふたつの問題が一挙に片づくのはよいことですが、どうも、あの少年は倒すべき相手に対して憎しみをいだききれずにいる様子……」

「その点はわたくしも案じておりますの」

しろきの言葉が終わらぬうちに、深雪は身を乗り出して同意を表明する。牛頭鬼への恐怖は完全に払拭されたようだ。

「しろきどのは、夏樹たちが旅立った先まで監視に行かれるおつもりなのでしょう？」

「そうしなくてはならんのですが、ひとの間に長く交じるのは不得手で。思わぬ失敗もありうるでしょうしなあ。そこで、あおえ」

急に矛先を向けられ、あおえは自分で自分の馬づらを指差した。

「わたし？」

「おお。おまえほど、ひとの世になじんだ鬼もいまい。ここでおれに協力しておけば、閻羅王さまにいつまでもあおえを追放しておくのはもったいないと進言してやってもいいぞ。どうだ、悪い話ではなかろう？」

「つまり、わたしに一条さんたちの監視役につけと？」

ふたりを追いかける大義名分ができた喜び。そして不安とが、大きく見開かれた青い瞳の中でせめぎ合っている。いまのところ、後者のほうが優勢だ。

「でも、そんなことしてもしばれたら、どんなむごい仕打ちに遭うか……。『留守の間、家から出るなと言っただろうが！』って一条さんに怒られるに決まってるぅぅ」

よほど一条の怖さが身にしみているのか、大きな両手で顔を覆って上半身を左右に振り、派手に悶《もだ》える。そんなふうに尻ごみするあおえの背を押したのは、しろきではなく深雪だった。

「行ってきなさいよ。わたしの市女笠を貸してあげるから。女装ももうかなり板についてきたんでしょ？　笠さえかぶれば、きっと誰にもわからないわよ」

あおえはたちまち身をよじるのをやめ、指の間からちらりと深雪を見上げた。

「……ほんとにそう思ってます？」

「だって、裏声の出しかたとかだいぶうまくなったって、いつだったか自分で言ってたじゃない。確かにあおえどのは女人にしては身の丈とか、肩幅とか、胸板の厚さとか、腕の太さとか、腿《もも》の張りとか、足の大きさとか、まあいろいろと難しい点はあるけれど、どれも演技で誤魔化せなくはないと思うの」

明らかに嘘。大嘘だ。

「要は心よ。女になりきる心。あなたにならできるわ」

「わたしにになら……できる……？」

だんだんその気になってくるのが、太い指の間から覗《のぞ》く目の表情で、深雪たちにも筒抜けだった。

(しろきの条件を呑《の》めば、この邸で長いことひとり疎外感を味わわなくてすむしぃ、闇羅王さまの印象もよくなるしぃ、追放の身が許される日もぐっと近くなるかもしれないなぁ。口うるさいしろきに、ここで恩を売っておくのも悪くないしぃ)

――ざっと、こんなことを考えているのが、手に取るように伝わってくる。

「ひとりで行けと言っているんじゃない。おれの補佐役だと思え。それとも、心の友からの頼みを断るか?」

「まあ、心の友? 牛頭鬼と馬頭鬼の友情って素敵だわ。そんな大事な友人からの願いを、とても無下にはできないわねえ」

ひとと鬼との隔てを超え、いつの間にか共同戦線を張って、しろきと深雪は揺さぶりをかける。本当はそんなことをしなくても、馬頭鬼の心はかなりぐらついていた。

「わたし……」

顔を覆っていた手をゆっくりと下ろし、あおえはしろきと深雪を交互にみつめる。その青い目にはきらきらと数多《あまた》の星が輝いていた。言いかけてためらい、目を伏せてはまた見上げ、ためらいをたっぷりと表してから、あおえは宣言した。

「やります!」

「そうと決まればすぐ用意だ。わたしにも顔を隠せるような恰好をさせてくれ」

礼の言葉ひとつなく、しろきが急《せ》かしたてる。すでに気持ちが天まで舞いあがっているあおえは、気にしていない。

「じゃあ、こっちへ。一条さんとこの塗籠《ぬりごめ》って、なんに使うんだかわからないものでいっぱいだから、しろきに合う服もきっとあるよぉぉぉ」

すでにいくつか候補が頭にあって、あおえは底意地悪く笑った。しろきは眉根を寄せ、

「女装だけは勘弁しろよ」とぶつぶつ言う。

急に積極的になった馬頭鬼と逆に不安そうになった牛頭鬼に、深雪は少し寂しげに微《ほほ》笑《え》んだ。

「うらやましいわ。できることなら代わってあげたいくらいよ」

宮中ではずっと猫をかぶって、たくさんの嘘を重ねてきた彼女ではあるが、こればかりは本心からの言葉だった。

あわただしく出発した一条と夏樹も、そのまま直接旅に出たわけではない。夏樹がぜひにと希望して、頭《とう》の中将のところへ立ち寄ることにしたのだ。

が、いま頭の中将は謹慎している身の上。ふいの訪問を厭《いや》がられるかもしれない。夏樹はそう懸念していたが、厭がるどころか、頭の中将は彼らを喜んで迎えてくれた。それどころか、待ち構えていたのだ。

「ついいましがた、賀茂《かも》の権博士《ごんのはかせ》どのがおみえになっていたのだよ」

御簾や屏風といった隔てをおかずに対面してくれた頭の中将は、開口一番にそう言った。

「主上が新蔵人《しんくろうど》を借り受けたがっておられるとうかがって、最初はなんのことかと思ったが……本当に大宰府へ行くつもりか？」

「はい」

迷いもなく即答した夏樹に、頭の中将は苦しげな顔を見せた。

「そなたがあんな遠い地へわざわざ行くことはないのだ」

押し出すようにつぶやいた声にも、表情にも、疲れが色濃くにじんでいる。あまり眠っていないのだろう、目の下にはくまもできている。たとえ定信《さだのぶ》との会話を盗み聞きしていなくとも、彼が深い苦悩をいだいていることは見ただけでわかっただろう。

「主上もどうかしておられる。いくら新蔵人が使いやすいからといって、こう何もかも押しつけるのはどうかと……」

「帝《みかど》直属の隠密だと仰《おお》せられましたよ」

夏樹は自分で言いながら、つい笑ってしまった。

「いつ自分がその役に任命されたのかは知りませんでしたが、考えてみますともうずっと前から、そういう任務ばかり命じられていた気がいたします」

忍び歩きのお供しかり、去年の東国行きしかり、今年の春の一件もそれに含めていいだろう。便利に使われていることはやはり否定できない。

「しかし、今回のことは……」と、頭の中将は苦々しげにつぶやいた。

「権博士どのにも、そんなことを新蔵人にさせてはなりませぬと、急ぎ主上に伝えてくださるようお願いしたのだよ。ほとんどそれと入れ違いに、そなたたちがこちらに来てくれるとは思わなかったが、ちょうどよかった。わたしからも口添えをするから、この旅立ちはしばし待ってほしい」

「お心遣い、ありがとうございます。けれど、これはわたし自身の望みでもありますから」

「自身の望み？」

「ええ。頭の中将さまが気に病まれることなどありません。わたし自身が怪馬の乗り手にいま一度逢って、話をしたいのです」

いっそ明かさずに旅立つべきかと、いまのいままで迷っていたことを、夏樹はあえて口にした。そうしたほうが、頭の中将の苦しみを少しでもやわらげられると思ったのだ。

「話をしたい？　それはどういう」

不審そうに聞き返す頭の中将に、夏樹は微笑みすら浮かべてうなずいた。その笑みは、相手の気持ちを少しでも軽くさせたいという配慮でもあった。

「ええ。真の目的を訊き出したいのはもちろんですが、宴以前にわたしと逢っていたとき、いったいどういうつもりだったのかをぜひ知りたくて」

とるに足らない相手と気にしてもいなかったと言われかねないが——と、心の中で添える。自虐的になっている夏樹を、斜め後ろに控えている一条はどう見ているのか。頭の中将の手前ということもあってか、一条はずっと黙っていた。夏樹の位置からは彼の様子をうかがいしることはできないが、氷のような無表情を決めこんでいるのは想像に難くなかった。

頭の中将のほうはそうもいかない。脇息に置かれていた手に力が入り、指先が白く変わる。立ちあがろうと腰を浮かしかけ、彼はまたすわり直した。

「知っているのか？　……久継を」

その名を口にのぼらせたとき、頭の中将は痛みをこらえるような表情を一瞬、浮かべた。彼にとってつらい記憶を喚起させる力が、久継の名にはあるようだった。

「はい。偶然なのですが、いとこと東の市に行った際に危ないところを助けてもらって。その後も、鳥辺野《とりべの》に死んだ家人《けにん》を野辺送りしたときに逢いました。あんな場所で、あのひとは笛を吹いていたんです——」

もの哀《がな》しくも美しい調べが耳の底によみがえる。幻の笛の音《ね》を聞いていると、あんな音色を生み出せる者が、他人を苦しめるようなことをするはずがないと信じたがっている自分に気づく。怪馬を駆る姿をこの目で見、彼の笑い声をこの耳で聞いたというのに。

「美しい音色でした」

夏樹がしみじみつぶやくと、頭の中将もまた、記憶の中の音に耳を傾けるような遠い目をした。

長い沈黙の果て、ため息とともに彼はつぶやく。

「ああ……そうだな」

その唇にはうっすらと笑みがのぼってきていた。

「彼は幼いときから笛が巧みでね。笛の善《よ》し悪《あ》しにかかわらず、素晴らしい音色を自在に奏でていたよ……」

夢を見ているような口調だった。実際、頭の中将は過去という名の夢をいま見ているのだ。その中でかつての友は鎮魂の曲だけでなく、楽しい曲、華やいだ曲、恋の曲も奏でているに違いない。

「あれはもう天賦《てんぷ》の才だな。通常の五音のみならず八音まで奏するのだから、誰も彼にかないはしない。おかげでわたしなど、最初から歌舞音曲《かぶおんぎょく》をやる気が起きなくてね。それでも、子供のときは必死で真似《まね》しようとしたのだが、どうしても駄目だったよ」

夏樹は頭の中将の夢を壊さぬよう、静かに話しかけた。

「やはり、昔から久継どのをご存じだったのですね」

「ご存じも何も、子供のときからずっといっしょだったよ。互いの住まいが近かったし、年も同じだったからな。わたしの母は気位が高すぎて、家柄の劣る彼とわたしが親しくするのが癇《かん》に障るようだったが、そんなこと、本人同士には本当にどうでもいいことだった……」

次々に思い出がよみがえってくるのだろう、頭の中将は半分まぶたを閉じて語り続ける。

「音楽だけではない。久継は学問にも武芸にも並々ならぬ才能があった。仏道にも天文道にも、それこそなんにでも興味を持って、熱心に勉強していたよ。情も厚く、不思議にひとを惹《ひ》きつける魅力があった。身分さえもう少し高ければ、あの才能を充分に活《い》かすことができたんだ……。若いときはまだそんな現実を知らなくて、いろんな夢を語り合ったな。無理もずいぶんとやったよ。早駆けをしていてふたりいっしょに落馬し、仲良く足の骨を折ったり。夜歩きの最中に盗賊と間違えられて検非違使《けびいし》に追われたり。意中の姫君の邸前でばったり鉢合わせしたり……」

微《かす》かに浮かんだ笑みを消して、頭の中将は再び苦しみを表情ににじませた。

「確かにわたしの知っている久継は、権威だの身分の違いだのを嫌っていたよ。そういったものにはけして縛られず、いつも本質を見ようとしていた。だからといって、あんな——左大臣家のかたがたを残酷になぶるような真似は、きっとしない。姿も十一年前とはだいぶ変わっていたし……。だが、目的がわたしを苦しめることにあるのなら、わからないでもない」

話の流れが微妙な方向へ行く。このまま聞いていてもいいのだろうかと夏樹はふと不安になった。

その気持ちを目で訴えるが、頭の中将は気づかないふりをする。夏樹が久継とすでに面識があると知って、もう隠すことはないと判断したのだろうか。ついに問題の核心を明かす。

「彼はわたしを恨んでいる。わたしが彼の愛する姫君を奪ってしまったから」

「まさか、奥方さまのことですか？」

夏樹は驚きの声をあげた。だが、本当はそれほどの衝撃を受けてもいなかった。深雪から、美都子《みつこ》に関しての不審な点をいくつか聞かされていたからだ。しかし、それを頭の中将に悟らせるわけにはいかない。

「されど、頭の中将さまと北の方《きたのかた》さまは相思相愛で、比翼《ひよく》の鳥とも連理《れんり》の枝とも……」

翼の繋がった二羽の鳥、枝の繋がった二本の木を表す比翼連理という言葉は、夫婦仲のよい譬《たと》えとして用いられる。頭の中将夫妻はまさにそれだと、世間でも言われている。

複数の妻を持つのは貴族の男として当たり前の時代。しかも美都子との間にはいまだ子がいない。なのに、頭の中将は側室を一切おかず、彼女のみを愛し続けている。

百歩譲って、美都子の気持ちが本当は久継にあったとしても、それは結婚前の話だ。

大事なのはいまではあるまいか。

「それに……」

それに、久継が何年も前に決着のついた恋のために、ここまで派手なことをしでかすとは、どうしても思えない。本当にそれだけなのだろうか、頭の中将は何かを隠してはいまいかと、つい勘ぐってしまう。

信頼している上司を疑うのはつらかった。何があろうと驚かないから、すべてを話してほしいのに、頭の中将は頑《かたく》なに自分が悪いのだと言い続ける。

「正々堂々と闘ったのならともかく、久継が都を離れていた隙に、わたしは心弱った美都子につけいったのだよ。本当は彼女も、久継こそを愛していたのにね」

「ですが、それは」

夏樹が反論しようとするのを許さず、頭の中将は淡々と言葉を続ける。

「久継はそのことを恨んでいるのだ。責めはすべてわたしにある。新蔵人が西国まで行く必要はない。本来なら、このわたしが……」

夏樹は無理やり上司の言葉に割って入った。

「いいえ、畏れ多くも主上から直々に命を下されましたし、お断りするつもりも毛頭ございません。それに、頭の中将さまが都を離れられたら、宮中のあちこちで公務が滞ってしまいます。現に、ここ数日お見えにならないだけで、蔵人所《くろうどどころ》は大変なことになっています。みながみな、頭の中将さまの復帰を心待ちにしているのです。それはもう、心の底から」

「いつまでもふさぎこんではいられないということか……」

ふと頭の中将の表情がゆるんだ。話が妻のことからそれて、少しホッとしたようにも見えた。

「こうして閉じこもっていても、考えが空廻りするだけだとわかっているよ。だが、ついつい考えてしまうのだ。権博士どのが調べたところによると、久継は大宰府を離れていないという。では、あれは真実の久継ではなく、狐狸《こり》の類いにたばかられていたのか、とね」

もしそうなら、夏樹もどれほど楽になることか。可能性はないに等しいが、頭の中将も夏樹も、久継を完全な悪人にはしたくなかったのだ。

「ご安心ください。わたしが大宰府へ行けば、頭の中将さまの知っていらした久継どのと怪馬に乗っていた久継どのが同一人物か否か、じかに確認することができますから」

「それでもし、同じ人物だとしたら？」

「あんなことはやめてほしいと説得します」

背後で一条が、聞こえるか聞こえないかの舌打ちをしたような気がした。

彼は最初から久継個人に対してなんの思い入れもなく、一方、怪馬には誇りを傷つけられた恨みがある。そして、冥府との約束もある。説得など甘いことは考えずに、大宰府に到着し次第、怪馬を倒し、久継を冥府に引き渡したいと考えているはずだ。

もちろん、いくら相手が一条でも、いきなりそんなことはさせない。武力行使に出るのはその他すべての努力をし尽くしてからだ。

頭の中将は夏樹のそんな決意を――若さを――うらやむように目を細めた。

「もしも、大宰府の久継がまぎれもなく悪意を持っていて、説得に応じず、そなたたちに刃《やいば》を向けるようなことになったら……けして気を抜かないほうがいい。先も言ったが、彼の得意は笛だけでなく、武芸にも長《た》けているのだから」

いままで黙っていた一条が、そこでいきなり口を開いた。

「失礼ながら、お聞かせください。久継どのの弓矢の腕前はいかばかりでしたか？」

「ああ、武芸の中でも弓がいちばん達者だった。そうだ――二本の矢をつがえて同時に放ち、ふたつの異なる的に命中させたことがあったな。本人はこんなことはめったにないと謙遜していたが、わたしはそういった場面を少なくとも二度見ている。天は二物を与えずというが、例外もあるのだと二度ともしみじみ感じ入ったのをおぼえているからね。間違いはないよ」

頭の中将の答え、特に二本の矢の話は夏樹の中に大きな波紋をもたらした。動揺を悟られたくなくて早々に邸を出たが、外の風にあたっても気持ちはまったく晴れない。馬の背に揺られて西へ向かいながら、ずっと同じことを考え続けている。

（二本の矢を同時に放ち、それぞれ異なる的に当てる……）

大堰の別荘で背後から飛んできた二本の矢のことが、否が応でも思い出された。自分は寸前でよけ、腕に傷を受けたにとどまったが、一条はあれのせいで命を落としたのだ。

あのとき、別荘に現れ、警固の武士たちを嘲笑《あざわら》っていたのは怪馬と長髪の男。久継はいなかった。が、彼が怪馬の乗り手なら、仲間の手際をどこからか見物していてもおかしくはない。

（そして、逃げる曲者を追いかけようとしたぼくらに、そうはさせじと矢を射かけたと――？）

あのときの射手には明瞭な殺意があった。夏樹が寸前でよけたのは、本能でそれを感じたからだ。

急に腕の痛みがぶり返してくる。いや、傷はもうかなり癒えているはず。本当に痛いのは別のところなのだ。

（珍皇寺《ちんこうじ》に行く途中で、久継どのには二本の矢の話もしたはずだ）

そのときの彼の反応を、なんとか正確に思い出そうと努力する。ほんの少しでも罪の意識がみつかれば、それで救われる気がしたのだ。

だが、彼にそれらしい変化はなかった。

(でも、いろいろと手伝ってくれた。あれは罪滅ぼしの意味もあったのかも……)

「おい、夏樹」

一条が馬を並べ、わざわざ顔を覗きこんで声をかけてきた。

「えっ？」

「さっきから呼んでるんだが」

「ああ、そうだったのか？」

思案の迷路から抜けだし、我に返って周囲を見廻す。とうに洛外《らくがい》に出て、ふたりは山里の寂しい道を進んでいた。

夜もふけてきたので、自分たち以外に行き交う者はいない。小さな畑の合間に粗末な家が点在しているが、明かりがともっているところはほとんどない。みんな、昼間の労働で疲れ果て、早々に寝入ったのだ。

行く手に横たわる小高い山は、空に星が輝いている分、真っ黒に塗り潰された塊としか見えず、そちらに向かって歩を進めているだけで、わけもなく不安に駆られてしまう。

夏樹の不安を見透かしたように、一条が言った。

「都からはもうとっくに離れたぞ。これから山陽道《さんようどう》を西に向かうんだろ？」

「ああ……そういうことだな」

「しっかりしろよ。西国なら、おまえのほうが知ってるはずだぞ。前に周防国で暮らしていたんだし」

一条の言う通り、周防国から出てきてまだ一年半しか経っていない。が、あのときは行程のほとんどを船で移動していたのだ。

海路を選んだのは、乳母の桂など、女人や年寄りが一行の中にいたためだった。船なら乗ってしまえば済む分、徒歩《かち》や馬よりかなり楽だ。しかし、風待ち、潮待ちをせねばならず、時間はかなりかかる。

今回はそんな悠長なことはしていられない。いまこうしている間にも、怪馬が左大臣邸を襲っている可能性すらあるのだから。

賀茂の権博士が都の守りについているとはいえ、できることなら昼も夜も走り詰めて一刻も早く大宰府へ入り、任務を片づけなくてはならない。こんなふうにぼうっとしている暇などないのだ。

そう自分に言い聞かせ、夏樹は馬上でしゃんと背すじをのばした。

「悪かった。ちょっと、いろいろ考えていたものだから」

「さっき聞いた話が気になるんだろ？」

もちろん、そうだ。夏樹がいまいちばん気にしているのは、あの矢を射たのが久継かどうかという点だった。だが、一条が口にしたのはそれではなかった。

「頭の中将が久継の恋人に横恋慕して、奪ったって話……、ひっかかるよな」

「えっ、そっち？」

「ああ。事実はそうかもしれないけれど、あそこの奥方は左大臣の娘だろ？　下級貴族程度に手が出せる相手じゃない。いくら正室の子じゃなくったってな。女御は無理でも尚侍《ないしのかみ》として入内《じゅだい》して、帝の寵愛《ちょうあい》を受け、皇子皇女《みこひめみこ》をもうけることだってできたはずだ」

夏樹はあっと声をあげた。どうしてそんな単純なことに、いままで気がつかなかったのか。

「そうだ……頭の中将さまだって、美都子さまとのご結婚はかなり難しかったはずだ。そのころはまだ地位も低くて、周囲からはずいぶん反対されたっていうから」

いつだったか、深雪から聞かされたことがある。頭の中将は早くに父親を亡くし、さしたる後見人もなく、かなりの苦労をしていまの地位を築いていったと。

幸い、左大臣は頭の中将の資質を見抜くだけの目を持っていた。いまはまだ身分が低くともいずれはと思い、ふたりの結婚を承諾したという。

「名門出身の中将でさえ、そんなふうに苦労したんだ。それより明らかに家格の落ちる久継じゃ、最初から無理だ。まして、あそこの夫婦はいまだに相思相愛だっていうじゃないか。いない間に横取りしたっていうのは、この場合あたらないんじゃないか？」

「でも……頭の中将さまは本気で後ろめたさを感じておられるご様子だったし……」

「まだ何か、後ろめたいことがあるのかもしれない。それこそ、言うのがはばかられるような。そっちからおれたちの目をそらさせるために、恋人を奪った件は素直に白状したとは思わないか？」

そんなことは聞きたくない。これ以上、尊敬する上司を疑いたくない。

夏樹はとげのある言葉を吐く一条を、横目できつく睨んだ。

「頭の中将さまはぼくの上司だぞ。白状だなんて、そういう罰当たりな言いかたをすると……」

「ああ、悪かった」

一条があっさりと謝ったので、夏樹も文句を言えなくなった。それでよかったのだ。何も旅の始まりから言い争いをすることはない。

（それに、こうやって元気そうにふるまっているけど、こいつもまだ本調子じゃないんだし、長旅がきつくないはずがないんだから、気をつけてやらないと）

夏樹はそんなことを考えながら、一条の横顔を秘かにうかがう。

ほのかな星明かりを受けて、なおさら青白く見える頬。唇も、以前の自然な朱が少しばかり褪《あ》せた印象がある。それでも、息を呑むほどきれいな点には変わりはない。

琥珀《こはく》色の目がまた唐突にこちらに向けられた。

「なんだ？」

気遣われていると知ったら、この陰陽生《おんみょうしょう》はふてくされかねない。夏樹は「いや、なんでもない」と首を横に振った。

「今夜の宿に急ごうか」

馬の速度を心持ち速めると、一条もぴたりとそれについてきた。

『早駆けをしていてふたりいっしょに落馬し、仲良く足の骨を折ったり――』

頭の中将のそんな言葉がふと思い出された。若い頃の上司と久継はいまの自分たちに似ていただろうかと、馬を走らせながら夏樹はとりとめもなく考えていた。


小高い山の中腹には、少し開けた場所があった。そこに腕組みして立ち、西へ向かう少年たちを見下ろしている者がいる。

久継だ。

宴に乱入してきたときと同じ、白の単《ひとえ》に白の指貫袴《さしぬきばかま》。口もとは楽しそうな笑みで飾られている。

彼は巨大な馬にもたれかかり、そのたてがみに指をからませていた。馬の身体はどこまでも白く、脇腹にだけ赤い斑点《はんてん》が散らばっている。言わずと知れた、左大臣邸を襲った怪馬である。

「聞いたか？　山陽道を西へ向かうそうだぞ」

まるで返事をするように怪馬が鼻を鳴らす。さらに実際、返事をした者がいた。

「そのようですね。大宰府へ向かうつもりでしょうか？」

そう言ったのは、地に片膝をついて畏《かしこ》まっている男だ。その長い髪は風に乱れ、こけた頰にまとわりついている。彼は——黄泉比良坂《よもつひらさか》で夏樹が倒したはずの男だった。

久継は振り返って「良光《よしみつ》」と彼を呼んだ。

「あのふたり、なかなか微笑ましいと思わないか？」

「ええ」

「蔵人の坊主もかわいいが、陰陽師《おんみょうじ》のたまごもいじらしい。ほら、あれほど邪気を引き寄せて、わかっていながら平気なふりをしている」

久継が顎《あご》で差したのは、一条の後方少し離れたあたり。普通の者にはわからないだろうが、山の上からうかがっている彼らの目にははっきりと見えていた。一条につきまとう異類異形の妖《あや》しい群れが。

それは陰陽寮の一室の片隅にわだかまっていた気配と同質のものだった。賀茂の権博士に祓《はら》われたはずなのに、いつの間にかまた湧いて出てきたのだ。

ひとともつかぬ小さなモノどもは笑いさざめき、踊るような軽い足どりで少年たちのあとをついていく。けして急いでいるふうではないのに、馬で行く彼らとの距離がいま以上に開くことはない。

「たいしたことはないとほっておいているのかな。それだけ自信があるということか。だが、ああいう小さな邪気も、場合によっては思わぬ妨げになるものよ。それを教えてやるのも、年長者の務めだろうな」

一条が聞いたら「よけいなお世話だ！」と激怒しそうな台詞をつぶやき、久継は怪馬の太い首を軽く叩いた。

「焔王《えんおう》、何かいい案はないか？」

怪馬はその言葉を理解したかのように、近くの栗《くり》の木の根もとへ走った。その蹄《ひづめ》で固い土を掘り返す。すると、うがたれた穴から突然、黒い霧のようなものがたちのぼった。

霧は大気に散ってしまわず、栗の木の枝にからみついた。長い眠りから目醒《めざ》めたばかりで寝ぼけているかのようにゆったりとうねり、不定形にのびたり縮んだりをくり返す。

「なるほど。手頃なやつをみつけたな」

久継は戻ってきた怪馬をねぎらい、黒い霧に語りかけた。

「わかるか？　あそこにお仲間が大勢いるのが」

指差したのは、夏樹たちのあとをついていく見えない異形の群れ。

「おまえも加わるがいい」

久継が言うが早いか、霧は枝から離れていった。すうっと空《くう》をすべって山を下り、群れの最後尾におさまる。異形たちはなんの混乱もなく新入りを受け容《い》れ、踊り続けている。霧は大きく広がり、拡散して色もほとんど判別できなくなったが、消えたわけではない。依然として、そこにある。一条たちの後ろに。

「どうなるか興味はあるが、寄り道はこれくらいにしておくか」

「はっ」

立ちあがった良光の動きは、どことなくぎくしゃくしていた。左手は特に、指もうまく開かない様子だ。

久継はそれを見て笑みを消し、小さくつぶやいた。

「だんだん保《も》ちが悪くなるな……」

手をさしのべ、良光の左手を取る。枯れ枝のように細い指に顔を寄せ、じっくりと検分してから、久継は眉をひそめた。

「そろそろ、限界が来ているのかもしれん」

限界と言われても、良光は動じない。

「仕方がありません。ですが、身体がまだ少しでも動かせるうちは、この良光、久継さまの赴かれるところ、どこへでもお供いたします」

「どこへでもか？　本当に？」

「とうの昔にそう決めております」

久継は良光の痩せ細った手を離すと、晴れ晴れとした笑顔に変わった。

「では行こうか」

「今宵《こよい》はどちらへ」

「中納言の邸へ」

たてがみをつかんで、久継は怪馬の背に素早くまたがる。脇腹を軽く蹴って合図をすると、怪馬は目前の崖に向かってまっすぐに駆け出した。

普通なら崖から転落してしまうはずだ。しかし、寸前で怪馬は宙へ駆けあがった。翼もなければ、風に乗れるほど軽いわけでもない。なのに、その身体は星いっぱいの夜空へと昇っていく。

怪馬の脇にぴったりとついてくるのは良光。彼もまた翼もないのに、地を走るがごとく空を行く。いや、地にあるよりも空にあるほうが動きもなめらかだ。

彼らがめざすは左大臣の長男、定信の中納言の邸。西へ向かう夏樹たちとは完全に逆の方角だった。

中納言の邸では今宵もありったけの篝火《かがりび》が焚《た》かれ、昼かと間違えるほどの明るさが保たれていた。

ひとも多い。いかにも腕に自信のありそうな武士が、大勢集められているためだ。

しかし、そのほとんどが役目を真面目《まじめ》に果たしているとは言い難かった。彼らの間では大っぴらに酒盃《しゅはい》がまわっていたのだ。

「なんの、もしも空飛ぶ馬とやらがこの邸に現れたならばな、わしがこの強弓《ごうきゅう》で必ずや射落としてくれよう。飛ぶのであれば、馬だろうが雀《すずめ》だろうが同じことよ」

豪快に笑いながら、自慢の大弓をこれ見よがしにひけらかす者もいる。つまみを運んできた女房にちょっかいを出し、厭がられている者までいる。

どっと起こる笑い声。まるで宴会場だ。

左大臣邸の警固とは違って、彼らはまだ誰も怪馬のおそろしさを直接知らない。この邸へ例の曲者が入ったことは一度もないのだ。

それでも最初こそは緊張がみなぎっていたが、宴から何事もなく数日が経《た》った。そろそろ気のゆるみが出始めた頃である。

賀茂の権博士は部屋の外から聞こえてくる武士たちの笑い声に、やれやれと嘆息した。

「あれでは、あまりあてにできないな……」

とはいえ、自分自身がいま行っている魔よけの祈禱《きとう》もあてにはできない。こんなもので抑えられるほど相手は甘くないと、彼はすでに身をもって知っている。

それでも、気休めは必要だ。左大臣の正室から「息子が心配ですので、今夜からはあちらのほうでも祈禱をしてくださいませんでしょうか」と頼まれた以上、やらずばなるまい。

本当は頭の中将から「主上に急ぎお伝えください」と頼まれていることもあるのだが、その件は明日以降にまわすことにして御所には戻らず、こうして中納言の邸へと来ていた。

どうせ、権博士が進言したところで帝は聞く耳を持たない。一条たちも先を急いで、すでに旅立ったはず。いまさら、止めようとしても止められるものでもない。

それよりも、彼らには一刻も早く用を済ませて帰ってきてもらいたかった。いくら陰陽寮にこのひとありと謳《うた》われる賀茂の権博士でも、こうも連日連夜働きづめだとそのうちばったり倒れてしまいそうだ。

（せめてそうならないよう力の温存を……）

そう言い訳して、権博士は立派な祭壇の前で祭文《さいもん》を唱えるふりをしながら眠るという、器用な技を行っていた。

一方、この邸のあるじ、中納言定信も武士たち同様、酒に溺れていた。

ただし彼の場合、酔ったふりをしているだけだ。こみあげてくる恐怖心をまぎらわすために酒をあおっているにすぎず、味も何もわかってはいない。

頭の中将をのぞけば、この定信こそ宴の席で曲者にもっとも接近した人物と言えるだろう。しかも、太刀《たち》を突きつけられ、あわや命を奪われかけた。外から聞こえるようなあんな陽気な笑い声をたてることは、当分できそうにない。

自分にできないからといって、騒いでいる武士たちを咎《とが》める気はなかった。それどころか、彼らが飲んでいる酒は、定信がふるまったものだ。しんと静まり返っているよりは、大勢のにぎやかな声が聞こえるほうが遥《はる》かにましだと思ったのである。

今宵はあの賀茂の権博士も祈禱に来ている。できうるかぎりの防御はすべて施した。それに、いまだこの邸に怪しい馬が現れたことはない。大丈夫。きっとまた、無事に夜明けを迎えられるはず――

定信はそう自分に言い聞かせ、新たな酒を持ってくるよう、周囲の女房に命じた。

「酒を切らさぬよう、蔵にあるものすべて運ぶのだ。武士たちにもあるだけ飲ませてしまえ」

「ですが、中納言さま」

左頰にほくろのある女房が心配そうに忠告する。

「足腰が立たぬほど酔わせてしまわれては、警固の役にたたぬかと存じますが……」

「構わん」

構わぬはずがないとわかりきっているのに、あえて定信は逆らい、盃《さかずき》に残った中身を一気に飲み干す。

「早く酒を持ってまいれ！」

忠告した女房がしぶしぶ立ちあがったそのとき、頭上からどんと大きな音が響いた。定信と彼のまわりにいた女房たち全員が、驚いて頭上を見上げる。と同時に、部屋にあるすべての燈台《とうだい》の火が一斉に消えた。

複数の悲鳴があがり、たちまち暗黒が周囲を呑みこむ。外からの光もない。庭の篝火、軒下の釣燈籠《つりどうろう》の火すらもいっしょに消えたのだ。こんなことが偶然で起こるはずがない。外では、一気に酔いの醒めた武士たちが騒いでいる。さっきとはまるで雰囲気が違う。

「何事だ！」

「誰か、急いで火をつけろ！」

「松明《たいまつ》を持ってこい！」

部屋の中では女房たちがおびえて固まっている。定信も手に盃を持ったまま、動けない。

頭上ではまた正体不明の音が響いた。それも続けて。何者かが檜皮葺《ひわだぶ》きの屋根の上をずかずかと歩き廻っているかのようだ。

すべての明かりが消えたことと、この物音とは無関係ではあるまい。もしや、とうとうあれが――

邸にいた者全員がそう考え、じわじわと恐怖を募らせる。そこへ決定的なことが起きた。

屋根の上で、馬がひと声高くいなないたのだ。

女房たちはわっと泣き伏し、武士たちはあわてて酒盃を捨てて武具を取る。が、この暗闇では動き廻るのも大変らしく、あちこちで仲間同士がぶつかり合っては罵声《ばせい》をあげる。

「曲者はどこだ！」

口々にそう怒鳴ってはいるが、右往左往するばかり。こらえきれずに定信は金切り声で叫んだ。

「屋根だ、寝殿《しんでん》の屋根の上だ。早く曲者を捕らえろ！　殺しても構わん!!」

本当は「殺してしまえ」と叫びたかった。子供のように泣き出してしまいたかった。そうしなかったのは、温厚な貴公子との評判に傷をつけたくなかったがためだ。

今度は屋根の上ではなく、北側の簀子縁から妙な音が聞こえてきた。蹄の音だった。馬が簀子縁を駆けてくる。

「屋根ではない、北側の簀子縁だ！」

定信が叫んだ途端、蹄の音はぴたりとやんだ。邸の北側へまわった武士たちが、

「こちらには何もありません」

とあせった声を返す。すると今度は西の対《たい》のほうから蹄の音が聞こえてきた。武士たちはすぐさまそちらへ駆けていったが、またもや何も見出《みいだ》せない。

不思議な馬は姿をけして見せないくせに、いたるところでいななき、蹄の音を響かせた。警固の者を翻弄し、その非力さを嘲笑っているようだ。

定信は蒼白《そうはく》になって震えていた。

力自慢の武士をかき集めたはずなのに、彼らがまったく役に立たないことがこうして証明されていく。いままでこの邸に怪馬が現れたことはないと自分を安心させていたのに、それも完全に覆された。押し寄せる恐怖で、定信が必死に守っていた上流貴族としての矜持《きょうじ》はもはや崩壊寸前だ。

こうなると頼みの綱は陰陽師しかいない。幸い、今夜は本朝一の術者が来ている。

「権博士は、賀茂の権博士はどうしている」

定信が怒鳴ると、それに応じるかのように賀茂の権博士が駆けこんできた。

「ここに。中納言さまはご無事ですか」

冷静な声が定信の恐怖をいくばくかやわらげ、やはり不思議には不思議で対抗するしかないと思わせた。

「あの蹄の音が聞こえるであろう、あれが来たのだ。なんとかしてくれ」

燈台の火が消えているせいで権博士の表情はわからない。しかし、彼が緊張しているのは伝わってくる。

「敵を討つことは難しいかもしれません。ですが、中納言さまの御身《おんみ》はわたくしが命に代えてもお守りいたします」

硬い声で権博士が宣言するや、部屋の襖障子《ふすま》がばんっと音をたててたわんだ。

女房たちは「ひっ」と悲鳴をあげて次々に失神する。定信も思わず腰を浮かせて、逃げる態勢をとった。どこにも逃げ場などないのに。

権博士は背中で彼らをかばい、襖障子に向き直った。息を詰め、両手で印《いん》を結び、厳しい顔でそこに描かれている大和絵《やまとえ》を睨みつける。奇《く》しくもそれは馬に乗った武人の絵だ。

また大きな音をたてて、襖障子がたわむ。向こう側にいる誰かが勢いよく蹴りつけているかのように。あれだけやれば板が裂けそうなものだが、たわんではすぐもとの形に戻る。物理的な力ではなく、呪術的な力が加わっているのだ。

もはや武士では役に立たない。この仕事は完全に陰陽師の領域である。

「そこから先は何者も入ってこられない」

賀茂の権博士は静かに、きっぱりとそう言い放った。

「騒ぎは鎮まり、静寂が訪れる」

どこかで挑むように馬がいななないたが、いままでよりもずっと遠いところから聞こえてくるかのようだった。むしろ、武士たちの声のほうがうるさい。

「騒ぎは鎮まる」

反抗的な小さな子供に言い聞かせるように、権博士は辛抱強くくり返した。

その甲斐があったのか、今度はいななきが聞こえてこない。襖障子もたわまない。武士たちの声、足音、女房たちのすすり泣きが微かに空気を震わせるのみだ。

権博士は息を深く吸い、いままで以上に力をこめて言った。

「客人は、帰る」

またもや北側の簀子縁で蹄の音が響いた。屋内からは憶測するしかないが、馬は簀子縁の端から端までを走り、一気に屋根へ駆けのぼったようだ。頭上では檜皮を踏む音がどしどしと重く響く。

屋根の頂点へ到達したところで音はやんだ。代わりに、庭でわっとあがる武士たちの声。

「馬だ！　怪馬だ！」

「空を飛んでいる！」

「誰か乗っているぞ！」

ひゅんひゅんと一斉に矢を放っているようだが、そのどれとして当たりはすまい。怪馬が空へ駆けあがった際の速さは、左大臣の宴のおりに証明済みだ。

敵は消え、当面の脅威は去った。権博士は肩の力を抜いて、定信を振り返った。

「はた迷惑な客人は、とりあえずお帰りくださったようです」

からの酒盃を手にして固まっていた定信は、ハッと我に返り、盃を取り落とした。

「賀茂の権博士……」

「はい」

「礼を言う」

精いっぱい威厳を示しているつもりだろうが、唇は震え、声はかすれている。しかし、権博士は気づかないふりをして深く頭を下げた。

「いえ、わたくしの力ではああしてこの場への侵入を抑えるのが限界でございました」

謙遜ではない。その証拠に、彼は派手に動いたわけでもないのに全身ぐっしょりと汗をかいていた。ただ、いつもと変わらぬ涼しげな表情を保っていたため、誰もがだまされてしまったのだ。

その後、怪異は起こらなかったが、警固の武士たちはもとより、定信も女房たちもみなまんじりともせず眠れぬときをすごした。朝がこれほど待ち遠しい夜はなかったであろう。が、ひとびとをさらに恐怖させるものがみつかったのは、あたりが白々と明るくなってからだった。

庭でいちばん背の高い欅《けやき》に、死体がぶらさがっていたのである。

それは、武士たちの中でも特に屈強で、『飛ぶのであれば、馬だろうが雀だろうが同じことよ』と豪語していた大男だった。はしごも届かないような高い枝に自慢の大弓がかけられ、その弦《つる》で彼は首を吊《つ》っていたのである。

驚き騒ぐひとびとに立ちまじり、賀茂の権博士は揺れる死体を見上げ、

「みやげを置いていったな……」

と苦々しげにつぶやいていた。

都を出発した夏樹と一条は播磨国《はりまのくに》（現在の兵庫県南部）へ到着していた。大宰府への行程を考えるとまだまだ序盤のうちなのに、ずいぶん遠くまで来たような心地がする。いまのところ何事もなく、天候にも恵まれて、旅は予定より早い具合に進んでいる。隠密とはいえ帝の命を受けているだけあり、宿や新しい馬を簡単に確保できるのもありがたかった。

そんな中、唯一気になるのが都の様子だった。怪馬はあれから姿を現しただろうか、頭の中将はどうしているだろうかと、考え始めればきりがなくなる。

一度、夏樹は一条に、

「賀茂の権博士は式神を放って大宰府の様子を探らせたっていうじゃないか。同じよう

に、都がいまどんなふうか、おまえの式神に見て来てもらうことはできないのか?」

　と訊いてみた。答えは、

「できなくはないが、いま、なるべく力は使いたくないんだ」

「なぜ?」

「疲れるから」

　そう言われると是非にでもとは頼めなくなる。冥府から戻ってすぐの頃に比べればだいぶ元気なように見えるが、やはりどこか無理があるのだろう。夏樹は無神経な自分を恥じて、以後、都のことは口にしないよう心がけた。

　そんなふうに一見順調な道中に事件が起こったのは、播磨国の名も知れぬ山中でだった。

　夕暮れが近づいているのにまだ山を越せず、夏樹たちは引き返したほうがいいのだろうかと迷いながら道を急いでいた。

　ほどなく峠にさしかかる。道も平坦《へいたん》になってきた。このまま次の駅（公用の旅のための施設）まで行ったほうがいいだろうということで、ふたりの意見は一致する。

　太陽の位置は刻一刻と低くなる。それにつけ、空の色も赤みを帯びてくる。山の端の雲など、宿の心配さえなければゆっくり眺めていたいような美しさだ。

　しばらく進むと、梢《こずえ》のむこう、遥か先に海が見えてきた。瀬戸内の海だ。夕暮れの光を受けてさざ波が赤銅《しやくどう》色に輝いている。

その美しさに夏樹はほうっと息をついた。こういう光景を見ると、旅も悪くないかと思えてくる。

「今夜中に、あの近くまで行けたらいいな」

夏樹は振り向いて友人にそう言った。が、一条は応えない。誰もいないはずの後ろを怖い目で睨んでいる。

「一条？　どうかしたか？」

「いや……急ごう」

友人の張り詰めた様子に厭な予感をおぼえたが、夏樹はあえて「どうして」とは尋ねずに馬を進めた。一条の真剣な横顔から、質問を拒むような雰囲気がうかがえたのだ。

陽《ひ》が落ちると、空の色調は赤でなく紺へと変わっていく。周囲を木々に取り巻かれているため、まわりが暗くなるのは平地よりも早い。

道はなかなか下りになってくれない。この道でよかったのだろうか、峠をすぎたと思ったのは錯覚だったのだろうかと、次第に不安が強くなる。

けれど、いまとなっては引き返すのも怖い。一条が何度も何度も後ろを振り返るせいだ。

夏樹もそのつど真似をするが、やはり自分たちの後方には誰もいなかった。獣の姿さえない。が、完全に夜の帳《とばり》が下り、闇に包まれてしまうと、彼にもわかるようになってきた。

何かがついてくる。

ひそやかに笑いながら、かろやかに踊りながら。

最初は気のせいだと思おうとした。山中で夜を迎える不安が錯覚をもたらしているのだとか、どこか近くの川のせせらぎがそんなふうに聞こえるのだとか、言い訳には事欠かない。

が、そのうちに、そんなものでは説明し難いと思うようになってきた。

後ろから何かがくる。それも、ひとりではなく、大勢が。次第に近づいてくる。迫ってくる。

いちばん奇妙なのは、こちらは馬を使っていてあちらは明らかに徒歩なのに、間の距離が開かない点だ。それがあったからこそ、夏樹も最初は錯覚かと疑っていたが、

「一条……」

呼びかける声が無意識に小さくなる。

「何かが……」

何かが道をやってくるよ、と口に出したらそれがそのまま現実になりそうで、夏樹は先を続けられなくなった。それでも一条は、わかっていると言いたげにうなずく。

しばらくふたりは無言のまま馬を走らせていた。が、ふいに一条が馬を止める。少し遅れて夏樹もそれに倣う。

「一条？」

馬上の陰陽生は美しい顔を歪《ゆが》めてつぶやいた。

「雑鬼《ざこ》だと思って、あなどりすぎていたかもしれない」

「なんのことだ？」

心配で聞き返す夏樹に、一条は自嘲めいた笑みを瞬間だけ見せた。

「穢《けが》れを落とすにはどうするか——当然、知っているだろう？」

「なんだよ、突然」

「いいから、言ってみろよ」

「祓い清めるとか……物忌《ものい》みするとか」

この時代、穢れの観念は日常生活に深く根差していた。それにふれた場合の対処法は、夏樹の言ったふたつの方法がある。穢れは洗い流すこともできるし、時間が経つとともに薄れるとも考えられていたのだ。

「よくできました。でも、清めても物忌みしても穢れが落とせない場合は、どうすればいいんだろうな」

先ほどからの厭な予感がいっそう強くなる。だが、話を振られた以上、そらすわけにもいかない。

「そんなことがあるのか?」

「ここに――」

一条は彼自身の胸に右手をあてた。

「穢れそのものがあるとしたら。ひとびとがおそれる死そのものがあるとしたら。いくら洗っても、いくら待っても、どうにもなりはしない」

彼はしなやかな白い指で、いままでたどって来た道の果てを差した。

「あいつらは、この身の穢れに惹かれてついてきてるんだ。きりがないからほっておいたが、数が増えすぎた」

夏樹は目を凝らして一条が差し示すモノを見ようと努めた。その集中力が、あるいは夜の力が、気配だけしか感じられなかった何かを視覚でも捉えられるようにする。

暗い暗い闇のむこうから、近づいてくるモノたち。それは小さな鬼の群れだった。

おおかたは人間に近い形をしていたが、あるモノは角を生やし、あるモノは尖ったくちばしを持っていた。獣のように毛むくじゃらのモノ、頭がひょうたんのように変形しているモノ、大きな丸い単眼を顔の中央で明るく輝かせているモノと、まったく同じ形態のモノはいない。

彼らは手足をふらつかせ、足踏みをし、くるくる廻り、でたらめな踊りを延々続けている。さざめく笑い声は戯《ざ》れ歌《うた》のよう。何がそんなに楽しいのかと訊いてみたい気さえする。

異質なもの、理解できないものへの恐怖にまじって、一抹のおかしさも感じる。相手が小柄なせいか、さほど危険には思えない。あおえなら、あそこにまざりたいとでも言い出すかもしれない。

しかし、一条のあせりは本物だった。

「ここらで片づけておかないと面倒なことになりそうだ」

「なんだか、よくわからないが……」

本当は「わかりたくないが」が正しかったが、一条を傷つけぬよう、夏樹は慎重に言葉を選んだ。

「たとえて言うなら、やぶ蚊にとってもよく好かれる人間がいて、自分でもそれはどうにもならない、と。で、いま、そのやぶ蚊が大群で迫ってきつつある、と」

「やぶ蚊?」

一条は大仰に顔を歪めて夏樹をみつめた。琥珀色の瞳が細められる。これは相手の正気を疑っている目だ。

「じゃ、なんだ? おまえにはあれがやぶ蚊に見えるのか?」

「いや、そうじゃなくて、ものの譬えなんだが」

「もう少し、ましな譬えをしろよ。それとも、怖くないのか？　あんなものをずるずる引き寄せてしまうおれを、気持ち悪いとは思わないのか？」

夏樹は少し考え、いま自分がどう感じているか冷静に判定しようとした。

怖いことは怖い。だが、それは道のむこうから近づいてくるものに対してであって、隣にいる友人に向けるべき感情ではない。

それに正直なところ、混乱していて自分でも自分の気持ちが的確に把握できずにいた。はっきりしているのは、一条に非はない、ということぐらいだ。

じりじりしながら一条が待っているのに気づき、夏樹は早口で答えた。

「怖いし、おまえの話にはかなり驚いたけど……やぶ蚊に好かれる人間に、おまえのそばにいるとやぶ蚊が寄ってくるから血を全部入れ替えてくれって頼めるか？　そいつが好きでそんな体質になったわけでもなし。逃げるか、やぶ蚊を片っぱしから叩きつぶすしかないじゃないか」

一条はせっかくの美貌がだいなしになりそうな珍妙な顔をつくった。

「変なやつ。変なやつだ、おまえは」

あんまりな言いかたに夏樹はむっとして、相手の肩を軽くこづいた。

「それはないんじゃないか？　ああなるまでほっておいた責任はそっちにあるんだぞ」

「違う、もともとの責任はおまえにある。よって、あれを退治するのもおまえに任せる」

お返しとばかりに、一条が夏樹の肩をこづく。いや、押すと表現するほうが近い。危うく夏樹は落馬しそうになった。

「どういう理屈だよ。陰陽師のくせに鬼の相手もできないっていうのか？」

「くせにとはなんだ、くせにとは」

ふたりはいつの間にか互いの肩を押し合って、なんとか相手を落馬させようと躍起になっていた。その間にも、異形のモノどもは踊りながら迫ってくる。不気味な笑い声はさらに大きくなってくる。

さすがにこうしてはいられないと感じたか、一条は夏樹の肩をつかんで乱暴に前へ押しやった。

「いいから任せる。早く太刀を抜け」

反発心はあったが、夏樹も小鬼どもが目前に迫っているのを見て、馬鹿げた争いをしている場合ではないとやっと悟った。

心なしか夜の闇は濃くなり、異類異形の群れは一抹のおかしさをぬぐい落として凶々《まがまが》しさを増したようだった。これ以上、物《もの》の怪《け》が闇の加勢を得て力を増してしまわぬうちに、なんとか退けなくてはならない。

急かされて、夏樹はほとんど無意識に太刀を抜いた。鞘《さや》から放たれるや否や、さっと白い光が暗い山中にほとばしった。刃もしかとは見えぬほど、まばゆい光が。出番を待っていたかのごとく。

驚くと同時に、夏樹は心強さをおぼえた。一条が「任せる」とやたらに強く言っていたのは、こういうことだったのかとようやく理解する。

――ならば、おそれることはない。自分にはこの太刀がある。雷神となった菅公《かんこう》の加護がある。

夏樹は光る太刀を片手に高く掲げると、馬の脇腹を蹴って鬼の群れに突進していった。

途端に、鬼たちは笑いさざめくのをやめた。動きも唐突に止まり、次の瞬間、わっと蜘蛛《くも》の子を散らすように四方八方へ走り出す。

一体一体が小さいせいだろうか、あわてふためいて逃げ出すさまは、妙に愛敬《あいきょう》があった。夏樹も根絶やしにしてやろうなどという気はもう起こらず、光る太刀を振り廻して驚かすにとどめる。これに懲りて、自分たちのあとをつけるのをやめてくれればそれで充分だと思っていた。

その気持ちが、油断を招いたのだろうか。

「夏樹！」

背後で一条が叫んだ。その切迫した響きに、何事かと振り返る。

「そいつは……！」

その刹那、夏樹の視界の隅を黒いモノが走った。あの小鬼たちとは異なり、不定形で霧のようにも見えた。

まっすぐにこちらへ向かってくる。見逃してやるつもりだったが、むこうが来るならこちらも身を守らなくてはならない。

夏樹は怪しい黒い霧を光る太刀で袈裟《けさ》がけに斬ろうとした。

しかし、斬れない。

霧は刃に巻きつきながら夏樹に急接近してきた。その素早い動きに、説明のつかない嫌悪を感じ、夏樹は総毛立つ。

「馬鹿！」

罵声をあげ、一条が馬を飛ばして横に並ぶ。ためらいもせず手をのばし、黒い霧を鷲《わし》づかみにしようとした。

宙に漂う霧をつかむことなど、普通はできない。が、それは太刀からひき剝がされ、代わりに一条の手に巻きついた。

忌まわしいモノにふれた嫌悪の声が、いまさらながら一条の唇からもほとばしる。と同時に、霧は内部からはじけるがごとく瞬間的に、大きく広がった。

夏樹はとっさに目をつぶった。すぐに目をあけたが――そのときにはもう、あの霧は消えていた。

目の前にいるのは馬に乗った一条だけ。霧をつかもうとした右手をだらりと垂らし、肩で大きく息をしている。

他の鬼たちも、とっくにどこかへ逃げて行ってしまっていた。気配すらない。菅公の太刀も光を失っている。それは、当座の危険が去った証拠でもあった。

この山はこんなふうだったろうかと危ぶみたくなるほど静かだ。一条の荒い息遣いと、自分の心臓の鼓動だけが響いている。

「一条……?」

おそるおそる呼びかけても、彼は応えない。その顔を覗きこむと、額には脂汗が玉となって浮き、頬はいつの間にか土気色に変わっていた。

「冗談じゃない……。あんなものまでついてきてたなんて……」

いまいましげなつぶやき。枯れ野を走る風のように、喉がひゅうひゅうと鳴っている。どう見ても普通ではなかった。ついさっきまで喧嘩《けんか》寸前までいくほど元気だったのに、急にどうしてしまったのか。これもあの黒い霧の影響なのか。

「おい、大丈夫か?」

肩をつかむと一条の頭はひどく不安定に揺れて、その顔は苦しそうにしかめられた。

「よせ、頭に響く」

その手を振りほどこうとしただけで一条は大きく姿勢をくずし、落馬しそうになった。

危ういところで抱きとめたため、そうはならずに済んだが、夏樹はホッとするどころか愕然《がくぜん》として怒鳴った。

「おい！　一条、しっかりしろよ！」

腕の中に倒れこんできた友人の身体は、信じ難いほどの高熱を放っていた。

第七章　海　難

四本の柱と帳《とばり》で仕切られた狭い御帳台《みちようだい》の中が、世界のすべてだった。

薄暗いその平穏な空間で、彼女は優しく頭をなでてくれている。なんの保証もないのに「大丈夫。大丈夫でございますよ」と、くり返しささやいてくれる。

そのなめらかな声。膝の温《ぬく》もり。甘く上品な香り。おびえる心をなだめてくれるのに、これ以上の良薬はない。

定信《さだのぶ》はゆっくり身を起こすと、彼女の顔を両手ではさみこんだ。相手のおだやかな微《ほほ》笑《え》みを間近でみつめ、その左頬のほくろへ口づける。くすぐったそうに彼女が笑う。その声もかわいらしい。

どれほどおそれても夜は必ずやって来る。けれど、彼女も必ずそばにいてくれる。たくさんの家人《けにん》が逃げるようにやめていったにもかかわらず。

もしも、彼女がいなかったら、自分はとうに——夜ごとの殺戮《さつりく》が始まったときに、すでにおかしくなっていただろう。こうなる前、口うるさい女房だと煙たがっていたのが信じられないくらいだ。

馬のいななきと蹄《ひづめ》の音がこの邸《やしき》に響き渡った夜。あれから悪夢は始まった。弓自慢の武士が欅《けやき》の枝にぶらさがっていたのを皮切りに、毎夜毎夜、誰かが死ぬ。もしくは消えてしまうのだ。

ふたり目はまだ幼い牛飼いだった。武士の死体がみつかった翌日の早朝、冷たくなって庭の池に浮かんでいた。

前の夜に馬のいななきを聞いた者はいなかったし、めだった外傷もなかった。きっと誤って池に落ちたのだろうということにされたが、誰ひとりとしてそうは思っていなかった。

あの怪しい馬がやったのだと、みな信じている。定信とて、そうだ。

その翌日、厨房《ちゅうぼう》の端女《はしため》がひとり消えた。怖がって家へ逃げ帰ったのだろうと言われたが、次の日、母親が「娘が戻らない」と泣きながら訴えに来た。

応対に出た舎人《とねり》は、知らぬ存ぜぬを押し通した。ちょうど東の対《たい》の一室で血まみれの武士の死体がみつかった直後で邸は混乱しており、かなりひどいことを言って追い返したのだそうだ。

その舎人も今朝、西の門の内側に倒れているのがみつかった。まるで空高くから突き落とされたかのように、頭がぱっくり割れていたという。

そんな怪異がもう五日も続いている。こんなことが外に洩《も》れてはと堅く口止めしておいたが、さすがにこうも重ね重ねだと隠しおおせない。中納言さまのお邸は物の怪《もののけ》に祟《たた》られているのだと、もう都中に噂《うわさ》が広まっているらしい。

とるに足らぬ小者が何人死のうと痛くはない。ひとの噂とていずれは消える。だが、相手の真の目的は自分にあり、一連の出来事はすべて自分をいたぶっているにすぎないとわかっているからこそ、おそろしくてたまらない。

いままで他人から恨みをかうようなことは一度もしていない——とは言わない。だが、こうまでされねばならぬような大罪は犯していない。絶対に。神かけて誓える。

「春日《かすが》……」

いやなことを頭から締め出すために、定信は彼女を抱きしめる。何もかも心得たように、彼女は従順に身をまかせる。聞かせて欲しいと願っていた言葉をくれる。

「心配ございませんわ。この春日が、命に代えても定信さまをお守りいたしますから」

こんな細腕では何もできまいが、そんなことはどうでもいい。言葉と温もりをくれるだけでいいのだ。

ふたりがそうやって抱き合っていると、御帳台の外で誰かが、ふっ——と息を洩らした。

定信の身体《からだ》がぎくりと強《こわ》ばった。彼の腕の中で安らいでいた女房は、その動揺を肌で感じたような、気がした。

感じ取って顔を上げた。

「中納言さま?」

「いま……」

「はい?」

あれが聞こえなかったのかと尋ねようとしたが、答えは彼女の顔を見れば明らかだった。聞いたのは自分だけ。きっと、おびえる心が生み出した空耳だったに違いない。

「なんでもない」

心に浮かんだままをつぶやいて、定信は彼女の髪に顔をうずめた。くゆらせた香に微《かす》かな汗のにおいがまじって、かえって芳《かんば》しくなった香りを胸に吸いこむ。

「わたしを離さないでいておくれ」

「どうしてそんなことをいたしましょう」

定信の気弱な台詞《せりふ》を、女房はうっとりと微笑んで受け容《い》れた。

「いつまでもおそばにおります。それこそがわたくしの望みです」

甘いささやきが終わるとともに、御帳台の外からまた聞こえた。

くすっ——

今度は聞き違えようがない。男の声だ。

瞬間的に定信の顔色が変わった。彼は女房を突き飛ばしてはね起き、帳を力任せにめくる。

「誰だ⁉」

部屋には自分たち以外、誰もいなかった。蔀戸《しとみど》はどれも下りているし、廂《ひさし》の間との境の御簾《みす》は揺れてすらいない。侵入者の形跡は何も見当たらないのだ。

「空耳か……」

そういうことにしてしまいたかった。自分はおびえるあまり、いないはずの誰かが近くにいるような気がしただけだと。

大きく息を吐き、額の汗をぬぐってから、定信は御帳台の中へ戻った。

「大丈夫、誰もいない……」

言いかけて、定信は絶句した。誰もいないのは御帳台の中も同様、いままでそこにいたはずの女房の姿が消えていたのだ。

「春日？」

御帳台の中をぐるりと見廻《みまわ》す。彼女のすわっていた場所にその温もりは残っているのに、本人だけがいない。黙って立ち去るなどはあり得ない。

「春日⁉」

いくら名を呼んでも、応える声はない。震えが定信の全身を走る。といっしょに、最悪の考えが脳裏をよぎった。

（さっきの笑い声――）

あいつが近くにいるのだ。

あの、残虐で理解の範疇《はんちゅう》を超える男が、老若男女も罪のあるなしにもかかわらず、殺戮できるあの男が。

逃げなくてはと、とっさに思った。相手は空を飛ぶ怪馬に乗る男、逃げ場などどこにもあるはずはないのに、この場から出ればどうにかなると根拠もなく定信は信じた。信じようとした。

忽然《こつぜん》と消えた女房の春日は、彼の頭の中からも消え失《う》せていた。いまはもう、ここから逃げることしか、おのれの保身しか考えられない。

が、御帳台から飛び出したものの、結局、定信はその部屋から出られなかった。廂の間との境に下がった御簾にふれることはおろか、近寄ることもできなかったのだ。

御簾の中央にへばりついているものに、定信は気づいてしまった。それは――女の長い黒髪だった。

風もないのに御簾は揺れ、それに合わせて髪もゆらゆらと揺れている。どうしてそんなものが落ちもせず、そこに貼りついているのか。

髪は直接御簾にからまっているのではない。根もとに肉が残っており、その血が糊《のり》の役目を果たしていたのである。

誰のものかは明らかだった。血のにおいにまじって、身体に染みついている甘い残り香と同じものがそこから漂ってくるから。

あれほど愛《いと》しいと思った女の髪。ついさっきまで、この手でかきやっていた髪。定信は血でよごれたその髪にさわれず、近寄ることもできなかった。それが愛した女のものだという意識も飛んで、恐怖と嫌悪のみに囚《とら》われてしまう。

喉からほとばしったのは、女の名ではなく悲鳴だった。御簾をくぐって逃げ出すこともできず、無力な男は両手で顔を覆い、赤子のように泣きわめく。

騒ぎを聞きつけ、何事かと警固の者が駆けつけてくる足音が遠くから響いてくる。その中にまじって、

(中納言さま……?)

とささやく声があったが、定信の耳にはもう届くことはなかった。

(中納言さま……?)

女のささやきに笛の音《ね》が重なる。夜の都を見下ろせる山中で、久継《ひさつぐ》が笛を吹いているのだ。

その音色は美しく典雅にして哀《かな》しい。本人がどういうつもりであろうと、夏樹が指摘

したように、それは鎮魂の曲に相違ない。

彼の後ろでは怪馬が熱心に食事をしている。久継の笛に聞き入っている様子は皆無だが、それでも遠慮してか、しゃりしゃり、こりこりといった小さな音しかたてない。

「哀れでございますな」

無感動につぶやいたのは、良光《よしみつ》だった。久継を責めるのではなく、ただそう思ったから素直に口にしたまでなのだろう。

「あの男を愛さなければ、かような目に遭わずにすみましたものを」

久継は笛から唇を離して、良光を振り返った。

「絶頂で摘み取られた恋とは、きれいなものではないか？」

背後で怪馬が短く鼻を鳴らす。嘲笑《あざわら》うように。久継は怪馬を無視してつぶやき続けた。

「最高に美しく、むごたらしい形で、相手の中に残ることになる。こんな騒ぎが起きなければ、中納言も関心をいだかなかったような一介の女房がだ。彼女は幸せ者なのさ」

笛を懐にしまう彼の指には、ひとすじの髪の毛がまとわりついていた。その手を高くのばすと、夜風に乗って髪の毛はどことも知れぬ彼方《かなた》へ飛んでいってしまう。

久継の中指には、髪が巻きついていた形そのままに赤い線が残った。血だ。

「ま、思い出にいつまで効力があるかはわからないがな。せっかく、形見の品を遺《のこ》してやったのに、あやつはそれにすがって泣くこともできずにいたし」

つぶやいて、指についた血を舌でぬぐう。女の血の味を、涙と同じ味をしっかりと味わう。定信にはけしてできなかったことを、久継はやる。

「中納言にも飽いたな」

五日にわたって定信をさんざんいたぶり、罪もない人間を複数殺しておきながら、久継はこともなげにそう言ってのけた。

「そういえば、坊主たちはどうなったかな」

「はい、陰陽生《おんみようしよう》が瘴気《しようき》にあたって倒れたため、あの近くの駅にずっととどまっているようですが」

「そうか……友達思いなのはけっこうだが、早くわたしのところへ来ればいいのに」

旅の遅れの原因をつくったのは彼自身のはずである。その矛盾に遅れて気づいたように、久継はくすくすと笑い出した。

「待つのも悪くはない。彼らのほうが、中納言よりもまだわたしを楽しませてくれそうだしな。なあ、焔王《えんおう》？」

ちょうど食事を終えた怪馬が顔を上げ、厚い唇をめくりあげて凶悪な笑みを返す。その唇も、歯も、おびただしい血で真っ赤に染まっていた。

にぎやかな呼びこみの声が、潮風に乗って気持ちよく響く。小さな市《いち》だがその敷地いっぱいに活気が満ちている。

好奇心でちょっと寄り道をしたつもりだったが、夏樹は内陸の都ではお目にかかれないような新鮮な魚に、次第に購買意欲をそそられていった。

港町だけあって特に魚介類が豊富だ。いままで見たこともない珍しい魚もどっさり並んでいる。

しかし、珍しさという点は夏樹自身にもあてはまった。売り手も買い手も、市を歩く夏樹をちらちらと盗み見ている。いやみにならないその気品と整った容貌は、鄙《ひな》にはまれと表現するに充分足るものだったのだ。

もっとも、本人は自分がなぜ注目されているのかわかっていない。

(なんだか視線を感じるけど、やっぱりよそ者だからかな?)

ぐらいにしか思っていなかった。なんにせよ、少し歩いただけで、

「そこのおかた、いま焼きあがったこれ、味見していきなされな」

と四方八方から声をかけられるのも悪くはない。

遠慮なくいただいていると、いつの間にか近くの店の女たちがぞろぞろ集まってきていた。それもなぜか年配の女性ばかり。

「駅舎に逗留《とうりゅう》していなさる若い貴族って、おまえさまだろ?」

「すっごくきれいな連れがいなさるって聞いたけど、おまえさまよりもいい男なのかい？　そりゃまたすごいね」

「よかったら、これ持っていきなされ」

「あ、じゃあ、これもこれも」

そんな調子で新鮮な魚が無償で手に入り、夏樹はほくほく顔で一条の待つ駅舎へ戻った。

もはや顔なじみになった駅の役人に、挨拶ついでに魚のおすそ分けをする。そうやって心証をぐっとよくしておいてから、病いで臥《ふ》せっているはずの友人のもとへ急ぐ。

部屋へ入ると、一条は臥所《ふしど》から半身を起こし、窓のむこうの海を眺めていた。振り返った顔は、お世辞にも血色がよいとは言えない。

「いいのか、起きあがっていて？」

「寝てばかりいると頭が腐る」

海辺の駅にとどまって、はや三日目。山中で熱を出した一条をなんとかここまで運び、夏樹はずっと彼の看病をしてきた。最初はどうなることかと思ったが、へらず口を叩《たた》けるまでには回復したようだ。

が、まだまだ旅を再開できそうにはない。薬師《くすし》にも見せたが、一条の熱は上がったり下がったりをいまだにくり返している。殊に夜になるとひどくなるようだ。

「市で魚もらってきたよ。これで体力のつくもの作ってもらうから、楽しみにしてろよ」

夏樹は自慢げに魚を見せびらかしたが、一条は少しも嬉《うれ》しそうな顔をしなかった。

「市なんかに行ってる暇があったら、とっとと先へ行けよ」

「また、そういうことを言う……」

「こんなやつほっておいて、少しでも早く西国へ行きたいっていうのが本音だろうに」

「いやですねえ、もう。これだから、病人はひがみっぽくって」

「あおえの口真似《くちまね》なんてするな！」

もう何度も一条は自分を置いて先へ行くよう強要している。この熱は当分下がらないから、というのがその理由だ。やはり彼がわずらっているのは普通の病気ではなく、山中で遭遇した黒い霧の影響らしい。

「毒をもって毒を制する、というやつかな……」

と、この駅に運ばれる途中、一条はつぶやいていた。熱に浮かされているのかと思って聞き返しはしなかったが、気になる台詞ではある。

夏樹とて一刻も早く出発したい。だが、それは一条もいっしょでなくては意味がない。

「今日は魚だけじゃなくて、いい知らせも仕入れてきたんだよ」

努めて明るく夏樹は話しかけた。

「実はな、備中国《びっちゅうのくに》に行くっていう船に乗せてもらえるよう、話をつけてきたんだ。潮の具合もよさそうだし、明日の朝には出港できそうなんだって。だから、安心して……」

「船？」

「文句あるのか？　その身体だと馬になんか到底乗れないだろ。歩くのはなおさら無理だし、牛車《ぎっしゃ》もなあ。でも、船なら眠っている間に備中まで運んでくれるんだぞ」

「海路は時間がかかる」

　たったひと言で、一条はその案を切り捨てようとする。そうはさせるかと夏樹は食い下がった。

「養生のための時間が稼げると思えばいい。おまえがよくなるまで、ここにいてもいいんだが、それだとそっちだって心苦しいんだろ？　確かに海路は陸路より時間はかかるかもしれないが、前進には変わりないんだ」

「そんなに前進したいなら、おまえひとりが陸路を行けばいい。それがいちばん早いんだ。おれは馬に乗れるようになったら、すぐあとを追うから……」

「ここで別れて、もし合流できなかったらどうする？　大宰府《だざいふ》にひとりで入れって言うのか？」

　久継に逢《あ》うことだけを考えるなら、ひとりでも目的は達成できる。だが、もし久継が怪馬の乗り手であり、説得に応じてくれなかったら——夏樹はどうしていいかわからない。きっと何も決められない。一条本人も、それを案じて同行を決意したに違いないのだ。離れるわけにはいかない。絶対に。

「それに、宿に残した病人のことが気になって気になって、こっちのほうが病気になってしまうよ。いいか、これは折衷案なんだぞ。おまえは早く出発してもらいたい、ぼくはちゃんと病気を治してもらいたい。で、旅と療養を兼ねて海路を船で行く。ほら、双方の希望がかなう最適の方法だろ？　いやだとか言うなよ。もうすでに楫取《かじとり》（船長）とは話がついてるんだから」

夏樹もこれしか方法はないと思ったからこそ、珍しく強気に出る。いざとなったら無理矢理にでも船に押しこんでやろうかと企《たくら》んでさえいた。

一条は頭をかかえて低くうなり始めた。熱が上がったのかと少し心配になったが、どうもそうではないらしい。

「あきれた……。おまえ、冥府《めいふ》にもその勢いで下っていったんだろ」

そうですとは応えたくないが否定もできず、夏樹は黙っていた。返事がなくとも、一条は容赦なく悪口雑言《あっこうぞうごん》を並べたてる。

「普段おとなしいやつほど、とんでもないことをする。ましてやそいつが馬鹿なら、もうどうしようもないな。少しは自覚しろ、少しは」

心配してやっているのに、どうしてこうまで言われなくてはならないのかと、夏樹も思わなくはない。が、ここで腹を立てては何もならないから、どれほどけなされようと「これはただの海鳴り」と心の中で自分に言い聞かせ、じっと耐える。

一条はこの三日間寝たきりの憂さをぶつけるように、力いっぱい罵《ののし》ってくれた。駅の役人が何事かと覗《のぞ》きに来ても止まらない。猫かぶりの一条にしては珍しいが、旅の恥はかき捨てと思っているのだろう。

しかし、何事にも終わりがあるように、延々と続く文句はだいぶネタ切れになってきた。何より、さしもの一条も体力はもちろん気力が尽きてきたらしい。とうとう、

「おまえのようなやつはちゃんと見張っておかないと、どんな無理をやらかすかわかったもんじゃないな」

と言い出した。夏樹はこれを待っていたのだ。

「じゃあ……」

「ただし」鼻先に指を突きつけて、一条は強く言い放った。

「海の上で何が起ころうとも他人《ひと》を頼るんじゃないぞ」

本人にそんな意図はなかったのかもしれないが、結果的にその言葉は予言めいたものになってしまった。

翌朝、ふたりは駅を出て港へと向かった。空も穏やかで、波も穏やかな港に、幾艘《いくそう》もの船が停泊していた。

「あの船か？」

「そう。あれ、あれ」

夏樹が乗船の約束をとりつけてきた船は、けして大きなものではなかった。雨風をしのぐ屋形はついているものの、船そのものもかなり古そうだ。しかし、贅沢《ぜいたく》は言っていられない。

危なくないよう、ふらつく一条の手を握って夏樹が乗船の手助けをしていると、周囲でちょっとしたどよめきが起こった。

振り向くと、船子《ふなこ》（水夫《かこ》）たちがみんなこちらを見ている。正確には、視線のほとんどが夏樹を素通りして一条に集中していた。どうやら、絶世の美女が乗船してきたと思われたらしい。

間違えられても仕方ないくらいの美形だし、恰好《かっこう》も確かにまぎらわしかった。もともときっちりした服装は好まないところに、この体調だ。単《ひとえ》と指貫《さしぬき》の簡単な装束《しょうぞく》、髪は垂らしたまま、烏帽子《えぼし》の代わりに頭から被衣《かつぎ》をしている。

加えて、この美貌。被衣の間からちらちら覗く効果も高いし、病みやつれているさまがまた妖《あや》しく色っぽい。

「一条、おい」

　夏樹は友人の脇腹を肘でこづいて耳打ちした。

「なんだか、誤解を受けているような気がするんだが……」

「そのようだが、おまえが気にすることもあるまい？」

　怒るかと思いきや、本人は飄々《ひょうひょう》としている。それだけ、こういった事態に慣れているのかもしれない。

「女だと思わせていたほうが、何かと親切にしてもらえる。にっこり笑ってやれば、それで済むんだからな」

　……絶対に、慣れている。夏樹は他人事《ひとごと》ながら心配になってきた。

「それで済まなかったらどうするんだよ」

　見るからに気の荒そうな船子たちだ。女とあなどって不埒《ふらち》な行為に出ないとも限らない。もしそうなっても全力で守るつもりだが、数でこられたときにどうなるか、多少の不安が残る。

　袿衣を少し持ち上げ、一条は美少年にあるまじき邪悪な笑みを浮かべた。夏樹が何を考えているか、すべて見通している顔だ。

「何かされそうになったら指の一本ぐらい折ってやればいい。それぐらいの体力はまだあるぞ」

一見華奢《きゃしゃ》そうでも、なかなかどうして彼は力が強い。夏樹など片手で馬上にひきずりあげられたこともある。まして、こちらを女と思って油断している相手なら、いかようにも料理できると自信たっぷりだ。

病みあがりのくせに、と言いたくなるのを夏樹はぐっとこらえた。

「わかった……。でも、海の上ではなるべく騒ぎを起こさないでくれよ」

「それはむこう次第だな」

ごそごそ話していると、楫取が近づいてきた。少々いかつい顔の、四十がらみの男だ。

「こちらがお連れですかね？」

楫取はじろじろと遠慮なく一条を観察する。

「失礼だが……」

「念のため言っておきますけど、こいつは男ですからね」

厄介事のもとになるよりはと、夏樹は早々と真実を明かした。ちっと小さく舌打ちの音がしたような気がしたが、被衣の下からだったか、船子たちの間からだったかは定かではない。

楫取はずいぶんと驚いたようだった。

「なんとまあ」

感嘆の声をあげて、もう一度一条の顔を覗きこむ。彼にきつく睨《にら》み返され、楫取はよく陽《ひ》に焼けた顔に深い皺《しわ》をくっきり浮き立たせて笑った。

「いや、あまりに美しいと海神に好まれて、海の底の竜宮へ招かれてしまうといいましてな。たいした器量でなくても、紅《くれない》の濃き衣などは船上では身につけぬようするのが海の習わしでね」

「そんな上等な衣は持っていませんし、病みやつれていて見劣りがしていますから、海神の好みにも合いますまい」

と一条が言う。意識してか、かなりつっけんどんな口調だ。夏樹ははらはらしたが、楫取はたいして気にしていないようだった。

「容色のことを言われるのはお嫌いのようですな。まあ、いいですが、その病い、伝染《うつ》るものではないでしょうな」

その質問には一条より早く夏樹が答えた。無愛想な彼にこれ以上しゃべらせて楫取の機嫌を損ね、乗船拒否をされてはまずいと必死だ。

「ええ、それはもう、ご心配なく」

本当にそうかどうか確証はない。が、少なくとも駅舎内では看病していた自分自身も含めて、誰も感染していない。

「わかりました」

楫取は納得して、笑顔でうなずいた。

「あとふたり、来る予定です。そろいましたら、すぐにも船出しますので、中へどうぞ」

夏樹たちのほかにも乗客はすでに五人ほどいた。この船は客船などではなく、都まで塩を運び終わって国に戻る途上で、荷が軽くなった分、旅人を乗せてもうけようということらしい。

当然、快適さなど求められない。それでも少しでも居心地いいようにと、夏樹は駅からもらってきた敷物を船底に敷き、そこに一条を横たえさせた。

「つらいようだったら、いつでも言えよ」

「ああ」

小さくつぶやいて、一条は目を閉じた。眠ったのではなく、身体を船の揺れに慣れさせているように見える。顔色も比較的いい。

夏樹はホッとして、屋形の窓から外へ目を転じた。ちょうど、この船へ近づいてくるふたり連れが見える。あれが最後の乗客なのだろう。

市女笠《いちめがさ》をかぶった女と僧兵という妙な組み合わせだ。

船子たちはもとより、他の船の者までがぎょっとしたような顔をして振り返る。それくらい、彼らは異色だった。

とにかく、でかいのだ。

僧兵のみならず、女もでかい。むしろ、市女笠の分、身の丈ではまさっている。笠こみだと七尺近くはあるだろうか。

市女笠から下がった虫の垂衣《たれぎぬ》のせいで、女の顔は見えない。僧兵も白い頭巾で顔を覆っており、目もとしか出していない。その眼光は鋭く、気の強い船子たちでさえ、彼と視線が合いそうになるとあわてて目をそらす。

僧兵が肩に担いでいる長物は槍《やり》だろうか。だぶだぶの布袋に包まれている。察するに、彼は貴族の姫君の護衛についているようだった。

何やらいわくありげ、とても怪しいふたりではある。

夏樹も胸の底になんともいえぬ感じ――既視感というのだろうか――をおぼえた。

（なんだか、知っている誰かに似ているような気がする……。特に女のほう……。市女笠っていうのもすごく気になる……。すごく、すごく気になる……）

気になるも何も、すでに答えは出ている。なのに、それを認めたくなくて、夏樹は否定材料のほうをかき集めた。

（でも、あいつは都で留守番しているはずなんだ。こんなところにいるはずがない。そうさ、あいつに一条の言いつけを破る度胸なんてあるはずがないじゃないか。それに、僧兵のほうはどう説明する？　あんなやつ、ぼくは知らないぞ。こっちの世界であいつに付き合うような物好きなんているはずがないじゃないか）

無理にもそう言い聞かせ、夏樹は胸に湧き起こった疑念にきっちりと蓋をかぶせた。

(つまり、あんなに大きな女人も、いるところにはいるんだよ……)

あとはなるべく彼らを見ないようにする。

ふたりが乗りこんでくると、あまりの重さに船が傾《かし》いだ。その揺れを感じ、一条がパッと目をあける。

「なんだ?」

せっかく落ち着きかけている一条に、あんな変なものは見せられない。そう思った夏樹は、ことさら優しい声をかけた。

「最後の乗客が来たんだよ。かなり大柄な連中なんだ」

「なるほど」

もう一度、彼は目を閉じる。ほどなく、規則正しくゆっくりと胸が上下する。今度は本当に眠ってしまったらしい。

普段の表情がきつい分、寝顔のあどけなさは格別なものがある。まるで幼な子のようだ。夏樹は母親の気分になって、肩までそっと衣をかけてやった。

外では、楫取が大声で船子たちに指示を飛ばしている。

「よし、船を出すぞ!」

波を叩く音、櫂《かい》を漕《こ》ぐ音が聞こえる。船が大きく揺れる。いよいよ出港だ。

風に乗って、船は思いがけぬほど速く進む。陸地がどんどん離れていく。魚をただで分けてくれた市の女たち、真夜中に冷たい水を運んでくれた駅の役人からも遠くなる。帰りにまたここを通るだろうか？　それはわからない。いまはまだ、帰りのことまで気がまわらないが、機会があるなら立ち寄ってみたいと思う。

沖へ出ると、櫂を漕ぐ船子たちは声をそろえて歌を歌い出した。

よんべのうなゐもがな　ぜにこはむ
そらごとをして　おぎのりわざをして
ぜにもゝてこず　おのれだにこず

夕べ、嘘《うそ》をついて、ツケで買い物をしたまま支払いに来ない娘に逢いたい。銭をふんだくってやる――といった内容の歌だ。都ではとても聞けない俗っぽい歌詞に、夏樹は微苦笑した。

見上げると、夏の空は青く澄み渡り、飛びかう鷗《かもめ》の白がはっきりと浮き立っていた。海は空の色を映してどこまでも青く、立つ波は鷗と同じく白い。緑に包まれた小さな島が無数に散らばる風景に、かつて周防《すおう》から上洛《じょうらく》した際の旅路を思い出し、なつかしい気分になる。

この景色を一条にも見せてやりたいと思ったが、波の揺れと俗っぽい船歌が最良の子守歌になっているのか、彼は気持ちよさそうに眠り続けていた。

盆地でもある都では、いつまでも暑苦しい夜が続いていた。特に左大臣邸では、ひとびとの心に重くたちこめる暗雲も一向に晴れず、よけいに空気が重苦しい。同僚たちと愚痴を言い合っているのもいいかげんいやになってきた深雪《みゆき》は、涼を求めて風通しのいい渡殿《わたどの》へと向かっていた。

いくら邸の内とはいえ、こうやって夜中ひとりで行動するのは彼女ぐらいのものだ。他の女房たちはおびえてしまって、どこに行くにも固まって動く。気持ちはわかるが、それを見ているだけでも暑苦しい。

(ああ、いやだ、いやだ)

彼女は声には出さず唇だけ動かして、そうつぶやいた。

いやなものは、夏の夜の湿気や同僚の女房たちの気弱さだけではない。終わらない怪異。興味本位に騒ぎたてる世間。何もできない自分自身もそう。

(いやだ、いやだ、いやだ……)

言ってみたところで、どうなるものでもない。それでもくり返さずにはいられない。

無力さとみじめさとを何かに変換させ、誰にでもいいからぶつけてやりたい。

こういう場合、餌食になるのはいつも優しいいとこだった。だがいま、彼は都にいない。それも、いや、それこそが深雪に無力さを実感させるいちばん大きな要因になっている。

いらだつ彼女に、突然、暗闇から声がかかった。

「ずいぶん怖い顔になっていますよ」

一瞬、ぎょっとしたが、それはよく知った相手の声だった。賀茂《かも》の権博士《ごんのはかせ》だ。冠に淡い色の直衣《のうし》姿で、庭に降りる階《きざはし》の上にすわっている。釣燈籠《つりどうろう》の火で照らされたその顔は、いつもどおりのおだやかな笑みを浮かべていた。

「まあ、驚きましたわ」

深雪は急いで眉間の皺を消し、伊勢《いせ》の君《きみ》としての大きな猫をかぶり直して、すまし顔を装った。

「こんなところで何をなさっているんですの?」

今宵《こよい》、賀茂の権博士は左大臣家に降りかかっている厄を祓《はら》うための祈禱《きとう》に来ているはず。一晩中、祈り続けてくださるから安心だわと、弘徽殿《こきでん》の女御《にょうご》が夕餉《ゆうげ》の際に言っていたのを深雪は聞いている。

「暑くて息苦しいので少し涼みに。祈禱を怠けていることは、どうぞ内密にしておいてくださいね」

一晩中こもっているはずの陰陽師《おんみようじ》は、ひと差し指を立てて自分の唇にあてる。その茶目っ気たっぷりの仕草に、

「仕方がないですわね」と、深雪もつい笑顔になってしまう。

「伊勢の君こそ何を？」

「同じですわ。暑くてたまらないので、外の風にあたりたくて」

「夜なのに、おひとりでおそろしくはないのですか？」

「邸の中ですもの。それに、今宵は当代一の陰陽師が祈禱してくださっているはずですから」

権博士のおだやかな笑みが苦笑に変わる。

「わたしの祈禱など、たいして役にも立たないのですけれど」

「そんなことはありませんわ。中納言さまを怪異から守られたお話を、わたくし、同僚たちから聞きましたもの。さすがは賀茂の権博士ねと女御さまもおっしゃって……」

言葉が宙ぶらりんになる。権博士がなんとなくつらそうに見えたので、深雪はそれ以上言えなくなってしまったのだ。

詳しくは知らないが、中納言の邸ではその後も使用人が消えるといった怪しげな出来事が続いているらしい。それを阻止できずにいるのを権博士は気に病んでいるのかもし

れない、と深雪は推察した。

「立っていないですわりませんか？　ここはいい風が来ますよ」

そんなに近寄っていいものかと一瞬、躊躇《ちゅうちょ》する。が、権博士は妙な下心をいだくような人物ではない。だからこそ、物足りないような気も正直するのだが、それとこれとは別の話だ。

「では、失礼いたしますわね」

深雪は袿《うちき》の裾をさばき、階ぎりぎりの簀子縁《すのこえん》に腰を下ろした。そうしてよかった。確かにそこだと、心地よい風が吹いてくる。

視線を上げると、空いっぱいの星もよく見渡せた。陰陽師は天文の動きで未来の出来事まで読み取れるというが、権博士もここで空を見上げながら、何かを星に問うていたのだろうかと想像する。

ちらりと盗み見た彼の口もとに、目の下に、疲れが出ていた。陰陽寮《おんみょうりょう》での公務の他に、こうして左大臣邸や定信の中納言邸など、かけもちで祈禱してまわっているのだ、無理もない。こうして息抜きをしたくなる気持ちもわかる。

「お疲れのご様子ですわね」

「そうでも……」

ない、と言いたかったのだろうが、権博士も否定しきれないと思ってか、その先は言わなかった。深雪も黙って星空を見上げる。

権博士が多忙極まりないのは一条がいないせいもあるだろう。師匠すじの彼なら、一条と夏樹の旅の目的を知っているに違いないが、訊《き》いたところではぐらかされるに決まっている。

自分にも星の動きを読む力があればよかったのにと深雪は嘆いた。そうしたら、たちどころにわかるのに。一条と夏樹はどこに行ったのか、馬頭鬼《めずき》と牛頭鬼《ごずき》のふたり連れは首尾よく彼らに追いつけたかどうか——

とりとめもなく考えをめぐらせていると、肩のあたりに自分のものでない香りがふわりと漂ってきた。何事かと横を向くと、権博士が自分のほうへもたれかかってきている。

(えっ？)

次の瞬間には、彼の頭が自分の肩の上にあった。呆然《ぼうぜん》とする深雪の耳には、規則正しい寝息が聞こえてくる。

寝ている。冗談や駆け引きではなく、この男はくたびれ果てて本当に眠ってしまったのだ。

(ちょっと！　ちょっと！　ちょっと！)

肩を貸したまま、深雪は心の中で叫んだ。

(日頃、文《ふみ》を送っている意中の相手がこんなそばにいるのよ。眠っている場合？　ここぞとばかりに口説きにかかるのが殿方でしょうに、何を悠長に……）

賀茂の権博士がここぞとばかりに迫ってきても困ったろうが、そういう際のかわしかたは女房として宮仕えに従事しているうちに身についている。こんなふうに、予測外のことをされるのがいちばん困る。

結局、深雪は小さくため息をついただけで、じっとしていた。肩を動かして起こす手もあるが、それをするのも気の毒に思ったのだ。

（まあ、肩を貸すぐらいなら。……よだれを垂らされたら怒るけど）

戸惑いと、くすぐったさと、ちょっとした優越感をおぼえる。同僚の中には「賀茂の権博士って、いいわよねえ。どんなときでも落ち着いていらして神秘的で」と頰を染める女房もいるのだ。そんな彼女たちにこの光景を見せてやりたい。どんな顔をするだろうか？

が、肩を占領されたのは、ほんの短い時間だった。深雪は何もしていないのに、権博士が突然目を醒《さ》ましたのである。

彼はこの状況に気づくや否や、身を離した。

「あ……これは失礼を」

笑顔はいつも通りだが、さすがの彼も決まり悪そうに目をそらす。

「もう戻らないと。では」

とめる間もなく、権博士はそそくさと立ち去ってしまった。なんだか逆に悪いことをしたような気になって、深雪は所在なげに扇を弄んだ。

(いろいろ、うかがいたいこともあったのに……)

夏樹のこと、定信の中納言のこと、それにひょっとしたら頭《とう》の中将のことも、賀茂の権博士なら知っているやもと期待したのに、何ひとつ聞き出せなかった。だが、そつのない彼がふっと気を抜いた場面を間近で目撃できたのは、役得だったかなと思う。

思い出してくすくす笑っていると、ふいに背後で衣《きぬ》ずれの音がした。

「知らなかったわ。賀茂の権博士どのとそういう間柄だったなんて」

驚いて振り返ると、いつからそこにいたのか、柱の後ろから美都子《みつこ》が現れた。撫子《なでしこ》の小袿《こうちき》をまとった彼女は、逢い引きの現場を押さえたと言わんばかりに目を輝かせている。

今度は深雪があわてふためいて立ちあがる番だった。

「いえ、そういうわけではありませんわ。賀茂の権博士どのはたいへんお疲れのご様子で、たまたま……」

深雪の言い訳に耳を貸さず、美都子はまだ笑っている。さらにとんでもないことを言ってくれた。

「意外だったわね。伊勢の君は、新蔵人《しんくろうど》どののことがお好きなのかと思っていたのに」

一瞬、頭の中が真っ白になる。それから深雪は爆発した。

「そんなことありません!」

嚙《か》みつくように叫んでから相手の身分を思い出し、無理にも笑みを返す。しかし、扇を握った手のひらはじっとりと汗ばんでいた。

(さすが人妻……あなどれない……)

おそらく、大堰《おおい》の別荘で夏樹の身が危うくなったとき飛び出していったのを見て、美都子はそう推測したのだろう。それが大正解だからこそ困るのだ。

彼女は夏樹の上司の妻。まわりまわってこのことが本人の耳に入ったとする。

『きみがそんなふうにぼくを思ってくれたただなんて、知らなかったよ、深雪。ずっと……、ぼくのことなんか眼中にないんだろうとあきらめていたんだ。もっと早くにそれを知っていたら、こんなに苦しむことはなかったのに……』

とトントン拍子にいってくれれば願ったり叶《かな》ったりだが、下手《へた》に意識され、敬遠されてはどうしようもない。現時点では後者の可能性のほうが高いのだから、ここは慎重にならざるを得ない。

ひと呼吸おいて自分を落ち着かせ、深雪はそっと袖で口もとを押さえた。伏し目がちにして、表情の演出も怠らない。

「御方《おかた》さまは誤解なさっていらっしゃるのですわ。新蔵人は母方のいとこで、子供のころからいっしょに遊んだ、いわば姉弟のようなものなのです。そんな色めいた相手などではなくて……」

「隠そうとなさらずともよいのよ」

「いえ、ですから」

「いろいろと難しいのはわかるわ。いとこ同士の結婚は家の栄えがないなどと、口うるさいことを言うかたも世間にはいますしね。まして、新蔵人どのも権博士どのも、それぞれに素晴らしい殿方ですもの。伊勢の君がおふたりの間で迷うのも当然よ」

「ですから！」

美都子はいたずらっぽく片目をつぶってみせた。

「心配しないで。今夜見たことは誰にも言いませんから。もっとも、伊勢の君の気持ちがどちらにより傾いているのかは、わたくしも興味があるけれど」

「ですから……」

完全に遊ばれている。これ以上反論しても効果がないどころか、よけいに泥沼にはまりそうだ。深雪はぎゅっと扇を握りしめ、うなりたいのを必死でこらえた。

そこへ――ふいに笛の音が流れてきた。

誰が吹いているのか、邸の内から洩れているのか、外から聞こえてくるのかも定かではない。はっきりしているのは奏者の並外れた技量だけだ。

深雪はいままで、これほど巧みな笛を聞いたことがなかった。宮中での管絃《かんげん》の宴《うたげ》などで名人の笛を何度も耳にしたことのある彼女でさえ、こんなふうに直接、魂へ響く音色は初めてだったのだ。

美都子に対して釈明しようとしていたことも頭から飛んで、笛の音だけが身体に満ちる。それはひどく哀しげなものに聞こえた。

還《かえ》らないひとを悼むように、あるいは失った恋を惜しむように哀しく。奏者の気持ちを笛が代わって訴えてきている――

笛の音は聞こえてきたときと同じく、唐突に消えた。けれども、その余韻は耳に長く残って動けない。

ようやく笛の魔力から解放され、深雪は胸に詰めていた息を吐いて視線を上げた。美都子も自分と同じように笛の音に心奪われていたらしい。その頰には涙がひとすじこぼれ落ちている。

深雪の視線に気づいて、彼女もハッと我に返った。

「ごめんなさいね。あまりに素晴らしい……笛だったから……」

「ええ、本当に。どなたが奏していらっしゃったのでしょうか」

「さあ……」

美都子は顔を伏せて袖で涙をぬぐった。その震える肩など、人妻とは思えないほど頼りなげで愛らしい。十以上年下の自分のほうが、彼女を優しく慰めてやりたくなってくる。

深いため息をひとつついて、美都子は血の気の失せた白い顔を上げた。潤んだ瞳で深雪をみつめ、複雑な笑みを浮かべる。

「どちらを選ぶのかは、わたくしが口をはさむことではないけれど」と、彼女はさっきの話の続きを早口で言った。

「伊勢の君はけして後悔しないようにね」

撫子の花と同じ紅色の衣を翻し、彼女はいきなり背を向けて早足に去っていく。深雪が声をかける暇《いとま》もない。

「あの……」

ようやくそう言えたときには、もう美都子の姿は渡殿のむこうへ消えていた。

「後悔って……」

あの口ぶりでは、美都子自身がかつて後悔するような選択をしたと言っているようなものではないか。だが、彼女と頭の中将は誰もがうらやむほど仲むつまじい夫婦で、情熱的な大恋愛のすえに結ばれたと洩れ聞いている。

深雪は釈然とできずに首を傾げた。

(それとも……、あの笛の音で思い出されるような苦しい恋も、かつては経験されたということ？　ううん……さすが人妻、奥が深いわ……）

考えこむ彼女の視界の隅に、ちらりと赤いものが映りこんだ。階の上に撫子の花が落ちている。さっき、賀茂の権博士と並んですわっているときは何もなかったのに、天から降ってきでもしたのだろうか？

深雪はなんの気なしにその花を拾いあげた。

庭から摘み取られたであろう一輪の花は、美都子の袿と同じ色をしている。それだけでなく、撫子の可憐《かれん》さには彼女と重なるものがあった。

（後悔のないようにって言われても、夏樹があも鈍いとなかなかねえ）

撫子の花を指先でくるくると廻しながら、深雪はため息をついた。

（いまごろ、あの馬鹿、どこで何をしてるのかしら……）


馬鹿と言われ続ける夏樹が提案した瀬戸内の航海は、順調だった。途中までは。

それが、明日には備中国に入るという夜になって、突然、海が荒れ始めたのである。

昼間、気持ちがいいほど晴れていたのが嘘のよう。外は墨をぶちまけたように暗く、風のうなりは絶えることがない。

こうなると、どんな船も大海に浮かぶ木の葉と同じだ。まして夏樹たちが乗りこんだのは、なんとも頼りない古くて小さな船。荒れ狂う波に弄ばれて、船体はみしみしと軋《きし》んだ悲鳴をあげ続けている。船子たちは必死に船を立て直そうと甲板《かんぱん》を駆け廻っているが、効果が上がっているとはとても思えない。

乗客は声も出せないほどおびえ、男女の別なく船底に顔を伏せてすすり泣いている。念仏を唱える者も少なくない。いや、誰もが最悪の事態を考えている。この船はもう駄目だと。

船旅の経験のある夏樹とて例外ではない。かつての旅でも天候が急に変わって波が高くなったことはあったが、これほどひどくはなかったのだ。

ここで命運が尽きてしまうのかと思うと、おそろしいよりもくやしい。自分はどうしても大宰府へ行く必要があるし、そのあとまた都に戻らねばならない。たとえ、波に揉《も》まれて船が砕け散ろうとも、絶対に死ぬわけにはいかないのだ。

一条はと見ると、さすがに顔色は蒼白《そうはく》だったが、他の者のようにがたがた震えてなどはいなかった。親指の爪を噛んで、何か対処できないかと思案しているふうにも見える。それとも、夏樹が期待しすぎているのだろうか。

一条は自分が見られているのに気づいて、顔を上げた。

「なんだ?」

「いや、落ち着いているみたいだなと感心して」

他の乗客をはばかり、声をひそめて返事をすると、一条も屋形内の一角を顎《あご》で差して小声で応えた。

「あの声を聞いていると、海が荒れているのも忘れてしまいそうでね」

その一角にいたのは、例の市女笠の大女と僧兵だった。女はひしと僧兵に抱きついて、

「ああ、おそろしや、おそろしや。船が沈んだりしたら、いったいどうしたらいいんでしょうねぇぇぇぇ」

と、女にあるまじき野太い声で泣きわめいている。あれもどこかで聞いたような声だ。

「落ち着きなされ、落ち着きなされ」

連れの僧兵はそうくり返して女の背を軽く叩いているが、持て余している様子がありありと出ている。背恰好は似ていても兄妹とは見えず、主従にしては違和感がある。恋人同士とは間違っても思いたくない。見れば見るほど奇妙なふたりだ。

夏樹はその暑苦しい光景から目をそらして、一条のほうを向いた。

「……あの声で気がまぎれるならいいじゃないか」

「本当にそう思ってるのか？」

最初の航海の日、目を醒ましてあのふたりに初めて気づいた一条も、いまと同じ目で夏樹のことを睨みつけていた。

「あれはなんだ？」

他の乗客の手前、叫びたいのに叫べず、小声だったのもいまと同じ。だが、その分迫力があり、夏樹は背すじがぞっとしたものだった。

「なんのことだい？」

「とぼけるな。あれだ、あれ、あのでかぶつどもだ」

「ああ、最後の乗客だよ。ほら、出港の前に船が少し揺れただろ？　あのとき、彼らが乗ってきてて……」

「あれを見て、おまえはなんとも思わなかったのか？」

そう言われると弱い。だが、夏樹は必死で知らぬ存ぜぬを貫き通した。

「なんのことだか、ちっともわからないな」

「本当か？　本当にそうなのか？」

「本当だとも。嘘を言ってもしょうがないじゃないか」

どちらにしろ、これだけ他人の目があると、相手の市女笠を剝ぎ取るといった暴挙に出ることもかなわない。それをやって自分たちの疑惑は晴れても、船内が大騒ぎになること受け合いである。

幸い、むこうもこちらを敬遠してか、屋形の中でもいちばん離れた場所に陣取って動こうとしなかった。市女笠を脱いだりもしない。他の乗客に声をかけられても、大女は愛想よく答えるが、僧兵が会話をさっさと切りあげさせる。

胸に手をあてて自分に正直になるならば、大女のほうは心当たりがないでもない。しかし、そうすると、あの僧兵の正体がわからなくなる。

夏樹もそのことはずっと疑問に思っていた。あまり一条がしつこいので、その点だけ尋ねてみたところ、返ってきたのは、

「自分で考えろよ。それとも、相手に頭巾をとってもらうよう頼んでみるか？」

いかにも馬鹿にしたように言われ、結局、わからないままにしてしまった。

いまとなっては、彼らのことなどどうでもいい。とにかく、この嵐が早くおさまり、無事に備中へ着くことを願うばかりだ。

だが、願いは天に通じず、風雨は一向にやむ気配がない。それどころか、突如として激しい衝撃が船を襲った。

船は大きく傾き、夏樹は屋形の壁に頭をぶつけ、さらに顎へ一条の頭がぶつかってきた。痛みでじんじんする頭に、乗客の悲鳴が響く。それにまじって、外の船子たちの驚愕《きょうがく》の声も聞こえる。岩にでもぶつかったのか、もっと悪いことでも起こったのか、尋常でない騒ぎようだ。

「大丈夫か？」

「ああ……それより、何が……」

起きたんだ、と口にするより先に、かたかたと小さな音が耳についた。それと微かな

振動が脇腹にさわる。

驚いて見てみると——腰に差した形見の太刀《たち》が小刻みに震えている。けして自分自身の震えや、船の動きが伝わっているのではない。太刀自体が生き物のように震え、鍔《つば》をかたかたと鳴らしているのだ。

以前にも、こういったことがあった。あれは夏樹が怪しい者たちに囚われていたとき、誰もふれていないのに鍔が自然に鳴って、家の者たちをおびえさせたという。今度もまた、持ち主の身に大きな危険が迫っているのを、太刀が知らせようとしているのだろうか。

一条も小刻みに揺れる太刀をじっとみつめている。これだけ近くにいるのだ、隠しようがない。

夏樹は柄《つか》をぐっと握って振動を止めさせた。太刀はまるであるじに従うように、すんなりと鍔鳴りをやめる。だが、指先に微かな脈動のようなものは感じる。いま鞘《さや》から抜き放てば、太刀は播磨《はりま》の山中でのときのようにまばゆく光り輝くはずだ。

外から聞こえる船子たちの声はすでに悲鳴へと変わっている。もう彼らにもどうしようもないのだろう。いったい、表で何が起こっているのか。それは太刀のこの反応と、関係があるのか否か。

きっとある。太刀はそれを教えたかったはずだ。

そう判断した夏樹は一条を押しのけて立ちあがった。

「外に出る」

短く宣言し、壁につかまって入り口へ向かう彼の袖を、一条が握りしめた。

「馬鹿、やめろ。何を考えてるんだ」

「おまえはここにいろ」

みなまで言わぬうちに次の衝撃が来た。夏樹は壁に張りつき、なんとか倒れずに済んだが、一条の手は袖から離れる。その機を逃さず、夏樹は入り口へと急いだ。

堅い戸を肩で押しあけると、風雨がいっせいに屋形の中へ吹きこんできた。後ろで乗客たちが悲鳴をあげる。船がついに壊れたと思いこみ、緊張に耐えかねて気を失う者まで出る始末だ。

夏樹はこれ以上、混乱を大きくしないようにと素早く外に出、後ろ手で戸を閉めた。そのときには早くも後悔し始めていた。

打ちつける雨粒のせいで全身が痛い。風の強さに烏帽子はすぐさま飛んでいくし、目もあけていられない。揺れもひどく、立っているのが精いっぱいだ。

いったい、こんな自分に何ができるというのか。いくら光る太刀があるといっても、荒れ狂う波相手に通用するはずもないのに。

気弱になる夏樹の肩を、誰かが乱暴につかんだ。楫取だ。

「なぜ出てきた⁉」

髪も衣装も乱し、全身ずぶ濡《ぬ》れで怒鳴る彼には異様な迫力があった。港での親しげな雰囲気は微塵《みじん》も感じられない。言葉遣いも変わってしまっている。夏樹も外へ出てきた理由をうまく説明できずに固まってしまう。

「早く中へ戻れ！　おまえさんの命の心配までしている余裕はないんだ‼」

無理矢理押し戻されそうになったが、第三の衝撃が来て夏樹は楫取といっしょに甲板に倒れこんだ。

身体をしたたかぶつけたうえに、楫取の下敷きになる。それでも夏樹は船板に爪をたてて、なんとか上半身を起こし、何事が起きているのかと周囲を見廻す。闇にいくらか慣れた目は、船の縁《へり》や柱にしがみついて震えている船子たちの姿を捉えていた。

屈強な海の男たちが乗客と同じようになすすべもなくおびえているさまに、夏樹は驚きを禁じ得なかった。少なくとも、あの衝撃が来るまでは、彼らも船を立て直そうと必死に走り廻っていたはずだ。

（あの衝撃はいったい――）

いぶかしがる夏樹の耳に、みしみしといやな音が届いた。船首のほうからだ。

楫取の身体を押しのけ、太刀を杖《つえ》代わりにして立ちあがり、夏樹は船首へと向かった。後ろで楫取が怒鳴っているのも、もう気にしてはいられない。

最初から楫取に守ってもらおうなどと期待してはいない。自分の身は自分で守る。何が起こっているかを知るために、自分はあえて危険を冒しているのだから。

それだけの覚悟をした甲斐《かい》あって、夏樹はようやく衝撃の正体を知った。船首に得体の知れないものが巻きついていたのだ。

暗い波間から現れ、船首にとりつき、その端はまた波間にもぐっている。それが二周分。

みしみしと響く音は、絞めつけられた船首の軋みだった。

一見、蛇にも思えたが、とにかく大きい。幅は大人が軽く両手を広げたぐらい。長さに至っては、両端とも海の中なので測りようがない。

それに、よくよく見れば蛇ともまた違っていた。表面には鱗《うろこ》がなくなめらかで、黒っぽい光沢を放っていたのだ。

魚とも違う。夏樹にもし海の生物の知識があれば、アシカの皮膚を思い出しただろう。もちろん、そんな動物を知らない彼は、説明のつかないものを前に激しい恐怖に襲われた。

頭も尾も海面下で、全体像が見えてこないのが、なおさらおそろしい。こんなものが海にひそんでいるとは、これっぽっちも想像していなかった。海を甘く見ていたと認めざるを得ない。

ほんの一瞬、これも一条に惹《ひ》きつけられて深い海の底から現れいでたのかと疑う。確かめようはないし、仮にそうだとしても友人を責める気にはなれない。痛ましいと感じるだけだ。

それもこれも、自分が彼を無理に冥府から連れ出したせいで――

夏樹は歯を食いしばり、湧きあがってくる恐怖心を抑えこんだ。さらに気力を奮い立たせるため、鞘から太刀を抜き放つ。

楫取が、船子たちが夏樹の太刀を見てどよめく。期待どおりにその刀身は光り輝いていた。暗い夜にあかあかとともる燈台《とうだい》の火のように。

まばゆい白光は、物の怪の濡れた皮膚に妖しく照り映え、暗闇の中、蛇のごとき綱状の身体の位置をはっきりと教えてくれた。燈台の火を連想させた太刀が、陸地ではなく厄災をもたらすものの位置を示すとは皮肉めいている。

夏樹は吼《ほ》えながら走り出した。風に逆らい、濡れた甲板に足をすべらせそうになりつつ、一気に船首へ。黒い蛇身へ。

そして、光る太刀を振りおろす。が、刀身は同じ勢いで跳ね返ってきた。

じん、と太刀を持つ両手に反動が来る。予想以上に硬いし、傷を負わせられたようにも見えない。

それでも痛みは感じたのだろうか。蛇身はずるずると激しく動き始めた。船首の上にあった部分は波間に沈み、波間からまた新たな部分が出てきて船首を横切る。その摩擦で船の縁が砕け、細かな木片が舞い散る。

波間から新しく生まれる蛇身は、太さも質感も変わることがない。きりがない。前進しているのか、後退しているのか、いったい、どこから始まってどこで終わるのか。どれほど醜くおぞましい頭が現れようとかまわない。早く正体を見せてほしい。こんなふうにわけのわからないものを見せつけられるほうがつらい。

焦った夏樹は太刀を構え直し、再び刃《やいば》を向けた。今度は切っ先を下にして。

船が大きく揺れ、刃の角度が変わった。それでも、蛇身にわずかに切れこみが入る。血は出ない。出たのかもしれないが、打ち寄せる波しぶきにまじって見分けがつかないし、潮のにおいと血臭もまぎらわしい。

あるいは、血を流すこと、痛みを感じることをこんなものに望んではいけないのか。いまだ頭も尾も見せぬ巨大な海蛇が相手では、いくらこの太刀でもどうしようもないのか。

無力感にさいなまれたが、このままでは船が保《も》たないのも事実。こんな暗い海に——何がひそんでいるかわからない海に——放り出されては、万にひとつも助からない。そうなる前になんとかしなくては。

ほとんど破れかぶれになって、夏樹は三度《みたび》太刀を構える。光が一向に衰えないのだけが救いだ。声をあげて自分を叱咤《しった》し、大きく太刀を——

しかし、三度目の機会はなかった。太刀を振り下ろす前に、蛇身が激しくはねあがったのである。

船首から離れ、高く上がった蛇身は、勢いをつけて夏樹の身体をはじき飛ばした。ふいの攻撃によける間もなく、夏樹は船の帆柱に激突する。手から太刀が離れ、甲板をすべっていく。

骨が折れまではしていないが、痛みに息が詰まって動けなくなる。太刀もない。手をついてなんとか立ちあがり、太刀のほうへ行こうとするが、気ばかりで身体のほうがついていかない。船が揺れて、足もふらつく。

その隙を狙うように、蛇身がまた大きくはねて迫ってきた。思わず目をつぶる。身体を強ばらせる。

だが、直撃は来なかった。目をあけた夏樹は、自分の前に広い背中が立ちはだかっているのを目撃した。

楫取でも、船子でも、一条でもない。あの僧兵だ。

乗船のとき、肩に担いでいた長物で、太い蛇身をがっちり受け止めている。槍だろうと予測していた長物の先には、左右対称に三日月状の刃がついている。

「方天戟《ほうてんげき》——！」

驚いて武器の名称を口にした夏樹を、僧兵がちらりと振り返った。頭巾はかぶったままだが、相手が笑ったのがなぜかわかった。頭巾の下に何が隠されているのかも。

礼を言う間もない。蛇身は再びうねり、高くはねあがる。僧兵は次なる攻撃を待ちかねるように、戟を大きく振り廻す。

横からのびてきた別の太い腕が、しゃがみこんでいる夏樹をひっぱった。驚いて振りほどこうとし、寸前でやめる。相手は市女笠の大女だった。

虫の垂衣は風で激しくはためいて、ちらりちらりと中身を覗かせる。その異様に長い馬づらを。

やっぱりと言うかなんと言うか、都で留守番をしているはずの馬頭鬼がそこにいた。こんな状況だからか、夏樹は怒るどころか嬉しくなってしまった。

「あおえ、おまえ……」

「夏樹さん、さあ、いまのうちに！」

いまのうちに隠れろ、だったのか。いまのうちに太刀を取ってまた攻撃しろ、だったのか。

確かめる前にすさまじい衝撃が来た。いままでの何倍もの速さで蛇身が襲ってきたのだ。

帆柱が折れる。市女笠が、方天戟が視界の隅をふっとんでいく。そして、夏樹の身体も宙に舞いあがった。

暗闇に浮かんだと思ったのはほんの刹那。あっという間に下降が始まり、海面に叩きつけられる。

沈む身体。目をあけていても何も見えない。前後左右もわからない。呆然とあけた口の中に一気に海水が押し寄せてくる。

がむしゃらにもがいて、なんとか顔を水上に出せた。水を吐き出し、息を吸いこんだ途端、その上に大波がかぶさる。身は流され沈められ、またもや前後不覚の状態となる。息が苦しい。濡れた装束が身体に重くまとわりつく。どんなにもがいても、今度は流されるばかりで海面には浮かびあがれない。

溺れ死ぬのか、と不思議に静かな気持ちで思った。まだやり残したことがいっぱいある。なのに、くやしいとかいやだとかいう感情がわかないのは、本当にこれが最期だからなのか。海蛇に呑《の》まれるよりはましだとでも思っているのか。

それでいて、のばした指先に何かがふれた途端、彼は夢中になってしがみついた。ほとんど意識はなく条件反射に近い行為だった。

指にふれたのは、柔らかく頼りない感触だった。なのに、夏樹の身体は強くひきずられ、また海面に浮かびあがることができた。

大きく息を吸って潮水の染みる目をこじあけると、上品な紫色が視界に飛びこんできた。袿だ。紫、淡紫、緑と重ねられた重袿《かさねうちき》。この暗闇で、微妙な色合いまでもがはっきりと見える。

それをまとっているのは、額から左の目尻にかけて桔梗《ききょう》の花の形をした青い紋様を散らばらせた女。夏樹がしがみついているのは彼女の手だ。

無表情にこちらを見下ろしている女は、海の上に浮かんでいる。そのことよりも、冷たくとりすました美貌に見おぼえがあることのほうが、夏樹の驚きは大きかった。

「……長月《ながつき》……！」

去年の夏、一条の邸にいた式神だ。

名前を呼ばれても女はにこりともしなかった。握った手に力をこめもしない。それでも、夏樹は彼女によって荒れる海から簡単に引きあげられた。

風に躍る紫の袿。女の長い髪。顔の紋様すらも、そよいでいるように見える。濡れもせず、長月は夏樹の手を握ったまま、海面を跳んだ。重さというものをまったく感じさせない軽やかさで。さながら紫の花びらが風に舞っているかのように。

夏樹は彼女にひきずられ宙を飛んだ。扱いは乱暴だったが、まるで夢を見ているような心地がしていた。

紫の重袿が大きく広がり、長月はひときわ高く跳躍した。裸足《はだし》の爪先が船の縁をトンと叩く。次の瞬間、夏樹の手は振りはらわれ、代わって彼は誰かの腕に抱きとめられていた。

ぶつかった際の痛みに、夢見心地が少し醒める。耳もとで怒鳴られて完全に醒める。もっと酔いしれていたかったのに。

「大丈夫か⁉」

声の主は一条だった。自分を抱きとめてくれたのも彼だ。一条のもう一方の手には、夏樹の太刀が握られている。

ハッとして周囲を見廻す。船の上だ。甲板にあの黒い蛇身はない。その代わり、船子たちが楫取の指示を受けて生き返ったかのごとく動き廻っている。

船は海の魔から解放されたのだ。してみると、効果なしと思われた形見の太刀での攻撃も、実際には相手に傷を与えていたのか。

助かった、と安堵《あんど》したと同時に、あの僧兵と大女の姿も見えないことに気づく。

「あいつらは⁉」

「海に落ちた」

一条は簡潔に事実を述べ、それから補足した。

「三人とも、あの海蛇もどきにいっぺんにはじき飛ばされたんだ」

「じゃあ、助けないと！」

夏樹は船から身を乗り出し、僧兵と大女を波間に探した。だが、海は暗く、波は高く、どこにもそれらしい姿が見あたらない。こんな荒々しい海に一度は自分も落ちたのだと思うと、ぞっと震えが走る。

「長月は？　長月を使って――」

「もう駄目だ」

血の気のない唇で、きっぱりと一条は言い切った。

「おまえを引きあげるのが精いっぱいだった」

「そんな！」

一条は首を横に振る。反論を許さないその態度に、夏樹も二の句が継げなくなる。

もう一度、夏樹は荒れる海の中、何かみつけられないかと目で探した。だが、何も見えはしない。仮に見えたとしても、あの海へ飛びこんでいくような無謀なことはもうできないと、震える身体が雄弁に物語っていた。


海はやがて鎮まって、嘘のようにおだやかに晴れた翌朝、船はなんとか備中の港へ入っていけた。

楫取は「こうして無事に帰れたのも、あんたのおかげだよ」と夏樹の手を握りしめて言ってくれた。同じ危機を乗り越えたことに仲間意識をいだいたのか、ぐっとくだけた口調になっている。波間に消えたあおえたちのことを思うと、それを素直に喜ぶ気持ちにはとてもなれなかったが。

「あれは……なんだったんですか」

そう尋ねた夏樹に、楫取は難しい顔をしてみせた。

「あれはおれも初めて見た。海に出ていると、妙なものを見る機会は多いが、あんなものは聞いたこともない。たぶん……海神さまだったんじゃなかろうか」

いまはもう静かになり、朝焼けを映して海は美しく輝いている。その光る波間に目を向けた楫取の横顔には、恐怖と言うよりも畏怖の念が表れていた。

「あの僧兵と女の他に、船子がひとり海に落ちたよ。生《い》け贄《にえ》を手に入れて、海神さまも気がおさまったのかもしれん」

結局、船を襲った蛇身がなんだったのかはわからない。

「あれは海神だったのかな」

夏樹は一条にも同じ質問をしてみたが、彼もはっきりしたことは言わなかった。すべてを見知っているような陰陽生にも、わからないことはあるのだ。

「なんにせよ、海にはいろんなものがいるってことだ。あの怪馬も——本当に龍馬《りゅうば》の一種だとしたら、海に属するもののはずだし。つまり、海からは何が出てきてもおかしくはない」

「あの海蛇もどきがそんな大層なものだったなら、海に落ちたあいつらはもう……」

「やつらがそう簡単にくたばると思うか？」

海に落ちた彼らのことをいつまでも案じる夏樹を、一条はわざと軽く笑い飛ばした。

「殺したって死にはしないぞ。それこそ、誰かのように冥府から這《は》いあがってくるさ。もともと、あっちの連中なんだし」

そう言われると、いくらか気も軽くなってくる。彼らの消息を確かめようもないいまは、ただひたすらその無事を信じるしかない。

備中についてからは旅も楽になった。まるで波に憑《つ》き物を洗い流されたかのように一条が元気を取り戻し、馬を用いた陸路での移動が可能になったのだ。

何かが後ろをついてくるといった怪異も、もう起こらなかった。穢《けが》れうんぬんはどうなったのかと訊くのもはばかられたが、すべては波が清めてくれたのだと夏樹は思いこもうとした。それはけして難しいことではなく、怪異の起こらない日々が続くうちに、心からそう信じることができるようになった。

備中から備後《びんご》、安芸《あき》へ。父親の任国である周防国も、残念ながら久しぶりの親子の対面をあきらめて駆け抜ける。そうして、長門《ながと》からまた船に乗り、予定より幾日かよけいにかかったものの、彼らはとうとう大宰府へ到達した。

遠《とお》の朝廷《みかど》と呼ばれるだけあって、大宰府はきれいに整備された街だった。

古い歴史を有しているわりに、大宰府政庁の建物はどれも新しく感じられた。それも道理で、十年ほど前の藤原純友《ふじわらのすみとも》の乱で政庁は全焼し、その後すべてが建て直されたものだったのだ。

政庁のすぐ後ろには、なだらかな曲線を描く山々が、殿舎を守る垣根のように続いている。そこから吹いてくる風は、夏草のにおいをいっぱいにはらんで芳しく心地よい。

しかし、いよいよかと思うと、青空のすがすがしさや草のにおいを堪能《たんのう》する余裕もなかった。緊張する夏樹に、今日ばかりはきっちり正装して見違えるような貴公子ぶりを見せる一条が、そっと耳打ちする。

「何があっても泣くなよ」

「馬鹿。誰が泣くか」

夏樹は苦笑したが、おかげで少しは緊張もほぐれた。

都から蔵人が行政の使いとして来ると、先触れも出してある。官人・藤原久継と面会する手筈《てはず》はすべて整っていると聞いた。先方に不審に思われるような不首尾は、何も犯していないはずだった。

大丈夫、誰はばかる必要もない。そう自分に何度も言い聞かせて、夏樹は正面から堂々と政庁へ入場した。

かつて母方の曽祖父・菅原道真《すがわらのみちざね》がこの地へ遠ざけられ、失意の死を迎えたことを思うと感慨深いものがある。曽祖父が見ていたものとはまったく違う新しい政庁だと知っていても、その気持ちは変わらない。願わくば、何があっても動じない強さを自分に与えてほしいと、秘《ひそ》かに曽祖父に祈る。

そんな夏樹の背を、従者という名目で彼に寄り添う一条はじっとみつめている。瓦葺《かわらぶ》きの正殿へ通され、その一室でふたりは久継を待った。実際の時間よりも長く感じられ、速くなる脈拍が次第に負担を訴え始める。そんな様子を表に出さぬよう、夏樹は努力して硬い表情を保ち続けた。

長いようで短い、息詰まるときが流れて。ようやく、外からひとの来る気配がしてきた。

一歩一歩近くなる足音が、夏樹の胸を高鳴らせる。こめかみに汗が流れる。背後に控えている一条を振り返りたい気持ちを、必死で抑える。

垂纓《すいえい》の冠に縹《はなだ》色（薄い藍色）の袍《ほう》をさっぱりと着こなした背の高い男が、とうとう部屋に入ってきた。

彼が裾をさっとさばいてすわると、装束にたきしめてある香がほのかに漂った。都の公達《きんだち》が用いそうな、品のよい香りだ。彼が以前は都に住んでいたことを思えば、そうしたものを用いていても不思議はない。

「お待たせいたしまして申し訳ございませぬ。大宰の大監《たいげん》、藤原久継でございます」

やや低く、力強い声。夏樹は伏せていた目を意を決して上げ、相手の精悍《せいかん》な顔を見据えた。

間違いなく、彼だった。

（暗夜鬼譚　空蟬挽歌〈後〉につづく）

閻魔堂詣で

ひとは死せば、生前の罪にて裁かれて、地獄行きか極楽行きかが決まる。その裁決を行う、最も有名な裁判官が閻魔大王《えんまだいおう》――別名、閻羅王《えんらおう》だ。

都にほど近い山の裾野、とある古刹《こさつ》のはずれに、その閻魔堂はあった。歴史ある寺院ゆえに、本堂や五重塔は大層立派で、閻魔堂に続く参道にまで石燈籠《いしどうろう》が延々と連なり、暗い夜を明るく照らしてくれている。

とはいえ、陽《ひ》が沈んでからは詣でる者の姿もない……はずであったが。

宵の寂しい参道を、市女笠《いちめがさ》をかぶった女がひとり、閻魔堂へとむかってしゃなりしゃなりと歩いていた。

いつの時代も夜は物騒なものだ。ましてや平安時代ともなれば、昼日中でも、よからぬ連中に女人がかどわかされることが珍しくない。が、さすがのひとさらいも、彼女に手を出すのはためらっただろう。

何しろ、でかい。市女笠をかぶっているため、よけいに大きく見える。笠込みならば、七尺は下るまい。

市女笠は、虫の垂衣《たれぎぬ》と呼ばれる薄い布を縁から垂らしているため、容姿はうかがえぬものの、広い肩幅や厚い胸板までは隠し切れていなかった。その身の丈に見合うほど、体格のほうも素晴らしいのだ。迂闊《うかつ》に手を出そうものなら、彼女のたくましい腕で簡単に殴り飛ばされるに違いない。

市女笠の大女は閻魔堂の前に到達すると、ほうっと息をついて、あたりを見廻《みまわ》した。用心深く、自分以外に誰もいないことを確認してから笠を下ろす。

露《あら》わにされた顔は、馬だった。首から下は筋骨たくましい人間、首から上は馬そのもの。ピンと立った小ぶりな耳に、長いまつげに縁取られた大きな目、たてがみもちゃんと具《そな》わっている。

馬頭鬼《めずき》のあおえである。本来ならば、冥府《めいふ》で罪人たちを懲罰している獄卒だ。が、彼女——否、彼は職務上の失態の責を負い、あの世からこの世へと追放された身であった。

あおえは笠を脇に抱えると、その大きな手を合わせ、閻魔堂にむかって二礼した。次いで、パンパンと二度大きく手を叩《たた》く。そして再び、頭を深く下げた。

二拝二拍手一拝。閻魔堂は神社ではないのだから、その作法で正しいのかどうかはともかく、あおえの敬う気持ちは本物であった。

手を合わせたまま、あおえは低い声で言った。

「閻羅王さま、お変わりなくお過ごしでしょうか。わたしがいなくなって、冥府はなんだか寂しくなったなぁって、そろそろお気づきになったりはしておりませんでしょうか。もしそうでしたら、いつでもお迎えを寄越《よこ》してくださって構いませんので」

この声が閻羅王に届くと信じて、あおえは大真面目《おおまじめ》に続けた。

「ええ、そりゃあもう、有能なわたしは、こちらでも引っ張りだこで、居候先の一条さんなんか、わたしをすっかり頼り切っちゃっていますけれどね。やたらと手が出るのも、なんて言うんでしょうか、愛情表現？」

ふふっ、とあおえはくすぐったそうに笑った。

「でも、やっぱり、わたしは冥府の馬頭鬼。こちらでは何かと不自由で、こうして市女笠で顔を隠さなければ夜歩きだってままならないんです。賽《さい》の河原《かわら》の水子《みずこ》たちも恋しいし、同僚のしろきだって、わたしがいないと大変なんじゃないかなぁって心配になります。あの強情っぱりの牛頭鬼《ごずき》は絶対にそんなこと認めないでしょうけれど、内心では心細く思っているに違いありませんってば」

どういう自信なのか、あおえは鼻孔を膨らませて、しろきの心情を勝手に代弁した。

その後も、自分の存在がいかに重要かを綿々と訴えていく。

閻魔堂からはなんの反応もない。古い御堂は、あくまでも沈黙を守り続けている。

では、誰もあおえの訴えに耳を傾けていないかというと、さにあらず。石燈籠の間に身をひそめた人物がふたり、あおえの偏った主張をこっそり盗み聞きしていた。一条と夏樹だ。

「あおえのやつ……。どこかにこっそり出かけていくと思ったら、こんなところに来ていたのか」

端整な顔をしかめて憎々しげにつぶやく一条を、いちおう夏樹がなだめる。

「そんなに怒るなよ。あおえの気持ちもわからなくはないんだし」

もちろん、一条は耳を貸さない。

「ここはひとつ、厳しく言っておかないとな」

「厳しく言う、だけか？」

一条は応えず、しなやかな指をこきりと鳴らした。夏樹は自分の額に手を当て、処置なしとばかりにため息をついた。

何も知らないあおえは、

「ですからね、いつでもお迎え待っておりますからね。わたしのこと、忘れちゃイヤですからねぇぇぇ」

語尾をのばして念押しすると、市女笠をかぶり直し、参道へと引き返してきた。女人を装い、歩きながら腰を振っているさまが、なんとなく楽しげだ。閻羅王にしっかりお願いをしてきたから、きっともう大丈夫と思いこんでいるのかもしれない。

そんなあおえの前に、一条が石燈籠の間から飛び出していく。遅れて夏樹も続く。

「い、一条さん！　夏樹さんまで……」

あおえは広袖を馬づらに寄せ、おびえる女人さながらに身をよじった。そんな所作が、一条の勘気をさらに誘ったのは言うまでもない。

「夜な夜などこかに出かけていくと思ったら、閻魔堂詣でか。ずいぶんと信心深いことだな。だがな、誰が頼り切っているって？　何が愛情表現だって？」

華奢《きやしや》な少年にすごまれて、あおえは完全にすくみあがっている。

「だって、だって……」

「言い訳は無用だ。やたらと出歩くなと命じられているのに、言ってもわからないようなやつには、こうしてやる」

拳をかためて大きく振りかぶった一条を、夏樹が止めに入った。

「待てよ、一条」

「うるさい！」

振り返りもせずに、一条は夏樹を片手で突き飛ばす。飛ばされた夏樹は、背中から石燈籠にぶつかった。

そこまでするつもりはなかったのだろう、手を出した一条のほうが驚いて、痛みにうめく夏樹に駆け寄る。

「大丈夫か？」

「ああ、うん……。だいじょ……」

大丈夫だと夏樹が言い終わらぬうちに、彼がぶつかった石燈籠が、ずずっ……と音をたてて傾き始めた。

えっ、と一条と夏樹とあおえの三名が異口同音につぶやく間に、傾いた石燈籠は隣の石燈籠に接触する。それを皮切りに、石燈籠が次々と傾き、それぞれ隣の石燈籠に倒れかかっていった。

どーん、どーん、と燈籠同士がぶつかる音が、夜の参道に重く響き渡る。

連鎖は止まらない。石燈籠が倒れる速度も加速していく。

うわあぁぁと悲鳴をあげて、あおえが突如、走り出した。

「待って、待って」

袿《うちき》の裾からたくましいふくらはぎを剝《む》き出しにして、倒れゆく石燈籠を怒濤《どとう》の勢いで追っていく。市女笠が風にあおられ後方へ飛んでいったが、拾う余裕などない。

「せめて、最後の一基だけは！」

参道の終わりに立つ最後の石燈籠にむけて、あおえは大きく跳躍した。両腕で石燈籠を抱き、倒れかかってきた隣の石燈籠は背中で受け止める。

最後の一基をからくも死守できた——かと思いきや。あおえが体当たりを食らわした衝撃で、石燈籠の笠の部分がはずれ、回転しながら飛んでいく。さながら空飛ぶ円盤のごとく、閻魔堂にむかってまっすぐに。

御堂の扉の上、『閻魔堂』と記された額に、石の笠はガッと突き刺さって停止した。

一条も、夏樹も、これには声も出なかった。反対に、あおえは大きな手で両頬を押さえて絶叫した。

「いやあああぁぁぁ」

わざとではなかったとはいえ、さすがにこれは申し開きができない。あおえの追放が解かれることも、おそらく当分あるまい。

不運な馬頭鬼の悲痛な叫びは、わぁんわぁんと反響しつつ、都の夜空へと消えていった。

あとがき

前世紀末のわたしの記憶にある『空蝉挽歌』執筆は、とにかくハードだった。

特に一巻と二巻は当時、連続刊行で、無茶をした分、がっつり身体《からだ》に来て、ふらふらふらふらしていた印象が強い。

しかも、久継が書きづらかった。彼がどう動くかは予想できるのに、共感はまったくできなくて、そんな人物を果たして本当に描けるのか、とにかく不安だった。正直な話、「こんなめんどくさい男、書きたくないよー。だって、しんどくなるのがわかりきってるじゃんかよー」だった。

幸い、周囲にはげましてくれる人物がいて、そのひとがしっかり久継アニキを褒め讃《たた》えてくれたので、ふらふらしながらも、どうにかこうにか乗り越えた次第だ。自分ひとりだったら、怖くてトライすらできなかったと思う。あのときは本当にありがとう！

あと、苦心した甲斐《かい》あって、登場人物のバリエーションがひとつ増えたのも、結果としてよかったなと。まさしく、崖に転落して、キノコを山盛り抱えて生還してきた平安時代の官吏の心境である。まあ、そんな苦労話はともかく。

この中巻をお手にとってくださったかたはお気づきだろうが、カバーイラストが前巻と繫《つな》がる形になっているのだ！　これはぜひとも三巻並べて、繊細にして美麗なMinoruさんのイラストをお楽しみいただきたいと願う所存である。

ではでは、次は後巻にて。

瀬川貴次

令和三年六月

本書は一九九七年十月に『暗夜鬼譚　空蝉挽歌　弐』、一九九八年五月に『暗夜鬼譚　空蝉挽歌　参』として、集英社スーパーファンタジー文庫より刊行されました。集英社文庫収録にあたり、書き下ろしの「閻魔堂詣で」を加えました。

この作品はフィクションであり、実在の個人・団体・事件などとは、一切関係ありません。

集英社文庫

暗夜鬼譚《あんやきたん》　空蝉挽歌《うつせみばんか》　〈中《ちゅう》〉

2021年7月20日　第1刷　　定価はカバーに表示してあります。

著　者　瀬川貴次《せがわたかつぐ》

発行者　徳永　真

発行所　株式会社　集英社
東京都千代田区一ツ橋2-5-10　〒101-8050
電話　【編集部】03-3230-6095
【読者係】03-3230-6080
【販売部】03-3230-6393（書店専用）

印　刷　中央精版印刷株式会社　株式会社美松堂

製　本　中央精版印刷株式会社

フォーマットデザイン　アリヤマデザインストア　　マークデザイン　居山浩二

ISBN978-4-08-744275-5 C0193